外国名作家文集·圣埃克苏佩里卷

家书·笔记

Lettres à sa mère
Carnets

[法] 圣埃克苏佩里 / 著

李玉民 / 译

Antoine de Saint-Exupéry

漓江出版社

图书在版编目（CIP）数据

家书；笔记 /（法）圣埃克苏佩里著；李玉民译
.-- 桂林：漓江出版社，2020.7
ISBN 978-7-5407-8654-0

Ⅰ．①家… Ⅱ．①圣…②李… Ⅲ．①圣埃克苏佩里（Saint-Exupery, Antoine de 1900-1944）-书信集②随笔-作品集-法国-现代 Ⅳ．①K835.655.6 ②I565.65

中国版本图书馆 CIP 数据核字 (2020) 第 053913 号

JIASHU · BIJI
家书 · 笔记
[法] 圣埃克苏佩里　著
李玉民　译

出版人：刘迪才
丛书策划：张谦
责任编辑：辛丽芳
书籍设计：石绍康
责任监印：杨东

漓江出版社有限公司出版发行
广西桂林市南环路 22 号　邮政编码：541002
发行电话：010-65699511　0773-2583322
传真：010-85891290　0773-2582200
邮购热线：0773-2582200
电子信箱：ljcbs@163.com
微信公众号：lijiangpress
印制：北京中科印刷有限公司
[北京市通州区宋庄工业区 1 号楼 101 号　邮政编码：101118]
开本：880mm × 1230mm　1/32
印张：12.5　字数：266 千字
2020 年 7 月第 1 版　2020 年 7 月第 1 次印刷
书号：ISBN 978-7-5407-8654-0
定价：50.00 元

［法］圣埃克苏佩里

（Antoine de Saint-Exupéry，1900—1944）

↑少年失怙，圣埃克苏佩里牵着载有弟弟的小车
↑圣埃克苏佩里失踪后，其妻康素爱萝和她雕刻的圣埃克苏佩里石像

↑ ↑ 圣埃克苏佩里和他的战斗机

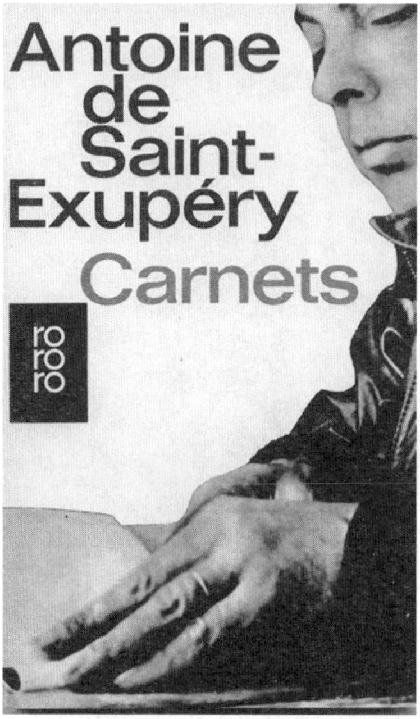

法文版《笔记》（1953）

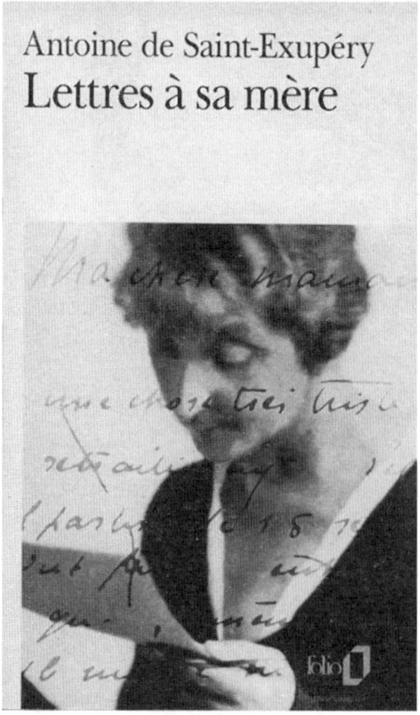

法文版《家书》（1955）

圣埃克苏佩里有几副面孔？

李玉民

每人一张脸，却不止一副面孔，否则就太单调了。譬如父母双亲，通常有专职的两副面孔：慈父慈母、虎爸虎妈。缺一副就有失职之嫌。这里指的是真实的面孔，假面不在此列，尽管在生活中，尤其各种正式场合，假面比比皆是，似开假面舞会。

《圣埃克苏佩里的五副面孔》，友人乔治·佩里西埃医生写了这样一本书，给圣埃克苏佩里画出五副面孔，应该真实可信。世人最熟知的两副面孔，当然是“飞行员”和“作家”，可以称为他的标准像了。余下的三副，“男子汉”想必没有争议。他那男子汉气概，无论在履职中还是著作里，都表现得淋漓尽致。至于“发明家”和“魔术师”，恐怕就鲜为人知了。

不过，即使熟知的面孔，又有多少人了解其特征呢？飞行员兼作家，就界定圣埃克苏佩里是“行动文学作家”了。可是，纵观圣埃克苏佩里的著作，就能发现一种意想不到的特征：每次行动仅仅是引子，引发的思考层出不穷。以篇幅和分量而论，思考远远超过行动。可惜没有“思考文学作家”这种说法，只好作罢。

最没有争议的是“男子汉”面孔。然而细看来又会发现，圣埃克苏佩里变脸术是他的拿手好戏。如果说父母通常有两副专职的面孔，那么圣埃克苏佩里出于天性，也有专职的两副面孔。他在小说中驾驶飞机，的确男子汉气概十足，可是每到危难关头，他转脸就变成孩童，到永恒的童年记忆中寻求救助和灵感。尤其《战斗飞行员》，将战场变成儿童游乐场，他那童年的游戏又玩出新花样，同敌人密集的高射炮炮火周旋。他在写给母亲的信中，更是大耍孩子脾气，必要时装出男子汉气概，说大话也是孩子语气。他跟伙伴们在一起时，高兴起来就大谈他童年有趣的游戏，如何争当火焰堡的阿克兰骑士。更为绝妙的是，他这两副面孔演起双簧，演绎出一部《小王子》，分身化为年轻飞行员和外星来客小王子，在沙漠中相处一周，通过小王子之口，宽容地讲述大人世界何等荒唐，他们挤进高速火车的车厢里，却不知道追求什么，丧失了原有的智慧。

“发明家”和“魔术师”，这两副面孔又是一对好搭档，相得益彰。发明家要拿出发明成果，是看得见的硬实力；而魔术师的法术，则是看不见的软功夫。圣埃克苏佩里在预备组学习了几年，基础知识非常扎实。而他又凑巧天赋发明创新的才能，本可以走科学研究之路。但是囿于职责在身，他不能专职研究，却足够专业，申请了十余项航空领域的发明专利，算个名副其实的发明家。顺便说一句，他的发明专利，美国航空制造和导航系统全用上了。

值得一提的是，他的十余项发明专利集中在1935—1940年间，正是他最黯淡、最苦闷的时期，因为他爱飞行上不了蓝天，重友谊而没有战友，想写作出不来作品。不料，他却像变戏法似的，变出十多项科学发明，岂不是魔术师吗？要知道，也正是在这种艰难时期，他写出一本记事和五本笔记，记录了他的思考和见解，内容涉及科技人文各个领域，总能提出自己独特的想法。他和懂行的人谈论生物学、遗传学、天文学、政治学、文学创作、音乐美术等话题，总能深入探讨，大家都受益。一般都认为他学识渊博，这话不错，但更重要的是，各种知识他总要融会贯通。这就是魔术师的一绝。

魔术师还有一绝，就是他的直觉。圣埃克苏佩里在研究发明的路上，有时就凭直觉，达到认识的飞越，比起那些长时间进行科学计算的研究人员来，更接近正确的结果。例如：他的一项专利，“可压缩流体内的推进及升力”，有点儿费解，其实就是推及喷气发动机的原理：“他虽然并未肯定地计算出这种强度，但是分析了喷气现象。”（梅特拉尔语）

这三对六副面孔，应当说鲜明地交织在圣埃克苏佩里这四本著作中。好事者还可以找出别种面孔，如：亲善大使、道德典范、爱国者、人类文明的种子……甚或战斗英雄、劳动模范，有何不可呢？至少，每位读者都可以从书中发现自己喜爱的面孔，难说不会找到自我。

二〇一八年六月

于大连金石滩

目 录

笔记

家书

题 解

李玉民

中华民族传统重视什么，相应的语词也就特别丰富，如书信，竟有数十种表达方式。许多入诗词，像尺素、鱼书、雁书、鱼雁、鸿雁等，书香气十足。

圣埃克苏佩里从十岁入寄宿学校起，就开始给母亲写信（1910），到1944年7月牺牲前托人秘密传递的短信，公开发表的共一百一十九封书信。原著题为“给母亲的信”，本可以老老实实译为“写给母亲的书信集”，但终觉意味不足，还是选用“家书”。

不过，我查了查《现代汉语辞海》（光明日报出版社2003年版），奇怪“家书”一词没有收入，想必那近三十人的编委会认为进入互联网时代，大家都不写信了，家书不复存在，这个词也就废掉了。然而，词语的消失似乎不会这么快，否则就该申遗了。

“家书抵万金”，申遗也不为过。家书在中华传统文化中占一席之地，只可惜是单传，这几十年，仅有一部《傅雷家书》。正巧身边有《傅雷文集·书信卷》，卷中《家书篇》是收录最全的版本，确实沉甸甸的，要比流行的单行本《傅雷家书》多出两三倍。

圣埃克苏佩里的《家书》，与《傅雷家书》没有可比性，但是有两个相似点。其一，不是书信往来，完全是单向的，隐去了复信；其二，最后一封信都是“绝书”，圣埃克苏佩里也同傅雷夫妇一样，三周之后因不可抗拒的力量，走上了不归路。

家书的功能无非两通：通亲情信息，沟通思想感情。单向书信就不可能完全展示，尤其难以展示更重要的沟通功能。这应是一种缺憾。

圣埃克苏佩里写给母亲（包括给姐妹的三四封）的信，再附上给“虚拟女友”丽奈特的一封长信，总共九十七封信。附上给母亲之外的信，还配以一些“述评”，是为了方便理解信文，链接信文提及而未能详谈的事情，从而多少弥补单向家书的欠缺。

第一封信（以选译的书信排序）

（1910年6月11日，勒芒）

亲爱的妈妈[①]：

我变成了一支钢笔[②]，用来给您写信。笔非常好用。明天是我的生日。埃马努埃尔[③]舅舅说过，要送我一只表给我过生日。您可以写信告诉他，明天就是我的生日。星期四，有一次朝圣[④]，去橡树圣母院，我和全校一起去的。天气特别不好，一直下雨。我把别人给我的礼物全献上，摆在圣坛漂亮极了。

再见

---

① 安东尼·德·圣埃克苏佩里的母亲，玛丽·德·丰斯科隆布（1875—1972），生于拉福里城堡，出身男爵贵族世家，也是艺术（绘画、作曲）世家，收藏许多艺术品。她从小受到良好教育，开悟的心灵通向各种艺术形式。十四岁后，由她的姑婆和保护人，德·特里科伯爵夫人监护。1896年，由姑婆做主，将她嫁给一个远亲，约翰·德·圣埃克苏佩里子爵（1863—1904）。婚后生育两男三女，安东尼为老三，生于1900年，父亲不幸于1904年便去世。

圣埃克苏佩里夫人三十岁孀居，带着五个子女度过最艰难的时期，以十分坚强的信念面向未来，培育孩子。她将家族遗传的全部才华传给小安东尼，而且始终鼓励并支持他的爱好与追求。知儿如母，她也始终确信儿子的天赋。安东尼细腻敏锐的情感，写作绘画的才能，勤奋与坚强的意志，喜爱思考和探索的习惯，无不得益于母亲的培养。安东尼也感恩回报母亲的深情，从他十岁开始，写给母亲的信中，字里行间时时能透露出来这种深挚的情感。

② 当时称自来水钢笔，以区别原先使用的蘸水钢笔。二十世纪初刚刚时兴，小安东尼爱不释手，就喜欢写信了。

③ 埃马努埃尔·德·丰斯科隆布（1871—1954），德·拉莫勒男爵，安东尼的大舅，拉莫勒（又称拉福里）城堡的主人。这座普罗旺斯式的城堡建于十三世纪，耸立在瓦尔省的摩尔高原上。丰斯科隆布家族于1770年入住。

④ 安东尼在里昂的勒芒教区，著名的圣十字圣母教会学校住校读书，由姑婆加布里艾珥照看。他母亲则在异地由她创建的医务室当护士长，尽职尽责。

亲爱的妈妈，我多想再见到您。

安东尼

我的生日是明天。

第二封信

（1910年，勒芒）

亲爱的妈妈：

我多想再见到您。

阿纳伊丝姑妈[①]来了，要住一个月。

我和皮埃罗去了圣十字学校一个同学的家。我们在那里吃了茶点，一起玩耍。今天早晨，我在学校领了圣体。我要对您讲讲朝圣都做了什么。大家排好队去车站。到了车站，我们上火车，一直到萨布莱。到了萨布莱，我们又上了马车。每辆车坐五十二个人，全是学生，车厢里车顶都坐满了，车身很长，由两匹马拉着。大家坐在马车上很开心。一共有五辆车。两辆车坐着唱诗班的孩子，三辆车坐着同学。到了橡树圣母院，我们听了弥撒，后来就在圣母院里吃了午饭。由于第七、第八、第九和第十区的护校学生要乘车去索莱姆[②]，可我又不愿意乘车去，我就请求准许我跟第一区和第二区的同学徒步前往。我们二百多人，拉成长长的队列，占满了整条街。

① 阿纳伊丝·德·圣埃克苏佩里（1869—1947），约翰·德·圣埃克苏佩里的妹妹，安东尼的姑妈。
② 索莱姆本笃会修道院建于九世纪，是歌颂教皇的圣地。

午饭后，我们去参观圣遗物，我们进了神父商店，买了一些东西。随后，我和第一区、第二区的同学，徒步去索莱姆。

走到索莱姆，我们还继续散步，经过修道院脚下，好大的修道院，只是不能进去参观，今天时间来不及了。在修道院脚下，我们发现大理石，好多好多。有大块的，有小块的。我捡了六块，给人三块，有一块大约一米半到两米长，有人就说让我装进衣服口袋里。可是我用力推，石头连动都不动一下，块头儿太大了。然后，我们就在索莱姆的草地上吃点心。

我给您写八页了。

然后，我们去参加圣体降福仪式，接着，我们排好队去火车站。到了车站，我们上了返回勒芒的火车，回到家已经八点钟了。（基督教）教理作文分数，我排名第五。

再见，我亲爱的妈妈。我全心全意拥抱您。

安东尼

第三封信

（1916年2月21日，弗里堡，圣约翰别墅①）

心爱的妈妈：

弗朗索瓦刚收到您的来信，您在信中说，要到三月初您才能来！我们本来非常高兴，以为星期六能见到您！

您为什么推迟了呢？原先说要来，让我们特别兴奋！

您在星期四，或者星期五就能接到我们的信，您能不能立即给我们发电报，说您动身来，您打算乘星期六早晨的快车，晚上就能抵达弗里堡，我们会乐坏的！

您一直推到三月初才能来，太让我们失望啦！您为什么更愿意晚些时候来呢？

我们多盼望您来啊！即使您来不了，这会让我们非常难过，您能否一接到我们的信，就给我们打电报，好让我们至少在星期五晚上，得到您的答复，好让我们安排怎么过星期天呢？不过，您肯定

① 从1915年到1917年两个学年，安东尼和弟弟弗朗索瓦在瑞士的州首府弗里堡学习，寄宿在圣约翰别墅，是玛利亚修会创办的学校。玛利亚修会创办于1817年，从事教育活动。比起耶稣会办的学校，玛利亚修会的教育更开放，也更热情。教师们重视与学生的对话：这所学校的办学思想，不是强制纪律，而是引导学生喜爱并遵守纪律。

愿意来！

再见，心爱的妈妈，我全心全意拥抱您，并且急切盼望您来。

您的儿子，

安东尼敬上

又及：您一收到信，就快些给我们打电报，免得我们的星期天白白耽误了，至少星期五晚上，一定得给我们答复。

第四封信

（1917年5月18日，弗里堡，圣约翰别墅）

我亲爱的妈妈：

天气好极了，只是昨天下雨，下那么大雨我还很少见过。我见到了德·博纳维夫人[①]，她告诉我弗朗索瓦的情况[②]，可怜的小伙子！她还对我说，参加中学毕业会考，完全合乎要求，这就让我放下心来。其实，您没有必要往巴黎写信，询问我的档案是否寄出了，我已经做得很稳妥，只需通知里昂方面我到达的消息，这事儿我忽略了。总之，结果好就算完美……

昨天，我们和夏尔洛[③]出去散步了。我们三个人加上他（这就是三缺一：3+1＝4）。

学年结束，我们要撤到比卢塞恩（瑞士，州首府）稍远一点儿，度过圣灵降临节[④]一周。

① 德·博纳维夫人，安东尼青少年好友路易·德·博纳维的母亲。正是她到学校探视，告诉了安东尼，他弟弟弗朗索瓦的病情。
② 弗朗索瓦·德·圣埃克苏佩里（1902—1917），患风湿性关节炎，并发心脏病，于1917年7月10日去世。安东尼在给母亲的信中只提起一次，他在《战斗飞行员》中，描述了弟弟向他诀别的动人场面。参看《战斗飞行员》第二十一章。
③ 夏尔洛，即安东尼青少年好友夏尔·萨莱斯。他在《伊卡洛斯》杂志69期上发文，回忆当年安东尼由他陪伴，“撤到”卢塞恩附近一座乡间大别墅里，在四州湖畔度过复活节。
④ 复活节后第七个星期日。

再见了，心爱的妈妈，我全心全意拥抱您。

您的儿子，

安东尼敬上

第五封信

（1917年，巴黎，圣路易中学[①]）

我亲爱的妈妈：

我没有时间，只能对您说句话。每天都给我写信，会给我带来极大的快乐！您让莫诺[②]把我的相册，连同所有照片一起给我寄来。相册就放在莫诺的房间，是我忘在那儿的。（是我的相册，不是我的画夹。）

我们还是决定课间休息，玩一场双杠团体赛，赢了巴黎综合工科学校预科生：九比零。

我们一反往常，放下架子，跟他们较量一番，以显示我们的厉害。至于中央高等工艺制造学校预科生一方，有的组人数不够，要不要用其他人“堵洞”充数，无论我们，还是综合工科学校预科生一方，任何人都不赞成，大家都嗤之以鼻，鄙弃这种念头：中央工艺制造学校预科生，受到综合工科学校预科生和海军学校预科生的仇

---

① 1916年，圣埃克苏佩里在巴黎两次通过中学毕业会考，准备竞考海军军官学校，1917年，先是在里昂，继而，10月份，转学巴黎，进入圣路易中学预科班。住校学习两年，专修数学，一直到1919年6月。

② 莫诺，安东尼二姐，西莫娜的绰号。西莫娜·德·圣埃克苏佩里（1898—1978），是头一批考入夏特尔学校的女生，毕业后在印度支那档案馆和图书馆任领导职务，最后任国家档案馆馆长。她荣获荣誉团和文学艺术骑士勋章。

视，而海军学校预科生，也同样受到综合工科生和工艺制造生的仇视[①]，如此这般，环环敌视。

还得跟综合工科生搏斗，但是自己的阵营里不容一个敌人。

最缺乏活力的就是圣·西尔军校预科生，从来听不到他们的声音。最团结的是我们，其次是综合工科生和工艺制造生，都结帮成伙。

我在这里，又见到圣约翰学校的一名校友，贝尔，今天他到接待室来看我，在这儿见面，真有意思。

我很好。星期天我领了圣体。

帕杰斯[②]先生给我们做了简短 spitch（原文如此），他对我们说："那些觉得自己的胃不够强壮的人，消受不了科罗先生和我给你们端上来的一小盘数学美味，最好现在就离开。如果你们爱吃数学这道菜，那会管你们够的！我向你们保证。"大家上课都聚精会神：我一直跟得上课堂的讲解，对此我非常自豪。没问题，您不必挂虑。

我深情地拥抱您。

爱您的儿子，

安东尼

中央工艺制造预科生才是我们的死敌。不过，我们瞧不起他们，

① 圣路易中学是巴黎名校，设有竞考各高等名校的最好预科班。法国教育体制，非综合性大学，哪怕顶尖的高等专科学校均称学校。这些学校的学生均有特殊的称号，如这封信中谈及的，巴黎综合工科学校，俗称 l' X，或 le carva（卡尔瓦），数学组学生称 taupin（多攀）；中央高等工艺制造学校，俗称 Piston（皮斯通，活塞）；海军学校，预科生称 flottard（浮捞塔尔）；圣·西尔军校，学生称 Cyrard（西拉尔）。

② 帕杰斯，安东尼在圣路易中学的数学老师。圣埃克苏佩里从文科班出来，进预科班要竞考海军军官学校，修数学碰到困难。帕杰斯先生鼓励他，并且预言他有特殊天赋。

“工程师”是一种可鄙的行业，也是“反海军学校预科生的”（写给莫诺）。

又及：您让人给我做巧克力包心糖，这类东西给我大量寄来，这会给我的胃里增添一道风景。

我不爱吃博絮大妈做的油炸千层酥饼，这个杰出的人勤勤恳恳白费劲儿，我爱吃真正的糕点：蛋白杏仁甜饼干、包心巧克力（不是杏仁巧克力！！！）还有糖果。

您都完全了解清楚了。

安东尼提议，家里拿主意。

您拿主意要赶快，供我糖果大量来。

第六封信

（1917 年，巴黎，圣路易中学）

心爱的妈妈：

我终于找出点儿时间给您写信。我刚刚经过一次数学测验，得了 10 分[①]，对我来说还不赖……

西纳蒂一家人[②]到巴黎。他们邀请我共度星期天，但是不准我离校（只是禁止我出校门，除此之外，时间自主支配）。我正铆足了劲儿学习，这种规定对我倒没有太大妨碍。

圣路易中学学习生活很惬意，而留校十二小时，也只相当于在另一所学校停留五分钟。什么事儿一旦接受了，就不觉得受拘束了。

我总是这么兴致冲冲，喜不自胜，乐疯了似的，假如有您在我身边，那我简直就是在天堂了。常给我来信吧，见信如面，能让我有点儿您在身边的感觉。

---

① 第一次世界大战，1914 年 8 月 3 日，德国向法国宣战算起，一直打到 1918 年，德国接受并签署由协约国拟定的停战协定。到 1919 年 6 月 28 日，德国才同除中国以外的各协约国在《凡尔赛条约》上签字。德国将在普法战争（1870）中夺走的阿尔萨斯和洛林两个地区归还法国。中国作为战胜国之一，非但没有获得半点胜利果实，反而备受欺辱，将德国占据的山东转手给日本。

圣埃克苏佩里正是在一战期间念完中学，准备入大学。

法国学校实行 20 分学分制。20 分为满分，10 分还不及格。

② 西纳蒂一家与圣埃克苏佩里一家是姑表亲，两家人从前常在勒芒相聚。安东尼很喜欢他的表妹，奥黛特·德·西纳蒂。

我们美化了自习室和我们的教室，挂满大幅版画，有各式各样的军舰和邮船，也正是因为这事儿，我们自作主张，在自习室登上架子，“用图钉”将版画揿在墙上时，被逮个正着，就罚我们留校十二小时（不到自习时间也禁止进自习室）。我要对您谈谈，在道德方面我的确切感受。

第一点：学生宿舍里不道德行为的所有故事，全是捏造的，我住进来一个月，从各个方面来看，都无可挑剔。

第二点：从宗教的角度看，比起一所教会学校，信仰的气氛明显要淡薄些，反之，事情怪得很，对人却更加尊重得多。我自习时的邻桌，有时默念一本弥撒书，而他另一侧邻桌，是个不大信教的人，他的反应也不过微微一笑，而且，我若是有兴致，也可以念萨莱斯给我寄来的精装本《圣经》，周围的同学谁都不会注意。那些不信教的人，完全尊重其他人的信仰。从来没有听人这样讲：“你就相信所有这些恶作剧？！”而这话，在其他学校却听得到。大家都淡淡地说：“你是天主教徒，你？”“对，你呢？”“不是。”仅此而已，说“不是”的人嘴角也并不泛起微笑。这种情况，确实令人惊讶。就好像在这里，不信教的人，倒很尊敬，甚至赞赏信教的人。

第三点：外露的道德。这事儿，不消说，有人喜欢进城去玩乐，但是，他们同样尊重别人的道德观，倒是挺赞赏那些不去玩乐的人。

总之，如果说“信教的人”少了，也许少的人，就是不限于只在一所教会学校里寻求欢乐的人，只不过在教会学校，所有人的思想都更加严肃，信教的人很理智，也占大多数，这是常规所致，也是传统家教，不知道还有什么呢？况且，我这班上，绝大部分同学信教。

我开始跟得上数学课了，但愿今后会更加顺利。

我晋升宪兵队队长（手下有十二名或十五名宪兵），主要负责领导并指挥“制裁”，不过，还没有人犯在我的裁决管辖之下。主席①一说：“必须治一治某某。”小队长就可以决定日期、时间、制裁的场所，以什么方式整治受罚者，等等。

综合工科学校预科生都是下流坯，实在不能跟这样的人玩在一起！他们都是刺儿头，思想狭隘，糟糕的玩家，爱发脾气，等等。令人讨厌的伙伴，讨厌极了，今后再也不跟他们说话了……一句话：双杠赛他们战胜了我们。

我要参加军事训练，不仅参加步兵的，还要参加炮兵训练，后者更有趣。我们上炮兵技术课和实践课，去万森要塞，在上校的指导下放炮……每周都去。

风纪委员辞职了，这是个大事件。突然任命他为会计委员，而会计委员取代他，当上了风纪委员。

无论如何，我得离开您了，因此，我全心全意拥抱您，好去复习数学。

（我要去拉莫勒老家过元旦，否则，我得一直等到复活节才能见到您。）

再见，我热爱的妈妈。

我全心全意地拥抱您。

您的儿子敬上

① 应是班委会主席，文中提到的风纪委员、会计委员，都应是班委会成员。宪兵队应是特设组织。

海军生真棒！！！

综合工科生丢脸！！！

工艺制造生丢脸！！！

这些话在我们的黑板上看得到（还写在其他学生的自习室里，但写的是反字）。

说起这事儿来，我们有个学监是“活塞”，准备竞考（中央）工艺制造学校，他的年龄估计有二十八九，三十岁了。他们也反击，尤其“活塞”，在我们的黑板上写污辱的话。其中有这样一句：“活塞解的数学问题：一级方程式到三个未知。”（这不折不扣，相当于这样的难题：“儒勒有三个球，别人拿走一个，他还剩下几个？”或者：“2乘以2等于几？”）

这是我最后一张邮票。

第七封信

（1917，巴黎，圣路易中学）

亲爱的妈妈：

这是自律的一句话。我的表放在眼前，我写这封信，给自己限定时间，因此，我必须快写，字迹潦草还请您原谅。刚刚经过一次数学测验，我得了 13 分。在（数学）合成法则方面，我不是最后一名，在我之后还有两三个人。由于我们所有人，一个紧跟着一个，我比别人也差不了多少，只要加把劲儿，半年之后，也许我会名列第一，每个月追上三名，难说吧？不过，这就得拼命用功了。

我又见到故地勒芒，重温往事的记忆。我又见到圣十字学校礼拜堂，曾经在那里做弥撒，我稍微回顾了我们所有人在那里的陈年旧事，变化多大啊！

德·博尔尼夫人热情地接待了我，您交了一位极好的朋友！

我（和勒努瓦尔神父），我们畅谈，从我见到的那时起，多少年了，他的样子没有变化。

我的精神状态非常好。

经过深思熟虑，圣路易中学的环境，肯定不是乐园中的乐园，不过，进城玩乐的那些人，作乐之后，回来还炫耀他们了不起的行为，这令我永远厌恶恶习了，只因贪图享乐把人变得卑劣，现在我只有一种渴望，就是感到自身纯洁。

但愿弗朗索瓦会帮助我，[①]我始终做个好青年。眼下，情况再好不过了，每星期天，我都领圣体，进行忏悔。

您回信给我寄来一份准许书，同意我上军事训练的炮兵实践课（在万森要塞）。必须有家长亲笔写的准许书。

我已经开始上理论课，在中学本部，非常有趣。

眼下，综合工科预科生和海军预科生之间相安无事，一周前签订了一项和平协定；这种相对和平持续不了多久。

我超出了自我限定时间三分钟，我匆忙拥抱您，但拥抱得更紧，心爱的妈妈——您在那边祝福我、拥抱我吧。

热爱您的儿子，

安东尼敬上

① 唯独这封信提到故去的弟弟弗朗索瓦，他母亲后来在信中常回忆死去的两个孩子：二儿子和大女儿，求他们在天之灵多多保佑安东尼，防范飞行和战争的危险。

第八封信

（1917 年 11 月 25 日，巴黎）

亲爱的妈妈：

谢谢您来信。

我刚刚度过迷人的一天：我到莫里斯[①]舅爷家吃了午饭；随后，我又去会合阿纳伊丝姑妈，她一到就同我约会，下午我们在树林里散步。现在，我返回圣路易，有点儿累了，因为我喜欢走路，几乎没乘地铁。（我走了有十五公里。）

玛丽－泰蕾丝[②]星期四结婚，但愿那天我能去。我收到两封奥黛特·德·西纳蒂非常热情的信。不知道他们什么时候到达，但是又能见到她，我非常高兴。

您的情况挺好吧？您不要劳累过度，心爱的妈妈。您知道吗，如果八月份，我被录取了，那么明年二月份就成为军官，要派往瑟堡港，或者敦刻尔克港，或者土伦港，我就租一座小房子，我们俩就住在那里：有三天陆上生活，四天海上航行。三天陆上，我们就可

① 莫里斯·德·勒斯特朗日子爵（1873—？），是安东尼外婆的表兄弟。
② 玛丽－泰蕾丝，若尔丹将军之女，她于 1917 年 11 月 29 日同约翰－德尼结婚。若尔丹将军是安东尼母亲的朋友，故安东尼求母亲给若尔丹太太写信买礼帽。

以在一起，这是我头一回独自生活，开始阶段，我总得有妈妈在身边保护一点儿才好！您就瞧好吧，我们会非常幸福！这情况要持续四五个月，然后，我就调走，而您呢，有儿子在您身边生活一段时间，您心里准会欢喜的。

下了一场浓雾，能见度很低，比里昂的雾还大，我怎么也不会相信能这样。

您能否给我寄来下列东西（购物许可在这里，还不像在弗里堡那样实行）：

1. 一顶圆顶礼帽（还是寄信问问若尔丹太太给我买一顶什么样的合适），还要博托牌牙膏；2. 鞋带（在里昂买，不要在昂贝里厄买，那里的容易断）；3. 邮票，虽然我还有十二枚（这事不急）；4. 水手贝雷帽。

我这星期四要出门，只用这一回，这天礼帽用得上，而贝雷帽（是我星期天要戴的，同伊沃娜[1]一道外出）。今天星期一，就给若尔丹太太写封短信，附上钱，星期四之前就能寄到，到日子我就能买上礼帽了，很紧急，贝雷帽同样急需，以备军事训练。

我没有别的什么事要对您讲了。明天要批回头一次法语作文。我会写信告诉您我的名次。

再见，心爱的妈妈，全心全意拥抱您，给我写信来。

热爱您的儿子

安东尼

① 伊沃娜·德·勒斯特朗日（1892—1977），是安东尼母亲的姑表外甥女，当时已经结婚，成为德·特雷维斯公爵夫人。

第九封信

（1917年，巴黎，圣路易中学）

心爱的妈妈：

我们班刚刚发生了一场“内阁”危机：“内阁”辞职了。“政府”成员有：

a）主席（称Z）；

b）副主席（称V–Z）；

c）风纪委员（称P.D.M.）；

d）会计委员（称K.S.）。

原来“内阁”内部出现一场危机，主席为了巩固自己摇摇不稳的威信，要在全班进行一次信任投票，结果适得其反，信任投票变成了不信任投票，“政府”辞职了。在一间空教室里，举行了一次庄严的会议，持续一个半小时，拖长的辩论非常严肃，最终组成了新“内阁”，成员如下：

主席（Z）：杜比伊；

副主席（V–Z）：苏尔代勒；

风纪委员：德·圣埃苏克佩里。

至于会计委员，一时还未能找到：会计委员出于非常复杂的原因，当即辞职不干了，阴谋和反阴谋相交织（这完全像在议会）。因此，走廊里气氛异常热烈，经过一天商榷之后，我们最后决定组建“政府”，从“内阁”中排除会计委员的角色，使之成为一种常任的、独立于“内阁”的职务。我们的方案得以通过，有几个人还力图阻挠，要举行不信任投票的主张未能得逞，我们这届“政府”终于牢固确立起来了。先前，我是宪兵队队长，但这是一种职务，而不是“政府”成员，就像好几种其他公务员那样。如：le S.O.（新生喉舌），le C.D.O.（乐队指挥），就是负责组织啦啦队，等等，而且，公务员由我们任命，可以撤职。现在，我职务在身，我们要在海军预科班推行铁的纪律，因为全班必须绝对服从管理。最令我心中窃喜的是，我们班里的档案，有些我可以私自拿出去给你们看看：值得一阅，的的确确，寻常世人没有这种眼福。

没有什么新鲜事了。我要去昂贝里厄同您会合，但随即就动身去南方吧，对不对？我经过一次物理测验，得了 14 分，还不算太糟糕。

我一分钟也没了，要离开您了，全心全意拥抱您。

您的儿子，

安东尼敬上

第十封信

（1917年，巴黎，圣路易中学）

心爱的妈妈：

完事儿了，我在比利时国王的妹妹，德·旺多姆公爵夫人府上用了午餐！这场面让我乐不可支：他们都和蔼可亲。公爵夫人看来聪明绝顶，而且非常有趣，我没有开一句玩笑，也没有一次无所措手足：阿纳伊丝姑妈非常满意。[①]如果她给您写信提到什么，能把信寄给我吗？

最令我高兴的事，就是她对我说，（德·旺多姆公爵夫人）等哪个星期天，她邀请我同她一起去法兰西喜剧院：多大的面子啊！

每天晚上，阿纳伊丝姑妈都带我去做客，正像"倍音列"中所表达的意思，拜访很多人物！……那顿午餐非常丰盛，下午茶点也毫不逊色……真让人赞不绝口。

这一天有始有终，我去看望了西纳蒂一家。我只见到先生和夫人，其他人不在。他们邀请我下个星期天共进午餐。早饭我就在他

① 阿纳伊丝姑妈在旺多姆公爵夫人府上，先是负责教育公爵的子女，然后成为公爵夫人的侍从贵妇。圣埃克苏佩里在巴黎学习期间，经常受到姑妈及其朋友家庭的接待。

们家吃，晚上从那里出发，乘快车去拉莫勒……

只请您快些给我电汇一笔钱，以便我去预订火车票和座位，订车票时间已经很紧迫了。

昂贝里厄那里会下雨，而拉莫勒却会有太阳，还有迪迪①！而且，相聚十三天，这一趟旅行真值啊！

不知道我是否告诉您了，上星期天，我去看望了杜伯恩②姨父。下午，若尔丹夫妇带我去看戏，演出的《小王后》轰动巴黎，非常感人。

就此打住，全心全意拥抱您，我多爱您啊，心爱的妈妈。

您的儿子，

安东尼敬上

注意：总体来看，比起外省那些偏僻的地方，巴黎应是一座危险性要小的城市，正是在这种意义上，我看到我的一些同学在他们本地城市里，生活过度放荡，在这里似乎收敛了一些，只因在巴黎玩乐有害健康。至于我，在精神道德层面，情况很好，我相信我始终是无比热爱您的这个东尼奥。

① 迪迪，安东尼的妹妹，加布里艾珥的昵称。
② 欧仁·杜伯恩伯爵娶了圣埃克苏佩里夫人的堂妹，弗朗索瓦丝·德·丰斯科隆布。

第十一封信

（1918年，巴黎，圣路易中学）

亲爱的妈妈：

为什么您不给我写信来？我天天盼望您的来信，却一封也没有收到！……

德国鬼子来了。别看报纸上轻描淡写，其实很可怕：死亡的民众，要比报道的多出百倍，这是一场灾难。仅在一座炸毁的楼房里，就死了五十人，而且四面八方，所有街区，到处都有炸死的人。圣米歇尔大街丢下三颗炸弹，离学校不远，引起多大恐慌混乱！其中一颗炸死了一个公共马车的车夫、他的马匹、车上的乘客和两个过路人。报上说敌机只丢下七十颗炸弹：开什么玩笑！德国轰炸机来了六十架，每架少说要丢下两颗炸弹。①

我可全看到了，一响起空袭警报，就把我们叫起来下楼，我呢，得以脱身，和一名同学跑上楼顶，我们在楼上观看了空战。飞机满天飞，探照灯光束移来移去，信号弹在天空留下轨迹，真是美妙极

---

① 狂轰乱炸是战争的最后疯狂。1918年2月至8月，德军频繁派轰炸机群空袭巴黎，往城里居民区丢炸弹。我们也不会忘记二战期间，日本侵略者的飞机肆无忌惮，轰炸重庆和其他城市的历史惨剧。

了。听得见机关枪的声响，尤其是大炮，一秒钟也不停歇：嘟……嘟嘟……嘟嘟嘟……嘟嘟……我们还不时望见一道闪电，又听见炸弹爆炸的轰隆声。“全乱套了，老兄！”“说什么傻话！”我望见一架法国飞机着火坠落（因为，德国鬼子击落好几架），就好像一支大火炬。

我瞧见一个石油储罐爆炸，冲起通红的大火照亮了整个天空。大家还认不清他们干的坏事，尤其认不清他们杀害了多少人：简直荒诞得令人难以置信。他们还撒下传单，印有：“回头见，这次我们来六十架，下次来二百架。”他们真来那么多飞机，该是什么情景啊！

您汇来的钱收到了，今天我就去买刮胡刀，多谢了。

（……）

我离开您了，心爱的妈妈，怀着深爱您的感情拥抱您。

您的儿子，

安东尼敬上

第十二封信

（1918年，巴黎，圣路易中学）

亲爱的妈妈：

我没有死。

我给您写了信。我只不过讲了些具体情况，有信件检查，但凡有具体描述的信件，一封也寄不出巴黎。我是要告诉您，报纸没有说出全部……

唉！德国鬼子没有白白浪费时间，但是从另一方面看，效果好极了：这比一场大胜仗更能激发士气。

那些开始变成和平主义者的人，认为继续打仗很愚蠢，这下子突然改变了看法。整天往耳朵里灌的没有别的，全是大炮的轰鸣、机关枪声响，以及投弹的爆炸声。这就治愈了战争逐渐侵蚀平民的神经衰弱。德国飞机再来袭击一次，巴黎就只有热情的爱国者了。

关于遭受的破坏程度以及死亡人数，不可能向您提供了，我的信过不了关。

昨天，我在德·丰斯科隆布舅姥家[①]用的午餐，她很好。餐桌

① 菲尔南德·德·丰斯科隆布男爵夫人，安东尼的舅姥，经常在圣多米尼克街家中接待安东尼。

上有维卢特雷夫妇，我很高兴又见到他们。

空袭没有伤着我所认识的任何人。

我全部亲眼看见，亲耳听到了，我向您保证，枪炮声震耳欲聋，真让人以为身临一场大战役的战场。报上说他们飞来六十架，我很容易就相信，震天的轰鸣！我就在现场，心里万分激动，真希望能看到燃烧五六架……

不知道您是否读了，所有报纸都转载了德国佬的公告：“……我们往巴黎城区抛下一万四千公斤炸药。[1]”这就告诉您，他们并不是来无影去无踪……不过，但愿我们也到他们那儿去转一圈儿。

由于我不能告诉您任何细节：炸弹的落点，街道或者大马路的名称，也不能告诉您是否有三颗落到圣米歇尔大街，只因检查在有效地监视着，那我就离开您了，心爱的妈妈，全心全意地拥抱您。

注意：我去阿尼埃尔街区看望雅克舅舅[2]和舅妈（但是他们不在那里了）。

您的儿子，

安东尼敬上

注意：告诉我您是否收到我的信。

我认为信件检查是在黑屋子里进行的，不必拆开，那样太耽误时间，不知道您什么时候能接到我的信？？？？

① 对巴黎的密集轰炸，主要借助于外号胖贝尔塔的巨型大炮。
② 雅克·德·丰斯科隆布（1876—1958），德·圣埃克苏佩里夫人的兄弟。

学校当局目睹空袭的后果，无比惊骇，下一次就要把我们圈到地下室里。这一次，学生们仅仅下了一层楼。这些人吓成什么样子！

我一张也没有迪什的照片！罗丝姨妈收到一张，是迪迪寄给她的。照片都洗出来啦！快点儿给我邮来一张：我会乐坏的！

不过，给我寄到一个信箱里。罗丝姨妈收到的那张，肯定揉搓破了。今天晚上就给我寄出来！马上！

第十三封信

（1918年，巴黎，圣路易中学）

亲爱的妈妈：

非常感谢您来信了。

我们去圣莫里斯*度假吗?!! 说到底，如果这有利于您的钱包，我倒很乐意，但是，那里并不比昂贝里厄更快活：您让我独自在那儿干什么呢?

路易·德·博纳维要是能去就好了，可是，他家里绝不会放他出来度假！至于去里昂，还是算了。每次旅途上白白耗掉一天！（在那里保持常态，是啊，只好如此。）

其实，这并不重要，我就弄弄数学，间歇时再搞些物理和化学试验。本来我也很喜欢骑自行车，只是整辆车，一定让勒杜伊老爹糟蹋得不成样子了！您能让人把车子送到米叟那里修好吗?

我要骑自行车远游，那也相当美了。

我能见到迪迪吧? 但愿能见面！我去瑞士，就没有可能了吗? 总之，随您怎么安排吧，我无所谓了。只是速速写信告诉我最终的决定，因为这周，我就得预订车票了。

我们一次数学综合测验，分成两部分：

1. 代数；

2. 几何。

我做了代数，但是没有画一条几何线（这不是为了竞赛）。因此，合起来我的成绩挺差，但是帕杰斯先生对我说，代数能排到第五六名（四十名学生），成绩为 20 满分的 14 分（只可惜两部分合起来平均分是 7 分），这就很好了。给了我希望。

哥达式轰炸机群来了，又造了大孽。一栋六层的楼房，只剩下一片瓦砾了。楼里的居民全流落街头。那些轰炸机不久还要来。

我离开您了，全心全意拥抱您。

您的儿子，

安东尼敬上

哥达式轰炸机群又来突袭了。什么国家啊！让人没法儿睡觉。这次引起的恐慌混乱的程度，超过前天的十倍。如果这样继续下去，全城居民都要逃离了。伤亡人数众多，倒塌的楼房数量可观。卢森堡公园这里，圣路易中学附近，破坏非常严重。（我们被炸弹给围住了。）

注意：我还活着。

圣日耳曼大街丢下七颗炸弹，有三颗落在圣多米尼克街附近的国防部，就在舅姥家的对面。

＊述评：圣莫里斯·德·雷芒城堡坐落在里昂北面的安省，毗邻昂贝里厄镇，是安东尼母亲的姑婆，加布里艾珥·德·特里科伯爵夫人留给她的。安东尼童年的假期全在这里度过，对他来说，这座城堡就是一本“记忆的书”。圣埃克苏佩里在《人的大地》第四章，写飞机发生故障，迫降在沙漠深处，境况危险，恍惚中进入梦幻，忘情地徜徉在美妙的幻境中：“某地有座园子，长满了黑冷杉和椴树，还有一座我喜爱的老房子……只要有这样一所房子存在，陪伴我度过夜晚就行了。这样，我就不再是身陷沙漠的落难者，自己有了方向，我就是这所房子里的孩子，记忆中充满家里的气味，门厅的清爽、房间里喧闹的欢声笑语。甚至沼泽里的蛙鸣，也一直传到我的耳畔。我需要这类千百种标记，以便确认我自己，体味在这沙漠中缺少什么，以便探求这里青蛙都沉默、万籁俱寂的这种寂静的意味。”

第十四封信

（1918年，王后堡，拉卡纳勒中学）

亲爱的妈妈：

我很好，昨天收到您的来信。

我们在这里还不赖，尽管圣路易中学专门为我们派来的陪伴人员，是学校那些最令人难以容忍的学监。[①]

这里也有一座公园，但是不准前往。幸好校园大得很，栽有树木，等等。

科罗先生[②]棒极了，真是难以想象。我抱有希望。您认为能录取我吧？

若尔丹夫人每星期六晚上照顾我留宿。这种安排非常可我的意。（我的字迹糟糕透了：我太匆忙。）

由于这所中学校园太大，我们孤零零的，尽管这里甚于巴黎，我也不是过分沮丧。

我认为总有办法找到一间卧室。不管怎样，您在下一封信里写

① 圣路易中学高班学生转移到王后堡的拉卡纳勒中学。转移的原因之一，就是每次敌机空袭，他们总好登上宿舍楼顶观望。
② 科罗先生，帕杰斯的同事，数学教师，在圣路易中学教预科班。

上："我准许你在那里要求有一间卧室。"必要的时候，我就出示您的信，因为，最好有您的信保底，以便到了他们向我们提供房间的那天，尽管数量有限，而我是头一批到达的，就一准能分给我一间。何况，那一天很近了。

这里天气不好，一点儿也不暖和。不过，在衣物方面照我的想法，一切所需也都齐备了。我仅仅缺一条领带，星期天就去买来。

您的情况怎么样？但愿您在救护车工作别太过劳了。您照相了吗？照了就给寄来，如果您有放大的，就寄给我。我去看望了沙菲尔，他让我瞧了一张底片，太黑了，但是照得不错（洗出来就清晰了），星期六我还去他那儿。

罗丝姨妈总是让人那么惬意，在她那里最惬意的事儿，除了美德，就是茶点了。每星期天我在她家吃茶点，我向您发誓，我胃里装的奶酪够我消化一周了，美味新鲜，入口即化！吃得好，睡得香，学习勤奋，这就保证了您儿子的体魄。

安东尼

第十五封信

（1918，贝桑松）①

亲爱的妈妈：

刚刚得知一件令人伤心的事：维达尔将军已经超过年限，现在退役了。他于九月十五日动身离开贝桑松。这种情况迟早必会发生，尽管如此，所有人还是叹惜。维达尔夫人、他本人，所有人都对我说，动身之前能见到您，他们会很高兴的。

收到您的来信，谢谢。您办好我的紧急证件了吗？非常急迫！尽快寄来，谢谢：这事刻不容缓。

我刚收到科罗的一封热情洋溢的信，给我以鼓励，这个人，我真敬佩他。

近日我不知所措，心中琢磨，要不要报名参军，马上就能入伍。我还在等待海军部的答复。其实我认为，也完全可以等到十月十五日，下次征兵的日子。

① 1918年8月，圣埃克苏佩里到贝桑松（法国东部杜省省会），住在母亲的朋友维达尔家，上德语课，以便提高成绩，考入海军军官学校，这是他从贝桑松给母亲寄出的两封信，在原著中排序为第二十一、二十二封信，配有圣埃克苏佩里即兴手绘的人物插图。现将两封信合二为一（从“重大的日子”开始为另一封信），略去插图和说明文字，意思更加完整。

九月份就能见到您，真让我满心欢喜。

当下，我努力学德语，也努力演练数学。余下的时间，我就同您在这里一定见过的雕刻家，盖诺谈论艺术，还写写诗，但是我没什么时间了。

星期天，我同维达尔夫人，也难说哪个人，一起远足。您要我告诉您，我生活上的具体事儿，可是，全部时间我都在用功，没什么变化……

重大的日子到了：明天我通过审议，就作为高等学校考生编入炮兵部队，十月十五日出发。

我要请求我的部队长官准许我继续学习，可以到圣路易中学上课，然而，长官不见得会批准我的请求。如果我考取海军学校，一切就迎刃而解了。如果我被淘汰了，我就请求转入空军，据将军说，这非常容易，甚至还可以相当容易地挑选营队：一旦考试失败，我就多会合一些学友，商量决定参加同一个飞行队。一到前线，如果允许的话，我就请求驾驶战斗机。不管怎样，从十月十五日或三十日起，我就是军人了。

显然，我的德语大有长进，但是由于我还一无用处，我就有许多事情可做。不过，现在我差不多可以肯定没有达到分数线，这就已经很严重了。

我非常清楚自己在物理学上的“见解”①，我只有《磁学》需要复习一下。这一切究竟会如何，我不得而知。我们进入一大片陌

① 他在物理学上的“见解”，在选译的《笔记》中有相当充分的表现：他在物理领域重大课题的疑问中，结合他数学的坚实基础，深入进行探索和求证。

生区域……

但愿您一切均好，不要过劳。

米玛[①]怎么样啦？她好多了吧？

全心全意拥抱您。

您的儿子，

安东尼敬上

① 米玛，给他大姐玛丽-玛德莱娜（1897—1927）起的绰号。她生来体质弱，亲近自然和动物，爱拉小提琴，钻研古希腊文。死后次年出版了她创作的故事集《比什的朋友们》。她也称比什，意为“牝鹿”。

第十六封信

（1919年，巴黎）[1]

亲爱的妈妈：

有半个月了，我没有接到任何人的来信。怪事，这个时期，认识不认识，所有人都通个信相约……

我很好。这一阵，我不大沮丧了，但是要干的事儿不少。我差不多总要出门，到邱吉尔姑妈[2]家，没的说，我非常喜欢她。星期四晚上，我在若尔丹家吃的晚餐；明天，我要同博纳维一家共进午餐，他们是星期四回到阿尼埃尔街的；下星期天，约好去维达尔家，我刚刚去看望过他们。我作了些诗[3]，其中一首相当长，抵得上（一个无法辨认的词），还有一两首十四行诗，感觉还不错，可是，我还有别的事要做，就把诗稿放进您以前给我的商用皮包里了。

我拉小提琴不断进步，一首首练习肖邦的《小夜曲》。我知道有一首非常难，而我拉得挺不错了。第十三首：一支辉煌的乐曲。

---

① 1918年6月，圣埃克苏佩里竞考海军军官学校失利，在圣路易中学和博须埃学校复读一年。1919年再次竞考，数学成绩优异，但是没有通过口试。这两年信中流露出情绪变化。
② 阿米西·德·圣埃克苏佩里（1875—1951），安东尼父亲的妹妹，嫁给西德尼·邱吉尔（1861—1941），英国军官和法国军队历史学家。
③ 圣埃克苏佩里六岁开始写诗，当年诗成，他毫不犹豫叫醒母亲和姐姐，急于朗诵给她们听。

但愿姑婆[1]好些了：我以为今天晚上能收到您一封信，因为，有个魔鬼要戏弄人，让我们的信交错寄到。也许，您甚至又动身去南方了吧？

是的，明天我要去博纳维家用午餐。这些厚道的人带我去看戏。但愿演出的是《美丽的海伦》，不过，我还不知道。

莫诺怎么样啦？没别人的信息，连她的消息也没有。她确实也不会大量得到我的情况，那除非我梦游，睡着觉还写信。

您给我的波德莱尔这本小书，已经变为我的老朋友。我这本破损的旧书，不管怎样，也有其价值，会自动翻到我想看的地方。习惯的力量。在布洛涅的树林里，它也不惧一场急雨之下，俯在上面的沉思，不过，我又逐渐把它遗忘，移情到您给我的这件小玩意儿上，而这小玩意儿无异于一只宝盒，配得上波德莱尔这些新启发的珍藏……有这样一句妙语："莫非我变得浮夸了吗？"

这一阵子，我颇为心满意足。首先，我不沮丧了。其次，我在做事情，做事让我心安理得。最后，时至今日，到处我都能发现一些事物，得以沉浸在莫名的遐想中。肖邦的一个音符、萨曼[2]的一句诗、弗拉马里翁出版的一本精装书、和平街橱窗的一颗钻石，难说会发现什么……在我泛黄的消沉之后，我想到萨曼的这句诗：

却发现你年轻，一个天体般纯真。

① 姑婆加布里艾珥·德·特里科伯爵夫人，从1919年起病重，由安东尼的母亲悉心照料，直到1920年去世。这是圣埃克苏佩里夫人十分艰难的时期，既照料姑婆，又主管诊所。

② 阿尔贝·萨曼（1858—1900），法国象征派诗人，其敏感性诗风，显示出新浪漫主义的特点。

就是这样，即使上数学课那种方式，我也发现艺术激情的可能性，到时候我给您看看一本解析几何笔记，里面文字整齐排列，标题那么和谐，图形那么玲珑优雅，让人联想到一本富有奇特装饰图案的艺术书。还有双极环索线，本来是四次多项式的简单弧线，却升华为具有装饰性动机的精妙角色。

我的艺术书——真正的，布列着松果饰——肯定是一部成功之作。别人看了会认为，我勾勒的单线条挺有装饰风格。正如我对您说的，他们也会觉得，我的诗《美的朝圣者》相当棒，下星期天，我要背诵给维达尔他们听。

而且，也的的确确，生活也有迷人的日子。我有些同学，我们彼此都有好感。他们才华横溢，总有萨布朗①式的新见解，也能让我陷入无限遐想。我们讨论世人特别乏味的话题，有何法子摆脱。其中一个人，严肃的神态活似个学究，他说："非常简单，你的毛发修剪成阶梯状，并且去掉扶手，于是，它们就像个g字母……跌倒在地上。"多美妙……没有半点儿模仿雅典语言风格的痕迹，但是很美妙。

比什②怎么样了……？我在里昂那段时间，有点满腹牢骚，其实，能单独跟她出去散步，我从内心感到无比喜悦，而且，她真的挺抬举我：她穿的那件风衣相当时髦……她并不难看，不难看，不难看……您代我拥抱她。

---

① 萨布朗，安东尼在瑞士圣约翰学校和巴黎博须埃学校的学友，他于1926年9月，先于另一位朋友路易·德·博纳维数月，死于摩洛哥。
② 比什，安东尼大姐，玛丽－玛德莱娜的另一绰号，比什的原文又是"牝鹿"一词。详见第40页注释。

我开始练习拉小提琴，每天半小时。希望这样我能有长进……啊，会拉琴……您想象一下，我还作了一支乐曲，很奇特，又伤心又悲惨……我还挺喜欢。不过，只有我独自一人时，我才演奏一下，绝不能让人听了昏迷过去，值此流行脑炎昏昏沉沉时期，这会引起不可收拾的后果。还有必要弄清楚，他们昏迷过去，是因为艺术感染而过分激动，还是由于恐惧过度。

我乘坐飞机给萨布朗写信……同摩洛哥的邮航线路畅通。您今天晚上将信投进邮筒里，第二天晚上就抵达拉巴特！！！①

再见，心爱的妈妈。请原谅我的书写，我打破了我书写速度的全部纪录……

我深深爱您拥抱您。

您的儿子，

安东尼敬上

① 法国图卢兹－拉巴特的邮航线路1919年开通。圣埃克苏佩里顺笔提及这一消息并非偶然，后来他投身邮航事业也是自然而然的选择了。

第十七封信

（1919年，巴黎）

我亲爱的莫诺[1]：

谢谢你，来信收到一两个月了，我得赶紧给你回信，可是想不起来你在信中问我什么事了，因此，我就按照时间顺序写了。

其一，不错，我上海军军官学校：我不可能准备好这场考试，因为我从未做过：

机械绘图；

建筑绘图；

如此复杂的化学设计图（化学教学大纲内容特别丰富）。

其二，既然我没有按照大纲准备，我就不能报考海军学校。总之，应当认命。

星期四，我同伊沃娜·德·特雷维斯[2]出去游玩，走了三十公里。她是我所认识的最迷人的女士，独特、灵巧、聪慧，各个方面都

① 这封信是写给他二姐西莫娜的，绰号“莫诺”。

② 伊沃娜·德·勒斯特朗日，安东尼的表姐，德·特雷维斯公爵夫人（参看第八封信注释）。她住在巴黎马拉凯河滨路，经常接待圣埃克苏佩里。正是在她主持的沙龙里，圣埃克苏佩里很容易结识了出版家、文学评论家和作家，如创办对当世影响巨大的《新法兰西评论》杂志的雅克·里维埃尔、约翰·施伦贝格、拉蒙·菲尔南德斯和安德烈·纪德等作家。圣埃克苏佩里十分喜爱并崇敬这位表姐，他后来的文学生涯受她的影响巨大。

很出色，除此之外，还特别热心。我们有多少次一起郊游，或许每星期五晚上，她都要带我到她的包厢看戏……这可能会改变我的数学……我接连两次去N家：午餐、音乐、诗歌和戏剧。他们接待我，都非常友好热情，极其愉快，然而……然而（这话不可外传），我始终不理解，半个月工夫，我怎么能迷恋上雅娜[1]，不管在多小的程度上。我认为她是头一个给我一点儿补偿的女孩（玛德莱娜·德·特里科从来就没有让我习惯），这就感动了我这颗脆弱的心。

我已有颗心，我这脆弱的心。

……

缪塞[2]

现在，我悔不该有这段短暂的迷恋，这降低了我的自尊自爱：这恰恰与我这种类型的人背道而驰。

按说，我并没有看好她。譬如说，我不喜欢块头儿太大的女人，而这一位，毫不夸张地说，依我之见，身体有点儿太重。她的笑容，也不是我理想的那种。总之，我从第一印象中返过味儿来，况且这种印象持续时间很短。她甚至稍微让我感到一点点不快，我想，这是一种反应。不过，除开这种特殊的领域，她们还是完全温柔、可爱的，都是些很好的伙伴。然而，这个家庭我最喜欢的，还是德N夫人，她是“纯种的”，天资聪颖，思路开阔，以及诸多优点，使其

① 雅娜·德·芒通，安东尼在里昂的女友，她母亲是特里科家族的闺秀，应是特里科姑婆的外甥女。
② 阿尔弗雷德·德·缪塞（1810—1857），法国浪漫主义文学重要作家，诗人，剧作家。

成为上流社会的一位仕女。

我在若尔丹的朋友圈里上舞蹈课。这是耶稣教徒①的圈子，富有而正派，关系良好，但是我没有看到一位美丽的女孩，甚至没有类似里昂的 M 家的姑娘（顺便说一句，你代我向她们问好，尤其二姑娘，我觉得她们很可爱）。再者说，我见到的那些姑娘中，尽管有好几位出身很好，却没有显而易见的“纯种”。或许她们多出来那么一点儿英国女子的范儿。

我觉得除了波士顿舞②，总的看来还是挺贫乏的，所有现代舞都糟透了……探戈，也许还好些，但是还别说！嘘！……要我告诉你实话吗：那就好像两张凳子一起跳舞。那正是尽可能反审美趣味的。

等我成为工程师和作家，能挣很多钱了，我就买三辆小汽车，我们一起开车旅行，前往君士坦丁堡，那该多美啊。我就抱着这种美好向往离开你，给我写信来。

你的兄弟

安东尼

① 耶稣教徒，通常译“新教徒”，是对传统的天主教徒而言，是基督教的改革派，兴盛于瑞士、德国、英国等国家，而南欧的意大利、法国和西班牙等国家，传统的基督教占优势，从而产生新旧两派长期对立，甚至爆发战争。但是“新教徒”的译法，我国一般读者容易误读，因而采用“耶稣教徒”的译法。圣埃克苏佩里随着家庭宗教信仰，为天主教徒，说“耶稣教徒的圈子，富有而正派”，也是对新教教徒的传统评价。

② 波士顿舞是一种三节拍节奏，滑步的华尔兹舞，源于美国，约 1875 年传入法国，亦称“美国华尔兹”。

第十八封信

（1919 年，巴黎）

亲爱的妈妈：

来信收到，谢谢。您的信给我带来极大的乐趣。（我不会写字了，这支新钢笔用起来还不习惯。另一支我弄坏了。）请您原谅这些苍蝇爪子爬的字迹。

我很好，只是感觉累了，要去勒芒休息一周。

过两周或更长一点儿时间，就是海军学校口试了。如果说，我去参加口试，那也是出于好奇心，不抱一丝一毫的幻想：所有考生都要过一过口试，我也应该去拿两分，好加到笔试成绩上来平均。

路易考得比我好，他甚至认为没必要去口试，不再为他的考试操心了。

而我呢，宁愿干到最后，但不是为了泡汤的考试。

我在伊沃娜家给您写信，今晚我就住在这里，好明天上车去勒芒。我时常见到博纳维一家……至于路易，跟他相处特别愉快……

昨天，在歌剧院大街，有一场大规模的单列纵队游行，我们阻断了四十五辆汽车！四十五辆啊！我们找到一个诀窍：一条一公里的长绳，从队首拉到队尾，我们前后搭着肩行进。学年考试之后的单列游行，任何车辆休想把队列切断……场面相当滑稽。

我同多莉·德·芒通建立通信关系：没的说，我看他们极富情趣。

我想到雅娜，可以唱唱迪迪的老调：

“听说你结婚……”辛酸的泪水如泉涌，真到万不得已，我甚至就拿吉列特刀片割喉自尽……不……我很坚强，要抵抗这种痛断肝肠……咦，这让我想起我答应过她，为她作诗贺喜。到了勒芒我就写。

理想的天气，但是天空湛蓝得过分，小片浮云又太白。这是“间奏曲”的天空，十九世纪版画风格，您理解我的想法吗？

理想的天空，因为今天清爽！对，清爽！如果不是在牙科医生那里滞留一小时，我的这个下午本来挺美妙。

我进两家糕点店，吞下去两份冰淇淋。自不待言，冰淇淋和（正如歌中唱的）骆驼，是造物主的两样最美好的发明。

刚才那会儿，我给特雷维斯表姐夫念了诗，他显得很惊讶，他给了我一堆建议，既有趣又独特，全是个人见解。他这个人出类拔萃，您知道吧？

真烦人，我还觉得嗓子有点疼。但愿这种讨厌的发炎别再反复。本来我就不该吃两份冰淇淋。

我给您写一封长信，好让您解解闷儿，我想我有病时，就特别希望收到我喜爱的人的长信。而您觉得病了，我会非常伤心……

我很想逗您笑一笑，可是这段时间，白天夜晚这样日复一日，我也看不出有什么特别逗乐的事。

……

刚才我瞧了瞧周围，我是在拿破仑废弃的房间——非常好的卧室——这里所有小摆设无不表现这个伟人的千姿百态，而且每一个橱柜，无论多小，至少摆放五十件小玩意儿。

我对面就有一件瓷器，这个拿破仑没有架子，善意地注视我。作为伟人，这副形象有点儿太胖了：一个伟人，首先就不该是个胖子：他应该被一种内在的火焰烧得发焦；偏右一点儿，还有一个骑马的造型，马蹄高高竖起，拿破仑则是一副张扬的姿态，而接下去通常是倾倒，至少损失四瓶优质葡萄酒的法国遗产。其实，拿破仑饱餐荣耀，畅饮清水，这样的餐饮怎能符合这张嬉皮笑脸。这尊雕像触犯了我对史实的见解。

这天夜晚毫无疑问，我受这千姿百态拿破仑的吸引，进入了心醉神迷的幻境。左派枯瘦的理念，在我看来，沿着消瘦和枯涩之路走下去，会一直到让我的毛发倒竖的地步。爱嘲弄人者，就要以狡黠的神态，来揪我的耳朵，向我做出千百种鬼脸，但洋溢着一种温和的洒脱。如果说我不向往这种艺术，这是因为我拥有一个牢固的神经系统。

今天晚上，伊沃娜华美出场，她给我演奏了一支我喜爱的肖邦的乐曲——这位肖邦，何等天才！——随后，我念了诗（我已经跟您说过了）。

有朝一日，能读到您写的战争回忆录，我会特别高兴。心爱的妈妈，这事儿您安排时间做好吧。对了，其实，既然您掌握一门艺术，绘画，您不经营，有什么必要呕心沥血，去破解那些在我看来远比数学难解无数倍的征象呢？

莫诺在圣莫里斯茂盛的草地上，大概长膘了吧？迪什呢？可怜的天使，她能留在家里，重又见到鸡群、狗群、兔子和豚鼠，该有多么高兴啊——而莫诺，她的意大利小猎犬！

从举止方面来看，意大利种明显高出一筹，不过我似乎觉得，他们生活在一份遗产上，没有能力创造了。从艺术或者科学的角度来看，他们没有任何重大的建树。

我刚发现我这淡粉色的床罩，这让我联想到糕点，口里就生出馋涎了。我十分欣喜，有一幅淡粉色的床罩。

第四幅拿破仑像，一副友善的样子冲我微笑。

有人给我送来热水洗漱，多讲究啊！

我已经不知所云了。况且，有五分钟了，我是在自言自语。

我离开您了，全心全意拥抱您……深深地爱您。

您的儿子，

安东尼敬上

惊人的发现！

我刚刚看出来，我对面的这位拿破仑，原来是一只壶，背后还有环耳。要知道，他成为一只夜壶，大大丧失了尊严！

现在我上床躺下，正对着一幅金黄色金属的爱神像，模样儿很惨，伏在拿破仑的墓上哭泣。

我想睡了，就在这镀金的爱神像的艺术印象中，我离开您了！

第十九封信

(1919年或1920年，巴黎)

亲爱的妈妈：

我是在若尔丹夫人家给您写信。今天晚饭，我是在特雷维斯家吃的。等星期天，圣约翰学校的老同学会餐。

我可怜的妈妈，您怎么样啦？您能常来信，告诉我莫诺的消息吗？可怜的小姑娘……她情况如何？①

我挺用功的。课堂提问的最近成绩：12分、14分、14分，数学进展顺利。

我跟一位朋友，又去参观了独立画家美术展览会*。总归有些好东西，但是有许多不堪入目。学院派的现代绘画作品，尤其丑陋不堪。真让人以为面对的是一家肉铺的橱窗：毫无艺术可言，线条毫无节奏感：一大堆鲜肉。(……)

我又作了一首：《真的朝圣客》。让我的同学欢欣鼓舞。不过，我还得等一等，要给比这些可爱的小伙子更懂行的人鉴赏。我继续答应人，给他们手抄诗，可是老实说，我甚至没有工夫为自己抄写一

---

① 莫诺，安东尼的二姐西莫娜，患了肺炎，正在南方养病。

份……等放了假再说吧。我很高兴，因为我相信，我近来作的诗提高了一步。

我认为我要成为萨曼的忠实信徒了，说准确点儿，不对，因为我憎恶囿于一种类型，我倒愿意表明，在《金车集》中的萨曼，越来越让我迷恋。

上星期天，我在于贝尔①表叔家用了午餐，然后去看亨利·巴塔耶②《蠢少女》祈祷：一出令人痛断肝肠的剧本——心情甚至沉重——天才之作。亨利·巴塔耶是个戏剧的伟大天才。在我看来，他和伯恩斯坦③都是出众的人。自不待言，我要尝试创作戏剧，这让我激动不已。这是一种出色的文学体裁，从情感的强度的观点来看，在剧中可以大大地浓缩。但似乎又不大适于表现特别复杂的思想，而复杂的思想又相当普遍，可以融入这种戏剧结构。

我记不清在哪本杂志上看到这样的话："的确，我没有看到康德或者布特鲁先生为戏剧杜撰出思想。"依我之见，像伯恩斯坦或者巴塔耶这样的作者，主要还是将一种思想摆到您面前，总之，是一种"识见"，一种"境况"。"人即使以为相爱，彼此也始终不了解，人还是依然返回自我。"《秘密》，巴塔耶。

"人生中有些境况，就是解决不了，引起认知的思想崩溃。"《蠢

① 于贝尔，德·勒斯特朗日男爵，伊沃娜的叔父。
② 亨利·巴塔耶（1872—1922），法国戏剧家，十四岁开始戏剧创作，成名作《狂喜》（1900）开启他的戏剧生涯，接连佳作有《科利布里妈妈》（1904）、《裸体女人》（1908），以及《蠢少女》（1910）。后来转向社会问题剧，如《人肉》（1922）就大大逊色了。他倡导的"间接语言"的理论，使他成为贝尔纳及"默剧"的先驱。
③ 伯恩斯坦（1876—1953），法国剧作家。他的几部情节剧曾引起轰动，如《市场》（1900）、《雅克兄弟》（合作，1904）等。后来转向比较严肃的题材，进行各种新形式的试验，如《梅洛》（1929），采用各种电影技巧；《旅途》（1937），则借鉴小说的一些技巧。圣埃克苏佩里后来改变了对伯恩斯坦的评价。

少女》，巴塔耶。

我思考了所谓天才和疯狂相近的说法，很想写出我的见解。我觉得这是在玩弄词藻，玩弄疯狂这个词。

如果说疯狂就意味着思维不协调，无力指引综合的思考，那么我觉得这同天才相去甚远。天才的头脑联想协调运思，能建立一种综合的构想。

不过，联想一旦走得太远，而靠直觉的天才又忽略布置相关联的念头，那么他的综合构想就可能显得缺乏条理，然而，若说疯狂，再怎么疯狂，也不再是层出不穷的矛盾，思想完全是另一套秩序，应当采用不同的字眼儿，不过，我的理论，还没有时间向您阐明，况且此刻，并没有清晰地呈现在我的头脑里。

我很想跟您谈点开心的事儿，但是我真的想不出逗乐的话。

我刚才读了亨利·德·雷尼埃[①]一首十四行诗，非常好。他讲述一年十二个月。十一个月过去，给他留下的无非是失望和悲伤，然而到了十二月：

> 你入我的深夜，给我带来什么？
> 他们，虚妄的希望已化为泡影，
> 而你！莫非让我看到此时此刻，
> 在你黑眸深处升起幸福之星！

① 亨利·德·雷尼埃（1864—1936），法国二十世纪初的重要诗人，具有贵族气派和审美趣味，在世纪之交，成为法国知识界的重要人物。早期诗作受象征派影响，后来又受其岳父诗人埃雷迪亚的影响，转向古典风格。

我时常见到路易，近日，我要去看望萨布朗一家人。真遗憾，马克去摩洛哥了，难得的好朋友！

您想来巴黎吗？我理解您的恐慌情绪，身陷这么多不安的事情，生活这么多繁杂问题。但是至少，您不要为我担心：我很好，我不灰心，还在努力。

我离开您了，心爱的妈妈。我深深地爱您，全心全意拥抱您。我也拥抱可怜的西莫娜。

您的儿子，

安东尼敬上

今天，您能给我寄来汇票，星期二我好能出门？

胶鞋——零花钱。

*述评：独立画家美术展览会始建于1884年，一些画家不想通过评委会的审查就展出自己的作品，于是创建了不图回报而能自由展出的美术展览会。法国著名先锋派诗人和艺术评论家阿波利奈尔在《论艺术》中写道：

“十九世纪艺术——还显示法兰西特性的完整性的一门艺术——不过是对学院派的陈规长期地反抗：反抗者以真正的传统对抗学院派的陈规，要摆脱由波拿巴街大本营保卫的这种过时艺术的大师们。

“独立画家美术展览会自创建之日起，就在现代艺术的演进中，起了一种举足轻重的作用，陆续向我们推荐了不同倾向与个性；而且二十五年来，这些倾向与个性融进了法国绘画历史；须知唯独法国绘画，今天还有其重要地位，在全世界的层面上继续伟大传统的逻辑，并始终表现一种极其强烈的生活感。

“还应当补充一点，在独立画家美术展览会上展示的粗俗之作，在比例上并不高于官方美术展览会，那是以一种所谓合法艺术的面目出现的粗俗作品。”

第二十封信

（1921 年，斯特拉斯堡）①

亲爱的妈妈：

昨天收到您的来信，留局自取。您往军营里给我写信吧，一直到我确定每天都能外出了，到那时候，您写信就寄往我在城里的地址。

斯特拉斯堡是座美丽的城市，比里昂还大，具备大都市的全部特点。我找到一套公寓房，有浴室，厅里安有电话可供我使用。这是一对夫妇家，坐落在斯特拉斯堡最漂亮的街道，主人是正派人，一句法语也不会讲。房间很豪华，有暖气、热水、两盏电灯、两个衣柜，楼里安装了电梯，全部费用每月一百二十法郎。

我见到了德·菲利贡德少校，人非常好，他将负责我的飞行事宜。飞行是很难的事，由于要熟悉大批严谨的通报。不管怎样，两个月之内还什么也谈不上。

我在军营（食堂）里给您写信。从早晨开始，我们就在一名憨

① 圣埃克苏佩里竞考海军军官学校失利之后，于 1920—1921 年，作为自由考生，准备考美术学校（建筑专业）。1921 年 4 月 9 日，应他的要求，他作为航空地勤人员，分配到斯特拉斯堡飞行二团，停留两个月，以便争取编入飞行员行列。

厚的、胖乎乎的士兵带领下，一座仓库一座仓库游荡，尝一尝军队的饭食，试一试军鞋。

飞行场一片繁忙——Spads 型和 Nieuports 型歼击机，在空中竞相特技演练。

见到了圣约翰学校的吉也菲神父，他每过一两周就来一趟，我向他请教有关建筑师的情况……

飞行场位于斯特拉斯堡的一条路尽头。如果我要挤出时间干事，那么一辆摩托车恐怕是必不可少的。这事以后再跟您谈。等有了摩托，我就可以游一游阿尔萨斯地区了。

乘火车穿过米卢斯、阿尔奇克、科尔马，远远就望得见老阿尔芒山，在那狭窄的山头，埋葬了六万四千人。

斯特拉斯堡的资源：歌剧团似乎很出色，菲利贡德少校对我说。

我对军人这种职业的看法，严格地说，并没有什么可瞧不起的——至少空军是这样。要学会敬礼，踢足球，然后一连几小时发呆，双手插着兜，嘴上叼着熄灭的烟头儿。

一些伙伴不大好处。反正我口袋里装着书，如果实在无聊，还有书解闷。盼望快些学习驾驶，上了飞机我就只有高兴的份儿了。

不知道什么时候换上军装。现在还看不出来效果如何。我们还是一身民装，到处游荡，傻里傻气的模样。从现在到两点钟，无事可干。到了两点钟，仍然无事，只不过对调一下位置：原来 A 处的换到 B 处，原来 B 处的换到 A 处；随后，再对调回来，这就允许可以从头再来。

再见，心爱的妈妈，总之，我相当满意。我怎么爱您，就怎么拥抱您。

您的儿子，

安东尼敬上

第二十一封信

（1921 年 5 月，斯特拉斯堡）

亲爱的妈妈：

您想象一下，我先当……老师，再成为飞行队学员。从五月二十六日开始，我负责讲授内燃发动机和空气动力学的理论课。我要有一间教室——一块黑板和许多学员？讲完课，我肯定能成为飞行队学员。①

当下，我同有些人所表达的虚假观点相反，认为飞行团队十分吸引人。

开头，我们只做体能训练。总体看来，飞行团就像一所足球大学校。我们也玩玩中学的小游戏（闭眼投球击人、跳山羊等游戏），但不同的是，这类训练是有组织的，有人做得不好，就受罚睡在单人囚室的湿草铺上……还有类似中学的地方："某某，您照我这样，做一百遍，等集合的时候，就站到队长的左侧。"

今天晚上，打一针抗甲亢药。

---

① 圣埃克苏佩里要竞考海军军官学校，多亏上了两年预备班，打下牢固的科学知识基础，得到他们的主管，德·比利上尉的赏识，聘用他为空气动力学和机械学教师。后来又经德·比利上尉的特许，他到东部（斯特拉斯堡）航运公司队上飞机驾驶课。

我有了相处极好的室友。用长枕头一场大战，我赢得他们的好感，这非常重要，长枕头击打，我打出去的比挨着的要多。

再回到我的教学……这实在很滑稽！您看，我当上了教师！

午饭和晚饭我和伙伴们在食堂吃，有一两个伙伴特别喜人。傍晚六点，我离开军营，到我的住处洗个澡，再烧点茶喝。

我讲课需要不少书籍，价格不菲。您能一收到信，就给寄钱来吗？

此外，您能每月给我寄来五百法郎吗？这大致是我的花销。

我们的队长，就是德·比利上尉。您认识他吗？如果认识，您就把我推荐给他。

您在巴黎吗？您应该再来看看斯特拉斯堡，美妙的城市。否则的话，那就以后再说。我呢，既然是教师，总归有假期……

好了。我离开您了。

我怎么爱您，就怎么拥抱您。

您的儿子，

安东尼敬上

您汇款就一直汇到军营来吧（信件可以寄到城里或者军营）。下莱茵省，斯特拉斯堡飞行场，S.D.A，飞行二团。

第二十二封信

（1921 年 5 月，斯特拉斯堡）

亲爱的迪迪[1]：

来信收到，非常感谢，你的信让我特别高兴，尤其得知你的爱犬很好，昨夜我还梦见它了。

从今往后，给我写信，就寄到迈耶先生家：

下莱茵省斯特拉斯堡

十一月二十二日大街 12 号

现在是早晨六点半。你常见到我在这种清晨时刻写信吗？我们六点起床，一直到七点自由活动；训练到十一点，便吃午饭，一点半之前，时间自由支配；再训练到五点钟，一直到九点钟，时间自行安排。

训练特别累：不做体操、运动等等，在太阳曝晒下。有时候甚至离奇可笑：

① 这封信是写给昵称迪迪，他的妹妹加布里艾珥的。

“会做这样动作的人，全出列！动作快点儿……快，快！喂，那边……两天禁止出营。”

五分钟之后：“会唱歌的人，出列……好，您会唱《玛德珑》吗？唱给您的伙伴们听听……大点儿声，真见鬼……罚您两天禁止出营，您就不能再大点声唱吗？”

“好了，现在，出发。我数到四，所有人一齐唱。仁慈上帝的上帝。你们都要不出声吗？”

“向右转，向右！向左转，向左！齐步——走！一、二！一、二！全体唱歌。一、二！三！四！……”

《玛德珑》开始唱了，二百人，显然唱二百调，只因没有定调……

还让我们手脚并用，一连几小时，四蹄乱爬，小儿游戏……

总之，一点儿也不比中学更让人厌烦，恰恰相反。

嘘！拉警报了……再见！要去集合……

我拥抱你，

安东尼

（见反面：）

全军营都惊慌了。警报长鸣一小时，两千名士兵闻声而动，奔向铁匠棚子：一块抹布烧着了。两千名士兵有两个上前啐几口唾沫，就把火浇灭了，而两千名士兵中少二人，其中有我——又全部散去。

我累得不行，几乎站不住了——不是灭火累的——而是这种该死的训练。但并不太烦人。倒像飞机摔到地上，稀里哗啦的金属声响，以及士官的吼叫那样令人开心。

嘿——我们的队长，是德·比利上尉（我不知道是否该这么写）。如果你认识里昂这个姓氏的人，你就询问他们，他是不是他们的亲戚，他在斯特拉斯堡空军二团，指挥地勤人员，有机会把我推荐给他。

然后写信告诉我有关他的情况。

我在城里的卧室非常好。每天晚上从军营回来，先洗个澡，然后烧杯茶，喝了茶再返回军营。

队长今天早晨派人来叫我，向我提起申请当飞行员的事。但愿这件事办得顺利。如果成了，那么过四五个月，我就会驾驶飞机到圣莫里斯·德·雷芒的上空盘旋。

如果你要表示关心，就隔三差五，往我城里住处寄包裹或别的东西。收到邮包总是让人高兴的事。

昨天，来了一场少见的雷雨，飞机还照样飞行。显而易见，必须牢牢掌握住自己驾驶的飞机。

最后时刻。

你想象一下，我当了教师。我将要在一间有黑板的教室，给许多学生讲授空气动力学和内燃发动机。讲完课（要一两个月），我肯定能转为飞行学员。

我爱你，拥抱你。

爱你的哥哥，

安东尼

第二十三封信

（1921 年 5 月的一个星期六，斯特拉斯堡）

亲爱的妈妈：

毫无新情况。显然，还有比兵营更富有变化的生活。渐渐就感到有点儿郁闷了。大约个把月后，我就会知晓能否当飞行员。我已经申请了……

这么久我也没有恢复过来，打那一针（抗甲亢）真害人，让我病成个傻子。

此刻我在自己的卧室，刚刚洗了个澡，唯一喘口气的时间，非常短，时光全花在往返的路上。

您常来信呀。您哪儿知道，信件是多好的休息啊！如果每天，我都能收到一封来自圣莫里斯的信，那该多好啊！你们写信穿插开来。

我未能去巴黎。本来我得去找需要的图书，可是，有人从别的途径弄来了。帮了倒忙。

您的汇票还没有到。是投错地方还是没有汇出呢？您是星期三告诉我的。已经四天了。我身无分文了。

我现在很痛苦，因为面对酒精灯没有火柴，烧不了茶喝。

他们征集前往摩洛哥的志愿者。申请的人一个月，或者三周就能批准。假如飞行员当不成了，我就报名。到那儿，至少我还有萨布朗做伴。

我还继续备课，时间所剩无几，二十六日就上课了……

还有十来分钟就得走了。千万不能迟到……要蹲禁闭室。

过圣灵降临节，我希望准我四十八小时假去巴黎。我说去巴黎，因为回圣莫里斯，往返路上至少要三十小时。而去巴黎，我希望乘飞机，两个半小时就到了。到那时，您要去巴黎看看比什（大姐）吗？

那么，您也去巴黎吧？

我离开您了，怎么爱您就怎么拥抱您。

您的儿子，

安东尼敬上

迪迪答应给我邮包东西吗？（也要装上一个烘饼……）您不要忘了汇票，今天早晨（寄到军营，汇票）。

第二十四封信

（1921 年 5 月，斯特拉斯堡）

亲爱的妈妈：

我刚见了德·比利上尉，他和蔼可亲。这里一有警报，各种准备就忙得不可开交，他让我回答您：

他认为我的想法是好的，先拿到民航飞行员合格证书，但事先做到：

1. 明天我就去检查身体和复查；

2. 同司令官谈一谈，了解民航公司的情况，等等。

我满怀希望，这一切必有成果，因此我要先对您讲清楚。

我走下一架歼击机，完全晕头转向了。我的空间、距离，以及方向感，都消失在高空最纯粹的无条理中了。我寻找地面的时候，忽而注视我之下，忽而注视我之上，忽右，忽左。刚才我以为升得非常高，猛然间，我旋转着垂直摔向地面。我又以为非常低了，两分钟的工夫，就被五百马力的发动机，一下子拉升一千米。机身在舞动，摇晃，翻转……噢！啦啦！

明天，我还要登上同一个飞行员驾驶的飞机，飞上海拔五千米的高空，远远高于云海，要跟另一位朋友驾驶的飞机展开空战。于是就旋转急下，翻筋斗，翻转掉头，把我一年吃的食物全从胃里倒腾出来了。

我还不是机枪手，也多亏了我学得的知识，才能登上战机。昨天一场暴风雨，风急，锋利的雨点，以时速二百八至三百公里直击脸上。

九日我打算开始学当机枪手，①这与民航飞行员证书无关。

昨天，歼击机大检阅。

单座Spads型歼击机，小巧而又亮晶晶的，沿着机库排列开来，尾部有漂亮的小型新机关枪，三天前才安装上去的。Hanriots教练机，便便大腹犹如火流星；还有Spads-Herbemont②，时下歼击机之王，任何飞机休想靠近，那模样极凶，细长的机翼好似紧锁的双眉。

对一架歼击机之王，您毫无概念，样子非常凶恶，是一种特别厉害的战机，我酷爱驾驶的正是这样的战机，飞在空中活似水里的鲨鱼，同鲨鱼像极了！同样异常光滑的躯体，动作同样灵便而敏捷，甚至能垂直停留在空中。

总之，我生活在满怀的激情中。假如明天体检不合格，我就惨了，会多么失望啊。

这幅简洁的艺术画面，描绘了明天的空战。

瞧着排列的飞机，听着所有发动机都运转起来的轰鸣，呼吸着汽油的这种好气味，大家心里都暗道："德国佬吃不了兜着走。*"

---

① 圣埃克苏佩里只有充当机枪手学员，才能登上新型歼击机。他的朋友约翰·埃斯科撰文，刊登在《伊卡洛斯》杂志69期上，见证了他那无法餍足的飞行的渴望。

② 这种型号的歼击机，后来改进发展数代，这是第一代，时速达二百三十公里，飞行高度达七千米。

再见，心爱的妈妈，我全心全意拥抱您。

您的儿子，

安东尼敬上

*述评：时过二十年，飞速发展的德国法西斯军国主义，就从第一次世界大战的失败中崛起，发动第二次世界大战，以机械化部队闪电战，一时横扫欧洲。这句话和《战斗飞行员》两相对照，多么发人深省。

第二十五封信

（1921 年 5 月，斯特拉斯堡）

心爱的妈妈：

昨天接到您的电报。——我在信上告诉了您，上尉是如何正式安排了这一切的。

我刚刚通过了两次体检，确认“适合”当飞行员。

我等待部队的批准。马上就可以获批了。您不要等星期四了，明天晚上能动身吗，好给我送来一千五百法郎，其中一千法郎存入银行？

妈妈，您若是知道，——知道才好——我要当飞行员的愿望是不可抗拒的。如果达不到目的，我会非常不幸，但是我肯定能成功。

三种解决方案：

1. 选择服役一年或更多时间；

2. 前往摩洛哥；

3. 拿到民航飞行员证书。

我要采纳其中一种方案，因为，只要有证书，现在就能飞行。

不过，头两种方案还有些不妥之处，而上尉和我，我们认为还是第三种方案明朗。拥有了民航飞行员证书，我就“有权”转为军事飞行员证书，不一定非得服役不可。

您的电报搅乱了我的心思——显然是到了万不得已，这事还取决于您，因为民用飞行学习有费用——除非借款，而我又不愿意。我觉得您是想要阻止！您说，您不会这样做吧？全都安排好了，司令官已过问这事。如果这样是荒谬的，您来信之后，上尉怎么会同意呢？您说呢，妈妈？

如果事情不是这样安排，那我就只好应承服役，但我宁可出去干三年，也不愿意过这种昏头昏脑的生活。

可是，这样并不理智，因为有了这种方案，我就指日可待了。

妈妈，我恳求您，今天就给寄汇票来，或者明天晚上就动身，而不是等到星期五。

而且，我又见到您该有多高兴，您说吧，妈妈。只不过，您来千万不要将我置于深深的遗憾中。事情十分紧急，您知道，而我已经耽误太多的时间了。

尽管打来这封电报，我还抱有信心，对不对？

我全心全意拥抱您。

您的儿子，

安东尼敬上

第二十六封信

（1921 年 5 月，斯特拉斯堡）

亲爱的妈妈：

昨天在营地站岗，我未能回复您的电报。

常规，如无重大理由，我很难能给您打电报（特殊情况，我可以求助于军邮），只因军营不在斯特拉斯堡，而我们出营往往又太晚了。

收到您的来信，汇票迷失在军营，恐怕在接收过程中，将我的姓名给弄残缺不全了。如果没有迪迪的邮包，我还收不到（对照邮包，确认了我在汇票上的姓名）。

我思考过了，询问过了，讨论过了。如果说这两年间，我想要干成点儿事，那只有这种方案。每天晚上，我总归仅仅剩下半个小时可以自由支配。可是，训练下来疲惫不堪，您还能让我干什么正事呢？要不然，我得自己安排一种生活。我跟东部航运公司（民用）签约，一揽子全解决了。全部合乎规定。星期三我就开始学习，要持续三周或者一个月。到那时候，我去巴黎又能见到您了。（……）

一百次飞行练习为基准，这就算很多了（但不管飞行次数多少，一律收费两千法郎)。

我星期三开始上课。我意已决，因为，当个机枪手，无论是哪个驾驶员的搭档，对我来说一点儿意思都没有，可另一方面，我又想能有所作为。

明日星期天，您能给我汇来(汇到军营)一千五百法郎吗?一千法郎作为保证金，拿了证书后我可以取回，或者由您亲自取回，而五百法郎是第一笔四分之一的学费。

我在一架速度极慢的法尔芒教练机上学习驾驶，①机上安装了双操纵，以便再换索普型②(快速飞机)时，就可以避免双操纵装置了。

我向您保证，丝毫也不必担心。从现在起三周内，我不会离开双操纵的教练机，只是换了一种方式，还是像现在这样，我几乎天天在战机上飞行——例如今天——什么都没有变。

您在信中对我说，做一个决定要“值得”:我向您保证，这就是一个值得的决定。我一分钟都不能耽误，因此我这样匆忙。

无论如何，星期三我就开始了，但是希望星期二能拿到钱，以免落到尴尬境地，我的意思是不好面对公司。

我恳求您，妈妈，不要对任何人讲这件事，把费用寄给我。我会逐渐还给您，如果您愿意，就用我的军饷填补上。尤其是我成为

---

① 1921年6月18日，在教练员罗贝尔·阿埃比陪同下，圣埃克苏佩里上了法尔芒F40型教练机，开始上飞行课。这种飞机时速可达一百三十五公里，能升到四千五百米高度。阿埃比对他的评价是:“他是个好学员，当飞行员有天赋，甚至很灵活。”

② 索普型(Sopwith $1\frac{1}{2}$ Strutter)，双翼飞机，多用途，可承担轰炸、侦察、歼击和运输的使命，时速达一百六十五公里，飞行高度可达四千五百米。1921年7月9日11时许，圣埃克苏佩里驾驶这种型号飞机实现单飞。

军事飞行员，就有无数方便条件参加军官学员竞考。[1]因此，您今天就成全这事。我对您会万分感激，您说呢，妈妈？

有时候夜晚，我的情绪低落。您应该来一次斯特拉斯堡。在这种环境中，我感到有点窒息。看不到前景。我要有一种自己喜爱的营生，就怕去泡酒吧。

您就来这儿一次吧。您旅途车费八十法郎，可以睡在我的房间。

给我写信来，信件特别特别……请您原谅，我只有这么点点时间，给您写的信字迹难辨！

您不必畏惧流感，斯特拉斯堡这里没有。

我深深爱您，紧紧拥抱您。

您的儿子，

安东尼敬上

到了早晨，您能写信给马尔尚先生吗，让他火速给我汇来一千五百法郎？我做出所有承诺。

① 1921 年 12 月 21 日，在摩洛哥拉巴特，圣埃克苏佩里获得军事飞行员证书。

第二十七封信

(1921 年 6 月,斯特拉斯堡)

我的妈咪:

我可给您写过一封近十页的信!

您没有收到吗?我是夜里站岗给您写的——在一条小溪边——明月当空(夜里站岗坐着……写那封信……冒着上军事法庭的危险)。

我也同样,什么也不了解。我甚至不知道莫诺在巴黎,现在也不清楚她在那里做什么……一无所知。[①]我在这里,有一种强烈的孤独感。

此外,迪迪还病了。我多么急切地想得到消息。的的确确,什么都这样悲凉。

妈妈,总该告诉我,莫诺到巴黎做什么,她住在哪儿,等等,我一概不知。

妈妈,我重读了您的信。我觉得您特别愁苦,也特别累——还有,您责备我沉默——妈妈!我写信啦!我觉得您很愁苦,这也让

① 安东尼的二姐西莫娜去巴黎进修,准备考档案学校。1922 年。她考取了,成为法国第一批档案专业的女生。

我沮丧。

我的情况还好。没有什么特别的事情。空军团，确切地说，连队，愚蠢地半骚乱，连带中止了休假外出。一旦可以了，我就赶去看您，可是何时呢？

我也伤怀了，只因您的信，宛若一片雾气围住了我。除了这种感觉，其他一切差不多都挺好。我刚刚发明了一种（发动机）旋转计数仪，要请一位钟表制造高手的下级军官给我做出来。

我做完了最终的计算。*

再见了，妈妈。我深深爱您，紧紧拥抱您，我的妈咪。给我写来一封不这么伤心的信。

我深深爱您，紧紧拥抱您。

您的儿子，

安东尼敬上

您今天能给我寄来我的房费吗？我在上封信里请求您了，这一星期连一点儿钱都没有了。

我还请您从里昂给我邮来下列几本书：

1. 一种课本，《空气动力学详解》（一卷或数卷），适于工程师使用。

2. 一种课本，《内燃机详解》。

您尽早邮来，我手头儿没得用很不方便。

您说，这不会让您烦吧，心爱的妈妈？

安东尼

（例如，光明街就有一家书店。但我需要的是科技书。）

*述评：圣埃克苏佩里在学习期间，就有了发明创造的冲动，这一初试就足以证明。事实上，从1934年起，他成为出众的发明家，向全国个人产权局申请并获批十四项个人技术发明专利，均有证书。例如，他设计出世界上第一个距离测量仪，但是直到1947年，军事当局才准许公开发表。然而，他的这些专利，在法国并没有应用到工业上，反之，他的所有成果，都在美国的仪器装备中得到体现。

第二十八封信

（1921 年 6 月，斯特拉斯堡）

亲爱的妈妈：

非常感谢您的来信。我已经复信向您表明了，但是寄到巴黎——那是当天的事了，里昂旅馆，您在旅馆留下您的地址了吗？

最终，您还是做对了，去看望了所有那些人……母亲的本能！

我在上民航飞行员课的同时，也还在昂里奥型飞机上，继续机枪手的军事课。我一获取机枪手－观察员的证书，就会升为下士。

我险些动身去君士坦丁堡。那是为“明天”招募志愿者。不过，我考虑作为机械师，还算不上梦想，要等我拿到双证书后再说……君士坦丁堡，还是无偿的！唯一的机会。可是，听说我们的空军团也许要调往里昂，这也让我急刹车了。调到那里，我开飞机十分钟就到圣莫里斯了。

擦亮皮鞋，神甫先生，

您登上飞机就启程。[1]

---

① 圣埃克苏佩里仿儿时唱的民谣戏作。当年迎接村里的本堂神甫到圣莫里斯老宅，他和姐妹就唱这首民谣：“擦亮皮鞋，神甫先生/好来主持我们的婚庆/因为像谷仓的耗子/我们这里游走着爱情。”

果真如此，本堂神甫就会跳起舞来。大家会喜笑颜开！再不然，就由公主出费用，我设法安排一次旅行，在一首诗中。

这阵子，我睡在禁闭室潮湿的草铺上。禁闭室设在地下。惨淡的月亮，还有脸色惨白的哨兵，就监守着气窗。这些人真怪异，囚禁了数周，还在囚室里唱歌，郊区和工厂的那些怪里怪气的歌曲，唱起来那么悲伤，仿佛听到轮船汽笛的嘶鸣。大家用蜡烛照亮，稍微有点儿声气就能吹灭。

不过，仅仅是夜晚和休息的时间，我才回到禁闭室，这毫无妨害，对我缺席一分钟削土豆皮的苦差事，惩罚还是轻的。

训练一结束，我就换了士官，下士和下士长。现在这些，是十足没教养的人，无休无止，以吼叫为乐，让我度过无比恶心的时光。

再过半个月，我就能重见天日，又能看到斯特拉斯堡、法兰西、我的卧室、商店的橱窗了。常给我来信。

米玛、圣莫里斯，一切，都怎么样啦？最终我还是很高兴，您去见了苏杜尔神甫[①]。但愿您拿到了我的犯罪记录，给他寄去——（德朗布尔街 22 号）。我衷心感谢您。

皮埃尔·德·阿盖[②]给我寄来一个应该见的人的地址。等关禁闭和留营的惩罚一结束，我就去拜访。

无法给您回电报。想打电报也不可能，出门太晚了，邮局已经关门。

---

① 巴黎博须埃教会中学校长，圣埃克苏佩里的好友。1926 年，正是苏杜尔神甫将圣埃克苏佩里推荐到拉泰科埃尔邮航公司工作。
② 皮埃尔·德·阿盖，安东尼的发小，他于 1923 年同安东尼妹妹，加布里艾珥结婚。

再见，妈妈，我离开了，深深地爱您，紧紧地拥抱您。

您的儿子，

安东尼敬上

第二十九封信

（1921 年 6 月，斯特拉斯堡）

我的妈咪：

我真希望您星期一能来，怕只怕我拿到证书之后，就没有什么时间了，尤其是去马赛，必须从斯特拉斯堡起程。

我们所能做的事，假如我们还有一两天时间，就可以乘飞机去巴黎，又见到莫诺了。眼下，我还有不少工夫，我们可以游览阿尔萨斯地区。

但愿明天或者后天，我就首次单飞了。紧接着，很快就拿到证书了。

收到了钱和教科书，非常感谢您，妈妈。我还是一身民装，免得惹事儿。况且，我就待在自己的房间，抽烟喝茶。我也想象很多您的事儿，回忆一大堆我小时候您那些事儿。我几乎总惹您伤心，现在想来心里非常懊悔。

您哪里知道，妈妈，我觉得您太完美了，是我所认识的“妈妈”中最善解人意的妈妈。您完全有资格过着幸福快乐的生活，不应该生一个浑小子，整天不是抱怨，就是大发脾气，您说是吧，妈妈？

我很想这一晚都跟您聊，久久地，久久地给您写信，怎奈太热了，我这整个人仿佛不存在了。尽管时间很晚了，窗口连点儿呼吸的空气都进不来。实在难受极了。到了摩洛哥，①我会成什么样子呢？

您想象一下，我有个室友，是个细高个子快活的家伙，来自维拉尔－累东布，他乡愁发作的时刻，就唱起《浮士德》，或者《巴特夫利夫人》。维拉尔－累东布那地方，有歌剧院吗？

我就欣赏国王那句唱词："夫人，大风激荡，我打死六条狼。"今天早晨也刮了大风。真的，我喜欢，风浩荡——在飞机上——同暴风雨决斗。然而，我不是个匹敌的对手。我飞行，是在风和日丽的早晨，我们降落在草地露水中，我的教练一副抒情的心怀，为"她"采摘了雏菊。然后，他坐到飞机轮轴上，观赏世界静谧的景象。*

我跟一个同伴在这里，体会到了自豪的心气。毫无疑问，弗朗索瓦一世②，或者堂吉诃德的感觉。我不敢问他的尊姓大名，但是对他高度敬佩。我感到自己渺小，非常渺小。

他还降尊纡贵，光临我的居室喝茶。他以波旁家族③型鼻子的全部分量，谈论起哲学。关于音乐和诗歌，他也表达了真知灼见。一连三天，他来了三次，宽容地认为我的茶味道极好，我的香烟味道也极佳，于是我心中暗道："莫非他是大贵族？（他的举止十分稳重）也可能是一位骑士吧？（他那眼睛十分高贵，也十分正直）总

① 1921年8月2日，圣埃克苏佩里调到卡萨布兰卡第十七空军团，一直停留至1922年1月。法国军队培训飞行场坐落在伊斯特尔，圣埃克苏佩里正式成为空军飞行员学员。

② 弗朗索瓦一世（1494—1547），法国国王（1515—1547在位），他是法国文艺复兴时期的君主，除了武功，他组成了一个灿烂辉煌的宫廷。（弗朗索瓦一世按法文音译，史书上称弗朗西斯一世，书写不同。）

③ 波旁家族，1589年，纳瓦拉国王亨利以波旁家族传人的身份继承法国王位，称亨利四世，开始波旁王朝时期，直到1830年查理十世退位，史称波旁王朝（其间因法国革命、拿破仑第一帝国而中断）。波旁王朝历代国王相貌的突出特点，就是鼻子高耸。

之：弗朗索瓦一世，或者堂吉诃德吧？”

这引起我的强烈好奇心，真想弄清楚。可是，他却按着我骑到一张椅子上，他的神态那么凛然难犯。

后来有一天，堂吉诃德来了，长时间向我介绍他的计划——计划很美，但花销也大——弗朗索瓦一世跟着向我借了一百苏（合五法郎）……

一百苏钱有去无回……

《诸神的黄昏》，阿纳托尔·法朗士[①]如是说。

妈妈，几乎入夜了，我很热……

我深深爱您，紧紧拥抱您。

您的儿子，

安东尼敬上

我收到两张汇票，谢谢。书也收到了。

*述评：圣埃克苏佩里从渴望到学习驾驶飞机，一开始就排除一种轻率的观念，把飞行员这一行业当作娱乐或者体育，学习之初就萌生了“飞行员－征服者”的意念。在他后来的著作中，他逐渐阐述飞行员的使命对人类的意义。例如，他在《人的大地》

① 阿纳托尔·法朗士（1844—1924），法国作家，原名阿纳托尔－弗朗索瓦·蒂波。他的著作丰富，一直被认为是法国文坛的杰出代表，逝世后为他举行了国葬。法朗士著有《诸神渴了》（1919）。至于《诸神的黄昏》，则见于德国作曲家、音乐戏剧家瓦格纳的系列歌剧，其中三部曲之一《诸神的黄昏》。

中写道："这名飞行员独自一人，置身于一场风暴天空为他组成的寥廓的法庭，要跟三种自然神——高山、大海和暴风雨，争夺他的邮件。"

第三十封信

（1921 年 6 月，斯特拉斯堡）

心爱的妈妈：

部里公告：

“已采取措施，准许士兵德·圣埃克苏佩里延期半个月，再起程去完成学业，获取证书。”

如果还有时间，我就赶往圣莫里斯。然而，我不敢向您许诺。在螺旋桨达两千转突然熄火之前，必须有某种高超技术，否则落到房顶，总归是件麻烦事。

蒙唐东[①]一家人对我很热情。那位先生给我以极大的好感。我非常喜爱这种类型的人。他钓鱼胸有成竹……我差一点追随他出游了。没有他的帮助，我拿您的支票还取不到钱。（……）

博雷尔那家人[②]，他们接待我特别爽直，甚至很亲热——其实，他们并不直接认识我，也不认识我们家人（顶多通过玛德姨

① 蒙唐东是同圣埃克苏佩里家族有关系的家庭。
② 博雷尔一家是皮埃尔·德·阿盖的朋友。

妈[1]）——我深受感动，非常感激他们。

可惜他们走了，那位夫人和几位“小姐”——全家人去了南方（图卢兹），享受舒服的热天。

毫无新情况。在凯勒曼河滨大道散步，天气太热，河水日益呈现深沉的绿色。在埃尔伯蒙飞机上旋转并翻筋斗，难免不引起晕机（但是，我逐渐适应了这种剧烈的把戏）。——在法尔芒型机上，“一家之主”式的飞行，而且没有一丝风，发动机也肯正常运转。谨慎而庄重地盘旋。着陆十分轻盈而从容——既不旋转也不翻筋斗。——不过，等我驾驶的时候——驾驶埃尔伯蒙型飞机——绝不当永久的乘客……啊！多好的飞机！

至于法尔芒，问题不大了，我驾驶起来有把握。

我马马虎虎能下棋了，还喝啤酒了。我逐渐变为腹部挺起的市民了。我再回到您身边，就是个胖胖的阿尔萨斯人了。我已经有了口音。我学地方话，让您听着欣喜。

随便一种艺术的感受，何必非得到博物馆去寻求呢？我略微有点儿固执，总好从发热的角度判断事物。——第十八朵玫瑰，还肥肥的，让我厌恶……我心下想：“怎么全是这副热乎乎的样子。”唯独几幅冰海石版画稍微触动我——还有俄罗斯的农村。

噢，摩洛哥……

况且，现在我烦透了。我的下棋对手，让热天闹得变傻了，看也不看就闯进我给他设下的陷阱：这实在让我恼火。

① 玛德莱娜·德·丰斯科隆布（1883—1971），德·圣埃克苏佩里夫人的妹妹，生活在圣拉法尔她们母亲身边。

我离开您了，去洗个澡痛快痛快。

我刚刚收到您的汇票。我还要在这里住十八天，这个月房钱还欠着未付——不管我是退房还是留下来。还有几次洗衣物的费用。

以飞行员的身份前往拉巴特，我还是很高兴的。从飞机上俯瞰大沙漠，肯定非常壮观。

我离开您了，拥抱您以及洛珥姑妈、各位表妹、姐妹。

您的儿子，

安东尼敬上

第三十一封信

（1921 年，卡萨布兰卡）

亲爱的妈妈：

我同时收到您的两封信：一封是这个月一号邮局寄来的，另一封是七号的航空信。您总这样写信，不会觉得麻烦吧？

现在您又回到圣莫里斯。天晓得我何时还能见到这座珍视的老宅。我对卡萨布兰卡已经厌烦了。您果真相信，看到十三块石头和十簇野草，就能滋养思想吗？在小说里可以那样讲。其实，这会让人头脑迟钝，什么都不想，什么都不考虑了。脑筋动两三个小时，也刚好能产生这样"深刻"的思考："你认为吃晚饭的钟声就要敲响了吧？"（沉默两小时。）这才冒出一句："今天早晨有一架飞机，我必须牵着鼻子，就像对待一头畜生，防止它咬人。"再不然："真无聊。"（最终沉默，思绪万千。）

我有些飞行员同事，什么意思都没有，只是到吃晚饭的时候，才和他们相处一下。饭厅好大的一座棚子，空荡荡的，仅仅点着几支可怜的小蜡烛，勉强照见红棕色坚毅的脸庞：征服者的形象，或者强盗在洞穴里的模样，这是红土地面反光的效果。没错儿，真像伦勃朗的一幅油画。

整个白昼，毫无生动的画面，只因一颗荒谬的太阳照耀着不值当的事物。好大的愚蠢印象。愚蠢的宁静。

（……）我想你们所有人。迪什，这个完美的女孩，我真喜欢她。但愿她常给我写信。

我很可能编入空军中队，参加冬季或春季行动，跟一名继续训练的中士同机，他第一次给人包扎，就是罗贝尔·德·居雷尔，莫诺闺蜜的哥哥。他已经摔掉了一架飞机，我还是零损失。

这里只有一种讨我欢心的事物，就是日出。日出是一场戏剧化的演变。首先，大片黑紫色乌云冲开夜幕，组成巨幅的背景，布展在东天。继而，曙光，从一道幽黑的斜坡后面升起，拉开第二幅通明透亮的布景。于是，太阳初升，红彤彤的朝阳，我从未见过那么红。冉冉升了几分钟，便隐没在乱云顶盖的后面，它仿佛穿过了一个岩洞。

我在这里找到了《归来》，一面笑得要死，一面重温了我们一起谈论阿特纳奥斯①的那天夜晚。我的妈咪，想想多遥远了。您应该买这本书，独自会笑得很厉害，而且凭借想象力，看到了他如何玩耍游戏。

妈妈，如果您允许我上综合性学校，我自己也能写，因为能拿出一大堆细节来。那将是“航空工程师”大纲。我在这里，根本不可能学习建筑，也不可能学习绘画。

① 阿特纳奥斯（活动时期约三世纪），古希腊学者，语法家，著有《智者的盛宴》十五卷，有十卷完整流传于世，其余几卷为摘要。作品讲述在一场盛宴上，他遇见众多知识渊博的人，一起讨论了饮食等问题。而且还有大量引文，涉及作者多达八百位，其重要价值是保存了古代社会生活各方面不寻常的资料。

布罗兹的空气动力学的教科书，您给寄来了第四卷，头三卷也能否寄给我呢？

近来，安排我练习飞行的次数很多，清晨平均有六次起降。从早晨八点钟开始，就太嘈杂混乱了，特别累人。因此，我们总是很早就起飞了，天边刚刚发白。

我离开您了，深深爱您，全心全意拥抱您。

您常写信来，谁在圣莫里斯呢，温柔的米玛好吗，还有姆瓦茜*跳的新舞怎么样，让我拥抱百万次。

您的儿子，

安东尼敬上

摩洛哥

卡萨布兰卡

第三十七空军中队飞行员

卡萨布兰是一个词，妈妈！

我要为米玛拍些风景照。

*述评：姆瓦茜，真名为玛格丽特·沙佩依，年轻时就进入圣莫里斯老宅当女佣，后来成为实际上的女管家，事无巨细，经管着一大家人饮食起居，她完全融入主人家的生活。圣埃克苏佩里对姆瓦茜怀有深厚感情，这是他二十一岁的家书中提到。十八年后，他在《人的大地》（1939）中，用一页的篇幅描述老宅中的

老管家。他的飞机出故障，落难大沙漠，在寒冷的夜晚，回忆起儿时的事情，用这样一句话结束第四章的第四节："我的撒哈拉，我的撒哈拉啊，由于出现一个织毛线的女人，你就完全化为仙境！"

第三十二封信

（1921年，卡萨布兰卡）

我的妈咪：

我收到了各种各样的宝物[①]——信件和牛奶——这些都让我心明眼亮。

上星期日，我借一位同伴的照相机拍了几张照片。我给你们邮去大海和周围仅有的几棵树：凄凉的巨型仙人掌。也有我一张站在岩石上的身影。这几张照片你们喜欢吗？迪迪若是在这儿，一定会兴高采烈。有许许多多满身泛黄的令人讨厌的家伙。他们在穷乡僻壤游荡，鱼贯而行，神态又愚痴又凶恶。

如果没有他们，我真想凑近“村庄”：那些泥草房，可怜的护墙残破不堪。每天傍晚，能看见那里神采奕奕的老头、矮小的老媪。红霞的天边衬出了他们黑色的身形。他们如同他们的墙壁，缓慢地衰败了。那些全身泛黄的家伙连声吼叫。驯服的骆驼啃着石子儿，矮得出奇的驴打着盹儿。真能拍出好看的照片，然而，还是抵

① 圣埃克苏佩里诗意想象的关键词。“宝物”等词经常出现，在圣埃克苏佩里诗意的想象中，具有丰富的内涵。

不上安省的小村庄，那里有运饲草的大车，有大片的绿草场、成群的奶牛。

头几场雨。睡午觉的时候，就觉出纤细的水流落到鼻子上。户外天空，大块大块的乌云翻滚。木板屋四面透风，发出海船[①]上的嘶鸣，雨水在四周积为大片水洼，板房真像挪亚方舟。

屋内，谁都悄无声息，深深埋在各自的白色蚊帐里，就仿佛这是学校女生的宿舍。大家逐渐习惯了这种念头，自觉变得羞怯而可爱了，直到实实在在的粗口将您唤醒。有人便回应别样响亮的咒骂，小小的白蚊帐随即猛烈晃动起来。

我给综合学校写了信，感谢您的允许。您能想着一号给我邮来食宿费吗？我打算请假去非斯（摩洛哥的省，省会）。我出去走走好能开开心。

再见，心爱的妈妈。我深深爱您，紧紧拥抱您。

您的儿子，

安东尼敬上

① 船的意象，圣埃克苏佩里在文中赋予房屋的意味，表明人生就是旅行，而他始终走在冒险的路上。

第三十三封信

（1921 年，卡萨布兰卡）

我的妈咪：

您的一件邮包收到，有短筒袜子、一件粗毛线衫：毛线衫很柔软，穿上就会觉得，清晨的北风温和了，海拔两千米的高空也宽容了，体现出来的母爱特别暖心。

我也不知道自己怎么了：一整天我都在画画，感到时间过得很快。

我发现了这种疑问，我的处境有多糟：孔泰牌绘图铅笔。我买了些速写本，随意画，表现当天的事情与活动，同伴们的微笑，或者布莱克这条狗淘气，立起来看我在画什么。

布莱克，我的狗东西，还不老实点儿。

等我第一本画满了，就给您寄去，不过，妈妈啊，有个条件，您还得寄还……

一直下雨。噢！好大的雨！发出湍流一般的喧响。雨水倒是当即找到百年老路，潜入我们房顶的缝隙，穿过木板。而行政机关也确实“爱屋及乌”，着意不堵严板缝儿，好让我们雨天做美梦，雨水流进口中，还以为尝到天堂的美酒。毫无疑问，您寄来的羊毛衫暖和得很，亏了穿在身上，我才舒服，显出一种惬意的神情，一副喜人的小浪荡哥的样子。

昨天，我去了卡萨布兰卡。首先，我就独自逛逛阿拉伯人街，不觉得怎么压抑，因为只能单人通行。

我跟白胡子犹太人讨价还价，想买他们的宝贝。他们在金饰金鳞的拖鞋和银环腰带中间，同岁月一道老去，盘腿打坐，接受五颜六色的顾客恭维膜拜：何等光耀夺目的命运。

我看见一个杀人凶手游街，穿过这些小巷子。旁边的人挥拳头捶他，硬逼他吼叫出他的罪行，好让肃穆的犹太商人、蒙头巾的娇小穆斯林女人听见。他肩膀脱臼了，脑门儿打破了。这样宣扬道德，很有教育意义。他浑身血淋淋的。他的几名刽子手在他四周吆喝。他们身披的花布全飘动起来，无不彰显着各自色彩。这非常原始，又非常绚丽。面对这种情景，那些金饰金鳞的小拖鞋，一点儿也没有激动，银环腰带也同样无动于衷。有些拖鞋小极了，久久等待着灰姑娘，而且那么华丽，恐怕只能适合一位仙女……上帝，她那双纤足，该是多么美丽啊。正当小拖鞋对我讲它的梦想时——金饰金鳞的拖鞋必须登摩西的台阶——一位蒙头巾的陌生女子上前讨价还价，夺走了小拖鞋。我只瞧见她那双大得出奇的眼睛。金饰金鳞的小拖鞋哟，但愿她是最年少的公主，生活在一座布满美妙喷泉的花园里。

但是，我很担心。我想到一些可爱的小姑娘，由于小心眼儿的叔父的过错，险些嫁给了愚蠢讨厌的丑八怪。

你住口，我的狗布莱克，这种事你一窍不通。

我的妈咪，请您坐到一棵苹果树下，既然有人对我说在法国，苹果树开花了。请您替我仔细观赏周围。一定是绿意阴阴，十分悦目，长出了青草……我怀念绿色，绿色是一种精神食粮。绿色维系着举止的文雅、心灵的恬静。您试试，从生活中净除这种绿色，那么很快，您就会变得干涩，情绪很坏。猛兽的习性极难接近，唯一的根源，就是它们没有趴在苜蓿草中的生活习惯。我若是经过灌木丛，准会揪一些叶子装进兜里。回到宿舍，我就爱怜地观赏，拿叶子轻轻地翻转把玩。这让我感觉非常好。我多想再见到您那地方，芳郊已经绿遍。

我的妈咪，您不知道，一片普通的草坪，能触动何等柔情，更不晓得一台留声机，会让人怎样揪心。

对，此刻转动起来了，我向您发誓，所有这些老曲调，听着让人心里难受。都过分轻柔，过分温存，我们在那边，不知听过多少遍了。这不又来了，仿佛挥之不去。欢乐的歌曲，蕴含无情的嘲讽。而这些乐段都十分感人。我不由自主地闭上眼睛……民间舞曲：看见布雷斯（法国东部大区）老房屋，打蜡的地板……或者《玛侬》[①]……怪事，一聆听这类乐曲，人就变得满怀怨恨，好像流浪乞丐注视走过的富人。这些乐曲浓浓的意味，无不缅怀幸福的时光。*

还有些乐曲，能给人慰藉……

嗳，我亲爱的布莱克，别汪汪叫了，我什么也听不见了。

---

①《玛侬》，法国作曲家马斯内所作的喜歌剧（1884），以及意大利作曲家普契尼所作的歌剧《玛侬·列斯戈》（1893），都取材于十八世纪情感小说的典范《玛侬·列斯戈》（1731）。作品全称为《德·格里厄骑士和玛侬·列斯戈的故事》。作者安东尼－弗朗索瓦·普雷沃神甫（1697—1763），是法国一位多产的小说家，但是这部小说影响最大，改编成为两部歌剧。小说讲述一个贵族青年迷恋一名妓女，结果毁了一生的故事，从而成为后代大众浪漫小说的先驱。十九世纪的小仲马也是受《玛侬·列斯戈》小说的启发，创作了《茶花女》。

您并不知道这是一种什么感觉，妈妈。

我拥抱您，我的妈咪，怀着我全部的温情。我的妈咪，快点儿给我写信，要常写信来。

您的儿子，

安东尼敬上

*述评：这是一封文学味十足的长信，内容非常丰富，写的不单纯是生活流水账，而是以事谈情，谈他在生活细事中的感悟，感悟出情趣来，全是他后来文学创作的积淀和铺垫。读这封信就像读一篇散文，信中的点点滴滴，后来经过酝酿生发，就在他的作品中化为及时雨，“润物细无声”，滋润着他的《小王子》《人的大地》《战斗飞行员》等作品的一些章节。

举两个实例。信中提及的蒙头巾的阿拉伯少女和金饰金鳞的小拖鞋，是圣埃克苏佩里对女性最早的、也最具特色的彩笔。这样的“灰姑娘”，这样的“公主”，在《南方邮航》中，就化为仙女般的女主人公，日奈维埃芙，在圣埃克苏佩里的笔下，好似买了小拖鞋的那名少女的续篇，成为永恒的，与自然万物紧密相连的王后。同样，在《人的大地》中，穿小拖鞋的少女，又化成南美洲沙漠中一块绿洲上的两个仙女“野丫头”。在自然中的神奇经历，由作者的彩笔绘出，不但神奇而且感人，读来韵味无穷。小说译完出版成书，已失去手工操作（手写稿）的模样，捧起来再看，仍然被一种莫名的感觉吸引住。正如信中所说的留声机，又在《人的大地》中出现，有这样一段话：

“机场场长吕卡，夜以继日地播放着留声机，在离现实生活如此遥远的地方，留声机跟我们讲一种半遗忘的语言，勾引起一种无来由的忧伤，而且相当离奇，类似干渴的感觉。”

第三十四封信

（1921 年，卡萨布兰卡）

我的妈咪：

我毫无您的音信，时间可够遥远了。我恳求您，给我写信来吧！

我的妈咪，您那边怎么样啦？我经常想您。我会喜欢您新作的色粉画，我敢肯定。我想象每天傍晚，您出去散步，多希望在您身边陪伴。

我读到点儿东西好极了，登载在周刊上，我给您寄回去：《我女儿和我》。您看了准喜欢。

妈妈，这篇文章让我心里十分难过。您为我们做了一切，而我对此认识得往往糟糕透了。我一直很自私，很蠢笨，我根本没有成为您所需要的依靠。我就觉得每天都学会认识您一点儿，学会更加爱您。始终千真万确，“妈妈”是可怜的男人唯一真正的避难所。可是，您为什么不给我写信来了呢？这实在不公正，无比焦急地等待，船来了却什么也没有收到。

今天早晨，我驾机六次起降，我认为着陆很完美……理论上讲，我完成确定的路线，不过每次，我都试探飞远一点儿，逃一会儿学。

我要去监视两座别墅的建筑，别墅在初升的旭日光照中呈现粉红色，飞行只有一百米高。我也在一座住宅上空盘旋，俯瞰通体蓝色的楼房，以及花园和水井，望去宛若一小块绿洲。我等待《一千零一夜》中苏丹的后妃去井边，汲出绿汪汪的清水，只是时候太早，整个宅子还在睡觉……

于是，我突发奇想，干脆爬升，独自到高空。前面海上，漂动着长长的货船，海天雾气弥漫。转个弯儿，卡萨布兰卡：红土地上散布着白石子儿，这座城市，犹如儿童玩具。转个弯儿：飞机场及其木板房，小巧玲珑得可爱……我渐返，却扎下去。长时间下降，钢索和张线发出呼啸声……我要摔到地上。事与愿违，惊心动魄：可怕的险情。五分钟的间歇，我终于让我的老伙计，发动机恢复“全速”，我重又拉起。

从健康角度看，我一点儿问题也没有，只希望您经常来信！寄航空信要快五六天。您总是这样给我写，话也不长，“从图卢兹，航空”，加贴一法郎邮票！

我挨个儿拥抱你们所有人和姆瓦茜。给我邮照片来，给我邮信来，给我邮来随便什么东西，只要邮来东西就好！

您的儿子，

安东尼敬上

第三十五封信

（1921 年，卡萨布兰卡）

我的妈咪：

您怎么忍心这么久不给我音信，您完全清楚这是多大的折磨。

半个月我没收到一封信！妈妈！

我一有工夫就想象种种不祥的事，心中苦不堪言。妈妈，信就是一切！无论迪迪，还是任何人，都不再给我写信了。在这里，我有更多的时间想你们，更加忍受不了这种孤独。

我身无分文了。我不得不去拉巴特，停留一周，参加后备军官考试。考不上我无所谓，我还是喜欢空军中队的生活。我可不巴望傻待一年，进一所死气沉沉的军事理论学校。我并没有当士官的那种心性。我无法设想那种机械而乏味的工作。

仅仅了解卡萨布兰卡，这不免让我感到遗憾，何必大老远到摩洛哥来呢？即使考取了，我也打算辞职。我要重新开始自学建筑，就这样，学校，也该终结了。

不过，我要请一个月假，我太想你们，回去看看所有人——多想念啊！

这一周，在拉巴特逗留，真让人喜出望外。自不待言，我又找到了萨布朗，[①]还见到圣路易中学的一个校友。此外，我结识了两个很有趣的青年，也是来考后备军官的，一个是医生的儿子，喜爱文学，极有教养；另一个父亲是上尉，原先住在里昂，他请我们所有人共进晚餐，一共五人：萨布朗、圣路易中学那个校友、这两个青年和我。没的说，人非常好，一个真正的伙伴，而且还爱好音乐、艺术。在拉巴特城那些白色住宅中间，他也拥有一幢小白房子。我们真好像在极地冰雪中散步，拉巴特城的这片区域，完全沐浴在柔和的月光里。多么美妙的夜晚啊！

在这种时刻，拉巴特是世间最美妙的事物。我在那里，才开始理解摩洛哥了。没完没了的散步，走在洒满月光清辉的民居街道上——唔，我若是会画水彩画该多好，色彩多丰富，色彩多丰富，如果会观察，就仿佛走在仙境。散步无休无止，徜徉在富有的街巷，独自走在狭窄的过道，两侧排列着沉重的房门，颇为神秘。没有窗户……时而见到一个水池，有小个头儿的驴在饮水。

回来之后，我就不觉得烦闷了：我安排了头几次空中旅行。今天早晨三百公里：贝尔－雷希德—拉巴特—卡萨布兰卡。就这样，我从空中又观赏了我特别喜爱的城市……洁白而宁静到了极致。贝尔－雷希德则是一个破烂不堪的镇子，坐落在稍微偏南的地方。

明天早晨，还要飞三百公里。因为累了，下午就睡觉。

后天，去南方长途旅行。我要前往卡斯巴－塔德拉。几乎要飞

① 马克·萨布朗和圣埃克苏佩里都参加了后备军官的考试，因而在拉巴特相逢。圣埃克苏佩里被录取了，排在第六十七名，录取名额为六十八名。

行三小时才能抵达（这就表明多少公里的距离），显然返程，也要花费同样的时间。这将是何等孤独的感觉……我焦急地等待。

今天晚上，在一盏灯平静的光下，我学会了使用指南针。桌子上展开地图，* 中士布瓦洛解释："……到达这里（我们勤奋的额头俯向纵横交错的线条），您往西四十五度飞行……那儿，有座村庄，您从村子的右侧飞过去，不要忘记按照指南针上的指针调正风舵……" 我走神儿了……他将我唤醒："您可得多加注意……现在是西面一百八十度，除非您不想在这里折返……但是，这里少有基准点，喏，这条路，看得很清楚……"

布瓦洛中士请我喝茶。我端茶杯小口小口喝。我心下暗想，如果迷失了方向，我就降落在反叛区。这话我听过了多少遍："如果你跳伞，又恰巧落到一位妇女的对面，你就搂住拥抱她。于是，你便神圣不可侵犯了，她就自认为是你母亲，他们还给你几头牛、一匹骆驼，给你娶媳妇。这是唯一保命的方式。"

我的旅行还是特别简单，期望不上这种意外事件。不管怎样，今天晚上我想入非非了。我特别希望在沙漠区域，去执行长途飞行任务。

我又多想带上您飞行啊。

我离开您了，心爱的妈妈。求求您给我写信来。如果可能的话，给我电汇来五百法郎，只为这个月花销，因为外出了。邮票花光了我最后几苏钱。

我深情地拥抱您。还像当初那个什么也不是的小男孩子，拖着一张绿色小椅子……妈妈！*

最后时刻。我刚从卡斯巴－塔德拉旅行回来。发动机没出一次毛病，也没有发生什么意外情况。这趟飞行真让我乐不可支，下封信详细告诉您。

安东尼

*述评①：准备飞行的情况，在他多部作品中都有追述。这里举两个例子：

a. 贝尔尼在这盏绿罩的灯光下，摊开这几张地图，神思又回到中学时代。可是，他今天的老师，从每个地点都为他发掘出一个鲜活的秘密。那些陌生的国家不再提供死的数字，而是开满鲜花的实际田野——恰恰在那里，千万小心这棵树——还提供真正海岸沙滩——而那里，傍晚时候，一定得躲开渔民。

《南方邮航》第一章第三节

b. 我上的这堂地理课，该有多么奇特啊！……在灯光下，我这地图上的西班牙，就逐渐变成了一个童话王国。那些避难场所和陷阱，我都打上记号，也记下了那座农舍、那三十只羊、那条小溪。我在准确的位置标出了地理学家忽略的那个牧羊女。

《人的大地》第一章

在现实的教育中，地理课往往笼统而空洞。《小王子》第十五章，就记述一个书斋学究式的地理学家。他跟小王子的对话，充分表现出他的学问死而无用的弊病。

*述评②：安东尼童年时，拖着一把小绿椅子，到处跟随母亲，放到母亲的座位旁边坐下。其实在内心深处，他始终是那个小男孩，写信从来不称“母亲大人”，在信中一直撒娇，直到他四十四岁，牺牲前写的最后一封家书，他还是称“我的妈咪”。（1944年7月）

第三十六封信

（1921 年，拉巴特）

我的妈咪：

我在一间小巧玲珑的摩尔式客厅给您写信，身子深陷在垫子里，面对一杯茶，嘴上叼着香烟。萨布朗在弹着钢琴——德彪西或拉维尔的乐曲——其他朋友打桥牌。

这是因为我们结识了一个最杰出的人：普里乌－德·拉巴上尉。他很讨厌那些同事，几乎全是再服役的旧下级军官，便设法聚拢了一帮朋友：萨布朗、一名圣路易中学老校友，当时跟我一样备考海军军官学校，另外还有两个青年。六人中有三人是演奏音乐的高手：萨布朗、上尉本人和“帕尼埃”。大家尽兴地演奏音乐。我不演奏，却是听客，因而更深地埋在靠垫中间。

上尉极其热情，敞门接待我们，我们也毫不客气了。萨布朗和我从卡萨布兰卡赶来，请假四十八小时。在餐桌上，大家无不兴致勃勃，我向您发誓，因为在座的所有人……都非常风趣（没错儿）。我们也不按时睡觉，凌晨三四点钟吧，每个晚上打牌，情绪无比高涨，还有音乐助兴。我们这种赌博令人咋舌，一个夜晚，居然能输掉十六苏钱。我们真是天生的好性情，这样玩法跟大把赌金币同样快乐，而手幸的玩家离开牌桌，赢得二十苏（合一法郎）巨款，还应景摆出那种自负的神态。

现在，萨布朗也在卡萨布兰卡，每到星期六，我们就动身去拉巴特，星期一晚上返回，在这鲜花盛开的国度，流年轻度，又非常温馨。要知道，摩洛哥这片穷乡僻壤，先是披上崭新的绿装，长长连片的草场闪闪发亮，现在又布满红花和黄花，一片接着一片，平原都笑逐颜开。

心灵的静谧，就需要一种均衡的暖意。拉巴特是我由衷喜爱的城市，今天又悄无声息。

上尉的房舍，迷失在阿拉伯人住宅的白色迷宫里，背靠乌达雅清真寺，尖塔就悬在露天内宅院的上空，夜晚我们从客厅去餐室，仰头望星空，就听见穆安津在尖塔上报祈祷的时间，仿佛在井底望见他。

再见，亲爱的妈妈。从现在过一个月，我肯定能拥抱您了。眼下，我同爱您一样深情地拥抱您。

您收到我上周的长信了吗？

请您今天就给汇食宿费来。

您的儿子，

安东尼敬上

第三十七封信

（1921 年，卡萨布兰卡）

心爱的妈妈：

您在那遥远的迪沃纳（安省的一个乡镇，温泉疗养地）情况好吧？

我这儿还可以。近来我飞行加量，平均每天几乎一小时。

一天空闲下来，就只是盼望您来信。我几乎没有勇气做什么了。总是这么惶惑不安，拿不准主意转身定向：建筑，路那么长，那么长，我没什么信心。[①]

我还要说吗？诗歌、绘画，这些全在食堂的角落里睡大觉，有什么价值呢，算不了什么。我没这个自信。

落难的地方。没有一个朋友。连一个说说话的人都没有。我喜爱的谈话，跟人交流不上十句。还有，我同萨布朗喝的那杯啤酒，也是我去拉巴特唯一的一次。（……）

我本来期望趁布罗尔一家[②]在非斯城之机去一趟。现在就成妄

① 圣埃克苏佩里尽管热衷于航空，但是那个时期并未当作一种职业。直到 1926 年，他才进入拉泰科埃尔空邮公司。
② 指他的姑表姐雅娜·邱吉尔及其丈夫布罗尔将军。

想了。

至于驾飞机兜几个弯儿，也不值一提：降落到贝尔－雷希德、拉巴特，或者别的地方，仅仅停留十分钟，也就是在文件上签个字，喘口气儿，加点儿油的工夫。随即又登上驾驶舱，独自去同气流搏斗。

下一次，我一定得动身回去。

我的妈咪，早晨，我裹得严严的，像个爱斯基摩人，又笨重得好似一头大象，您见了准会大笑……

我有一顶羊毛风雪帽，只有眼睛上有开口——风雪帽类型——可是，在所谓的眼睛上，我还戴着风镜。

脖子上围着一条宽领巾（舅父的领巾），贴身穿着白色针织衫，外面上下身套了一整套皮衣裤。特大号手套，大皮靴里面穿两双袜子。

您的儿子，

安东尼敬上

第三十八封信

（1921 年，卡萨布兰卡）

我的妈咪：

您真是个值得崇拜的妈妈。我打开邮包，还像个小男孩那样高兴，掏出了宝贝。

只是，报纸上说，那边天气寒冷了！您生活得怎么样？这里，气候宜人。不下雨了，阳光照耀，非常温和。

我为祝贺圣诞节，给您寄去了我的照片和我的素描，您还没有对我提起呢，妈妈。莫非都寄丢了吗？求求您了，告诉我！还有，我的素描怎么样？

昨天，我根据实物画了一条狗，还不赖，我剪下来贴在信上。画得怎么样？

近日，飞行不得了。尤其今天早晨。不过，已经超乎旅行了。

半个月前，我去过卡斯巴－塔德拉，那是边境了。我独自驾驶飞机去的，冻得我直哭，直哭啊！我飞得很高，过境规定的高度，尽管身穿皮衣皮裤，还戴着皮手套等等。我真可能随便在什么地方着陆，如果还要飞很久的话。有一阵子，我用了二十分钟，将手塞进外衣口袋里，掏出原以为记得相当清楚的地图，就忽略了，没有摊开在飞机上。我狠命揉搓着手指，结果弄得很疼，还有我的两只脚……

我都没有任何条件反射了，我的飞机像只无头苍蝇乱窜。我成了一个可怜虫，远离大地。

吃了一顿丰盛的午餐之后，情况就截然相反了，返程非常美妙。身子暖和了，重登飞机，就不理睬标志点，道路和城镇，起飞径直向前，活像一个年轻的神[①]，单纯依照指南针。去程我用了两小时四十分钟，返程时间短些。猛烈的气流摇撼不动我了，我远远望见卡萨布兰卡了，一股自豪感，好似东征的十字军看到了耶路撒冷城。天朗气清，离八十公里远，我就发现了卡萨布兰卡！（从圣莫里斯到贝勒加德的距离。）

关于我选择学校的事，布罗尔对您说什么啦？

很可能二月份内，我能到您面前了，即使我没有考取或者辞职。因为趁这时机，我就可以花一两个月时间，从新港游到马赛附近的伊斯特尔，[②]我一下船就动身，休假二十天或者一个月。

您要宰小肥牛了。

再见，我的妈咪，我拥抱您，给我写信来。

您的儿子，

安东尼敬上

---

① 飞行员称为“年轻的神”，《夜航》第十章就有这样一段描述：
“这座城市（布宜诺斯艾利斯）已经入睡，不会保护他，这个年轻的神一旦从这片光尘中腾空而起，全城的灯火对他就毫无意义了。”

② 圣埃克苏佩里回法国，调到伊斯特尔，要一直待到四月份。接着，他晋升为军官学员，要到贝里地区的阿沃尔上课。

第三十九封信

（1922 年 1 月，帕凯航运公司）

我的妈咪：

丹吉尔（摩洛哥省会），昨天隐没在远方。别了，摩洛哥。我们沿着西班牙海岸航行，当一座白色小城在阳光下显现，躺在我旁边长椅上的乘客，就说出小城响亮的名字，令我们惊叹不已。

海况特别照顾我的胃。天空没有一片云彩，海面没有一道波浪。菜谱相当好，没有什么消遣。谁也不下棋。我身边带的书全看遍了。我来到餐厅坐定，以友善的目光观赏小伙计们摆放餐具。这真是一种勤勤恳恳的工作。可惜的是，晚餐尾食正赶上日落，这肯定要搅了我的甜食。

迪迪给我们写信，要跟我一道回圣莫里斯。旅途会很有趣。我一见面会对她说：“亲爱的朋友，您一向可好？”她在其他旅客面前，准要趾高气扬。

我现在给您写信，怕只怕我在马赛那一天，很可能被愚蠢的苦差事占用。譬如一次体检，还不知道在什么地方，办理行政手续，又在另一处。乱七八糟事儿不会给我留下一秒钟空闲。如果迪迪来接我下船，像她诚恳表示的那样，恐怕她也只是匆匆跟我拥抱亲一下就算了事儿，又掉头回圣拉法埃尔（法国南方瓦尔省）跳舞去了，一直到我办完事，能离开伊斯特尔为止。

妈妈，您说说看，这时候摩洛哥天气炎热，我真怕一到圣莫里斯，我的房间不能取暖，患上冷热交替支气管炎，得病就太倒霉了！您巴黎之行提前一点儿，带上我去，您说呢，妈妈？您哪儿知道，我多么想念巴黎灰色石头建筑、对称的花园，以及各种展览！

我不能抱怨摩洛哥，在那里的一段生活，还是挺温存可心，深居一幢朽木板房，度过灰心丧气的时日，可是现在回想起来，恍若一种充满诗意的生活。而且，也有赏心悦目的时刻，我们屈指可数但无比美妙的拉巴特聚会，都深深刻在我的记忆中。

带去什么朋友？您总不会让我把他们从摩洛哥拉出来，带到家里住一星期吧？您提起法国这边的朋友，然而，萨莱斯、博纳维，都在工作呀！

航船摇晃起来，令人不安，我感到午餐吃的炸鳕鱼在我的胃里醒来了，开始蠢蠢欲动了，不过，碧空如洗，我的上帝，让这些细浪消失吧。

再见，亲爱的妈妈，打开老宅的房门，杀小肥牛，替我向本堂神甫先生下对弈战书，告诉米玛和姆瓦茜，我要拥抱她俩多少下。还要恳求莫诺，不要把我回去的消息告诉蕾吉娜[①]，好让我一天晚上，突然闯进房间，给路易一个惊喜。

安东尼

① 蕾吉娜·德·博纳维，路易的妹妹。

第四十封信

（1922 年，阿沃尔军营）①

我的妈咪：

我又拿起来看一遍您那天来的信，真是充溢着温情。我的妈咪，我多愿意待在您身边啊！您可知道，每天我都多学会一点儿爱您。近日我没有写信，眼下我们学习的任务特别繁重！

今天晚上晴和温暖，但是，不知为何我伤心。久而久之，阿沃尔这种培训极其累人。我特别需要去圣莫里斯休整一下，有您在我的身边。

您做什么呢，妈妈？您在绘画吗？您的画展，一句也没有向我提起过，也只字未提莱皮纳的评价。

给我写信吧。您的书信让我受益，宛若清风吹拂我。我的妈咪，您说的如此美妙的事儿，您是怎么想出来的呢？读了感动了一整天。

我还一如小的时候，同样需要您。士官生、军人纪律、战术课，多少干涩枯燥的东西。我想象您在客厅里摆弄鲜花，不免恨起士官。

① 1922 年，圣埃克苏佩里从四月到八月，在阿沃尔军营进修，后又调动两次。他于八、九两个月在凡尔赛实习，十月晋升为少尉。

明天，我驾驶飞机，至少朝您的方向飞五十公里，以便想象是去见您。

我怎么可能，有时候惹您流泪呢？我一想起来，心里就难受极了。我让您怀疑起我的感情。妈妈，您若是知道该多好！

您是我生命中最卓越的部分。今天晚上，还像个孩子，抑制不住乡愁啦！真没法儿说，您在那边走动，说话，而我们本来可以在一起，可我还不满足于您的温情，也没有成为您的一种依靠。

不错，今天晚上，我伤心流泪了。不错，在我伤感的时候，您是唯一的安慰。我小时候背着大书包，因受到惩罚哭着回家，您记得在勒芒——您只要一拥抱，就什么都忘掉了。您是极强大的一种依靠，能抵御各种学监。在您的住宅里，自身就感到安全，在您的住宅里，我就安然无恙，就觉得完全成为您了，那样真好。

喏，现在依然如故，您还是避难所，还是您无所不知，能让人忘掉一切，不管愿意不愿意，自己感到依然是个小男孩。

妈妈，我离开您了。我忍受够了这里的培训。我要到窗口呼吸最后一丝晚风。这里也有蛙鸣，但是不如圣莫里斯那边鸣唱得好听！*

我无比深情地拥抱您。

您的大儿子，

安东尼

*述评：圣莫里斯的蛙鸣自然也写进他的小说中：

“甚至沼泽里的蛙鸣，也一直传到我的耳畔。我需要这类千百种标记，以便确认我自己，体味在这沙漠中缺少什么，以便探求这里连青蛙都沉默、万籁俱寂的这种寂静的意味。”

童年生活是圣埃克苏佩里职业生涯和文学创作的根，每每碰到问题，陷入困境，他总能从他的根中找到灵感和力量。

第四十一封信

（1922年，阿沃尔）

亲爱的妈妈：

您终于收到我那封附有版画的信了吧？我再给您寄去一封。您说呢？

我非常满意我的命运。课程①没这么有趣的了，这是我不敢期望的，效果非常好。

我每周差不多四次飞行。两次作为驾驶员，两次作为观察员。我学了不少摄影的窍门，地形测绘和无线电通信的窍门。

不过，正如我对您讲的，让我欣喜的是，我几乎都应付得不错。

您的几个女儿怎么样？妈妈在瑞士吗？严格说来，我一无所知。迪迪回到圣莫里斯了吗？莫诺何时通过考试？

天气晴好，只是有点儿热。下午在场地洗照片的时候，我们都汗流浃背了。只有飞行我们才凉快。

我们要干很多事儿，即使不那么有意思，但还是绝对有用，以

① 圣埃克苏佩里在阿沃尔，通过考核获取观察员证书。他还上飞行课、气象课、轰炸课、武器使用课和运输课。他和约翰·埃斯科重逢，二人每天早晨六点至八点练习飞行。一天余下的时间安排理论课，还以观察员身份随机飞行。这样综合素质的训练为他后来的邮航生涯打下了坚实基础。

免脑袋生锈。

姆瓦茜收到我那封要图书的信了吗？希望她上心去办，我很快就要开始准备考高等航空学校了。①正如我对您说过的，我将以少尉的军衔上课。加上我飞行的补贴，每月我几乎能收入一千法郎。

到那时，我就结婚，要有一小套公寓、一个厨娘和一个美妙的妻子。

妈妈，裁缝是一个不讲情面和逐利的人，他向我讨工钱，倒是没有大喊大叫，而是拐弯抹角。今天您能给我电汇来二百法郎吗？

我是在我的小房间里给您写信，屋里很混乱，但是私密而温暖。我的书籍、我的小炉子、我的棋盘、我的墨水和我的牙刷，都摆在桌子上，不离我左右。*

我的王国一览无余，我的臣民不会耍滑地躲进抽屉里。

您想要一根巧克力棒吗？请稍等，那儿就有一根，在我的圆规盒和酒精瓶中间。

您想要一支笔吗？您去那边水盆里找。我一定是放在盆里涮洗了。

星期天，如果我不去巴黎，也就是说每个月只去一次（复活节之后我还没有去过），我渴望去布尔，到一家马场骑骑马。有几个伙伴商量了这事。

再见，妈妈，我身不由己，没有及时写信，您不要怪我。

我听见飞机一台发动机隆隆的声响。多美妙的音乐。

---

① 圣埃克苏佩里到凡尔赛学习，准备考后备役军官。他在那里研究航空与其他武器的不同联系方式。

*述评：圣埃克苏佩里居室的杂乱是出了名的，他的不少朋友都见证了。他一方面承认混乱，另一方面又强调“一览无余”，要用的东西不离左右。可见，他追求效率，轻视杂乱的不雅观。同样，有的书斋十分整洁，很大程度是摆样子，整齐而无用。倒是一些学者身边书籍杂陈，却乱中有序，用什么伸手可取。这是一种内在逻辑的排序，不可小觑。

第四十二封信

（1922 年，巴黎）

妈妈：

显见您并没有收到我的信。我徒然等待您的回信。我的妈咪，还请见谅。

迪迪洋溢着幸福的神采。[①]您也很高兴吧，我的妈咪？德·丰特纳伊姑妈真是爱的化身[②]。(……)

今天下午，我在一个美国家庭吃茶点，罗伯特松夫人，阿纳伊丝姑妈的好友。在座的有三位可爱的姑娘，品尝硬的美味小点心。我左右逢源，周旋于矛盾的好感之间。她们三人都同时回答问话，她们三人都喜爱同一出话剧、同一出歌剧，她们的茶杯里都放同样数量的糖块，我也同样渴望拥抱她们每个人。

到了五点十分，三位姑娘同时走了，我的心情就三倍失落。

我前往布尔热和维拉库布莱，由部里派去做飞行特技训练。我驾驶的新港 29 型机，是当代速度最快的飞机，一颗疯狂的小火流星。*

① 安东尼的妹妹加布里艾珥，刚刚同皮埃尔·德·阿盖订婚。
② 圣埃克苏佩里家族一方的亲戚，称德·丰特纳伊姑妈，住在巴黎，她在安东尼二姐考入夏特尔学校学习档案专业期间，向西莫娜提供了住处。

我在布尔热，为我的好几个朋友祝圣，有塞戈涅*、S……他们驾驶各式各样的飞机经过，而我在驾驶舱里窃窃讪笑。

我看点儿书，刚刚看完罗杰·马尔丹·杜·加尔[①]的《蒂博一家》。仿佛出自罗曼·罗兰的手笔，不过，力道逊于《约翰·克利斯朵夫》。

我发觉自己不是在想写的什么，而是想那三个美国姑娘。

她们对巴黎的了解，就是法兰西喜剧院和凯旋门。这就是品味。她们从未进电影院，这就值得赞赏。她们一低头，眼睛就随即闭合，正像瓷娃娃的眼睛那样。我确信在卢浮宫那边玩具的柜台上，一定能认出她们。她们喜爱跳舞，“因为那很开心”，喜爱音乐，“因为那特别动听”。她们不喜欢埃菲尔铁塔，然而，如果有人明确告诉她们那很美，她们三人就会很惊叹：“啊，对……真美。”

她们一个穿红衣裙，一个穿绿衣裙，一个穿蓝衣裙；她们一个是金发，一个是棕发，一个是褐发。她们都一模一样，如同您的三块小手帕，我没法儿选择。

我的妈咪，给我找一个这样的姑娘，我根本不需要她来教我文学和理想的理论，N……实在让我厌烦了……

昨天，我同您的女儿们，在若尔丹家共进晚餐。我离开您了，我深深爱你，紧紧拥抱您。

安东尼

① 罗杰·马尔丹·杜·加尔（1881—1958），法国作家，他的长河小说《蒂博一家》（1922—1940），主要描绘他所生活的时代精神和社会的危机。1937年，他获诺贝尔文学奖。圣埃克苏佩里在信中所说看完《蒂博一家》，应是刚开始出版的第一卷，但是已经看出力道不足的端倪。

*述评①：圣埃克苏佩里和朋友约翰·埃斯科请求到维拉库布莱练习飞行。他们每天早晨骑摩托去飞行场。约翰·埃斯科这样评价圣埃克苏佩里："可以说在我的飞行生涯自始至终，从未遇见过像我的朋友安东尼这样狂热迷恋飞行的人。"十月初，他们飞行实习结束时，圣埃克苏佩里晋升少尉，选择到布尔热第三十四空军团服役。

*述评②：亨利·德·塞戈涅（1901—1989）是圣埃克苏佩里在巴黎博须埃中学的同学。从1917年至1921年，他们五六个同学组成一个快乐帮，出入社交场所，参观博物馆，作诗或搞中学生的恶作剧，还到香榭丽舍剧院临时扮演过群众角色。二人成为终生挚友。

亨利·德·塞戈涅后来从政，成为参议院议员，担任罗纳-阿尔卑斯地区高速公路管理公司的总经理。他在《伊卡洛斯》杂志第69期上发表《青春的岁月》的回忆文章，谈起圣埃克苏佩里，写道：

"他极其需要友谊、热忱和信任，可以说，需要一种感情的寄托，舍此，他的个性就不能丰满绽放。

"他那非常开放的思想，也并不妨碍他给传统价值观留有位置，例如家庭。他也深深依恋德·勒斯特朗日夫人。"

但是，"他更迷恋飞机。他热爱自己的职业，他当飞行员并引以为自豪，并且自豪地与他的伙伴们，他最亲爱的朋友们分享作为一个担负责任的人的荣誉。"

第四十三封信

（1923年，巴黎）

我的妈咪：

昨日我起来整整一天，从地面到棚顶，将我的地盘清理个遍。我的身体真出彩，我丝毫也感觉不到这次摔的伤痛[1]了。原先身体沉重得像潜水员，现在却跟微醺似的轻盈。

您若是收到家里人哀伤的书信，请寄给我，我想看看，好吗？

我请您原谅这一阵闹脾气，不过，请您相信我这话，倒不是想再试一回：脑袋朝下摔到地上，能让人变得格外易怒并发火。随着我的伤逐渐治愈，不能动弹的四肢恢复了灵活性，我的心却沉浸在一种无与伦比的柔情中。

丰斯科隆布家族的人来看望我，正是莫诺劝阻了他们。见面就是谈下雨，谈X王妃像雨天一般感到无聊。我则简短地讲述这次事故，讲述的话现在牢记在心，却再也想不起事故本身了。

我们为生活的代价伤心流泪。

① 1923年初，在布尔热飞行场，飞机出现严重事故，圣埃克苏佩里受了重伤。他未经允许，上了一架昂里奥HD14型飞机，刚起飞，发动机就突然熄火。飞机摔在跑道末端，同机的里书少尉受了重伤，圣埃克苏佩里颅骨破裂。他住院治疗数周，出院才因擅自开昂里奥型战机而被监禁两周。

今天上午，我要去我的未婚妻[1]那里吃饭，我刮了脸，头发上了粉，穿好衣服，等待我的军医。军医能放我出去吗？我得摆出一种有利的姿势，让他无话可说，向他证明我的创伤痊愈了。假如我有杠铃，我就抓在手上，专等他进门的当儿，仿佛偶然举起来那样。

我们的爱情园地，我们的春姑娘迪迪的爱情怎么样啦？我不能原谅我的几个姐妹，在我患了脑膜炎的时刻，竟然那样无动于衷保持沉默——她们那种表现实在不够意思。假如迪迪开车撞倒了米玛，我肯定要给米玛写一封温情脉脉的信。

我无比紧紧地拥抱您，我向圣莫里斯的全体村民致以兄弟般的问候……

您的儿子，

安东尼

① 圣埃克苏佩里的未婚妻，路易丝·德·维尔莫兰，1919年相识。她经管一家由她哥哥和“博须埃帮”朋友创办的俱乐部。圣埃克苏佩里和亨利·德·塞戈涅都属于这个校友帮，经常出入俱乐部。路易丝因髋痛疗养期间，圣埃克苏佩里多次看望她。不过，在那个时期，路易丝在思想上认为，他加入“开玩笑的未婚夫”之列，而他却真心爱上。1922年，圣埃克苏佩里服役回来，再次见到路易丝，便向她求婚。1923年初，他们正式订婚。

第四十四封信

（1923年，巴黎）

我的妈咪：

您还好吧？近来我没有给您写信，因为我日复一日等待决定，如何安排我的职位，至今还不了解一点儿情况。我心想您毕竟星期四或星期五就来了。

我给迪迪写了一封很长的信，附在L[①]的一封信后面。

我有一个短篇小说，可能要刊登在《新法兰西评论》杂志上。

近来我写了两三篇东西，还相当不错。

可怜的维达尔将军病得不轻。今天晚上，我刚跟他通了电话。

我同伊沃娜见了好几次面。我见了苏杜尔一次，昨天见了雅克夫妇。

在我的生活中，绝对没有发生任何新情况，只因我这些天都跟L一起度过的，既平静又温馨。

不管怎样，我还是非常希望再见到您。迪迪的未婚夫何时到？

我住在邱吉尔家，维尔讷伊街7号。我的住处那儿也许有我的

① L即路易丝，安东尼的未婚妻。

信件吧？前天我退了房。

再见，我的妈咪。我深深爱您，全心全意拥抱您。

您的儿子，

安东尼敬上

第四十五封信

（1923年8月24日）

亲爱的夫人[1]：

您太热情了，派安东尼来祝贺我的生日。多亏了您，这些日子我们过得非常非常幸福。

安东尼崇拜您，我也如此，我们在您身上找到了爱。

如果不是特别胆怯的话，我早就会向您表达了，但是我不敢：我等到安东尼允许我这么做。

我们从未像现在这样幸福。

我们结婚之后，要随时去看您，我们会特别贴心，让您深深爱怜，深感欣慰。

过两小时我就动身，[2]不过，璐璐还不知道，她送我去圣莫里斯还是巴黎。璐璐见我给您这样写，在一旁恼了，因为这不是真

① 这是路易丝·德·维尔莫兰和安东尼·德·圣埃克苏佩里一起，给德·圣埃克苏佩里夫人合写的信。
② 这部分是安东尼写的。

话——我收回了。实际情况是，我人在巴黎，就可能激发 D.V[①]的热情，她是这样看的，而我妻子的看法，则是一件宝贵的事情，因为她很聪明，又爱我，还非常了解 D.V。

璐璐崇拜您，我也同样。外面下雨，但是我们很高兴——非常高兴。

我们深情地拥抱您，我的妈咪。我也代您拥抱璐璐，她也代您拥抱我。

您的儿子，

安东尼敬上

我建议安东尼去巴黎，因为我了解 D.V，我想也是，这会促使他加紧办。您不要怪我，亲爱的夫人，这会让我非常非常难过，但是我觉得，这是为了我们的幸福。安东尼总这么拥抱，让我没法儿给您写了。

您的心爱的小女儿，

璐璐

① 即达尼埃尔·万桑，维尔莫兰家的一个朋友，受托为圣埃克苏佩里找工作。其实，尽管在布尔热飞行场出了事故，圣埃克苏佩里还是想留在军队里，而苏杜尔神甫的一位朋友，巴雷斯将军已经有了周密安排，将圣埃克苏佩里编入常备军。然而，未婚妻让他理解，她受不了作为飞行员妻子那样时时担心，迫使他放弃军人生涯，维尔莫兰夫妇承诺为他另找工作。

第四十六封信

（1923年，巴黎）

我的妈咪：

关于待遇问题，谈判了五天，还有“外交拜会”，去见德·维尔莫兰夫人和德·埃斯蒂安[1]夫妇（均住在维里埃尔镇）。我还真有点儿累了，但是职位终于定了。多亏了达尼埃尔·万桑，明天去企业总公司上班（Voucheur？），显然我什么都不懂，刚开始挣得少，就是月薪七百八十法郎，作为一个新手，这就很多了。

每天晚上都有不少约会，这些日子我就住旅馆。给我这一千法郎旅资，我还能剩下几个钱儿，您应该给我一个公正的评价：我节省得要命。

我要去见邱吉尔姑妈，让她给我推荐一个住处。[2]

一等安顿下来，我就给您写信说说我的生活。

请原谅我话这么简短，不过，今天晚上，我还有些讨厌的事要做。您给我写信来，让人把我的信件都转到邱吉尔姑妈那里：维尔讷

① 奥诺雷·德·埃斯蒂安是路易丝远房的姨表亲戚。
② 1923年6月5日，圣埃克苏佩里退役，进入企业总公司任产品检验员，工作地点在圣奥诺雷街56号。他考虑到收入有限，就近找了顶层六楼便宜房居住。

伊街7号。肯定有一摞书信等候我呢。

我紧紧拥抱您——很快就有详情的信。

您的温顺的儿子，

安东尼

第四十七封信

亲爱的妈妈：

我快乐到了极点：这职业并不无聊。我的工钱也不是七百八十法郎，而是八百法郎，干几个月我会挣得更多，就能娶我的璐璐了。

雅克舅舅看样子对自己的生意挺满意。我们下棋很精彩。今天晚上，我在维里埃尔镇，到维尔莫兰家用晚餐。

天气不冷不热，我想这种气候恰好适合男人穿衣服。

我收到璐璐的信，真值得赞赏，对未来信心十足：我很幸福。您写封信告诉她，她给了我太多的幸福。

我的日常生活尚未安排，中心区的公寓房租超高价，而我的工作地点离马德莱纳神庙仅有两步远。邱吉尔姑妈在研究合租。想必您对我挺满意，我在巴黎这段时间没有白过。(……)

我深情地拥抱您。

安东尼

第四十八封信

（1923年，巴黎）

亲爱的妈妈：

我满意自己的工作，相当有趣。昨天我给您写的短简字迹潦草，难以辨认，考虑到我的工作，是请求您给我寄点儿钱，维持这个月生活——以邱吉尔姑妈的名义，已经告诉她了：我身无分文，快要饿死了。

我自认为省着花您给的钱，直到最后一苏：维持了好长时间，可是从前天起，我就靠借钱吃饭了。告诉我，您不会恼火！我是尽可能做得好些。

璐璐情况很好，她写信告诉我，收到了您一封绝妙的信——我们十分感谢您，我的妈咪。

我欢喜得像个国王：终于有事可干，尤其一开始就能挣八百法郎，这是不敢期望的，月底就领工资。璐璐十五号回来——我考虑我们也该结婚了。

我的妈咪，我深深爱您，非常温柔地拥抱您。

您的儿子，

安东尼敬上

我在办公室给您写信，请原谅用这种纸。

请电汇！

第四十九封信

（1923 年，巴黎）

我想璐璐和我，我们六个月至八个月之内不会结婚。大夫们尽管认为她的状况好多了，但是觉得结婚并不慎重，这样考虑的角度不是整个身体，而是“发育”，只因她的臀部还没充分长开。①

这的确是件伤心的事。

已有六天了，我没有去邱吉尔姑妈家取信。也许您往那儿给我写信了吧。您记得我的地址吧：维维耶纳街 22 号。

璐璐——几个月之内不宜结婚，这种阻碍纯粹是“机械性的”，同她的健康毫无关系——她身体好极了，褐色的肌肤，像个黑人小姑娘，如果我们不是这么伤心，她肯定会非常欢实的。

（……）她要去比亚里茨（法国西南海滨城市，巴斯克地区，邻近西班牙）过冬。那很远啊。

我不能说生活是容易而快活的，卖瓦②的狂喜就足以安慰我。迪迪现在很欢喜，欢欢喜喜也并不很容易！我衷心祝贺她。

① 1919 年 5 月，路易丝·德·维尔莫兰髋痛，患了髋关节结核，将近三年治疗，左臀必须躺在石膏模里。
② 圣埃克苏佩里工作的企业，具体称布瓦隆瓦业公司。

天气很温和。街道上从来没有过这么多人。巴黎满满当当，犹如一个糖果盒，装满了俏丽的小女人。街面都焕然一新，城管警察也都那么善气迎人。

这一切稍许也是一点点慰藉。

我特别温柔地拥抱您——我也希望您能替我紧紧拥抱姥姥，我非常非常爱她，尽管我始终不善于证明。[1]

过几天，我要见到你们所有人。

安东尼

① 这封信没有抬头，是他家书中的例外，可能伤心中疏漏。但他不忘请母亲向姥姥转达爱，也间接向母亲表示歉意。

第五十封信

（1923 年，巴黎）

我的妈咪：

情况好些了。

您让我去圣莫里斯。我考虑针对我现在情况——为了找回一点平静——最好还是去比亚里茨，把事情敲定了。[①]

我回来了。璐璐非常体贴。她要求考虑一两个月，以便恢复平衡。

下雪了——多恶劣的天气。

我时常见到莫诺，今天晚上，我要同她去听一场音乐会。

您想象一下，我写的短篇小说《飞行》[②]，要刊登在《新法兰西评论》杂志上。另有一个短篇，我还捎带手在写。

我的砖瓦让我烦了，但是我习惯了。

我离开您了，我的妈咪。我稍稍复原。千万不要对我谈这一切……我要尽量少想。

① 路易丝·德·维尔莫兰刚刚毁了他们的婚约。圣埃克苏佩里受到极大伤害，但是在很长一段时间，路易丝还是他生命中的最爱。从 1929 年直至 1944 年他牺牲，二人始终保持通信关系。
② 《飞行》是他于 1926 年发表的小说《飞行员》的初稿。

不下雪，雪转雨——这让我憎恶。

我深深爱您，非常温柔地拥抱您。

安东尼

第五十一封信

（1923 年 10 月，巴黎维维耶纳街 22 号）

我的妈咪：

我的工作太繁重了，又是如此蠢笨的工作，我没有写信告诉您，实在内疚。于是，我就着您给我的喜爱的小灯，在洒向我的柔和的灯光下写信。我感到您的心很苦，就不免哀伤极了。

您好些了吗？我可怜的妈咪。我看到您在圣莫里斯，心里多么自豪啊，一切您都安排得如此完美，您如此出色地构筑了您两个孩子的幸福。我深深地爱您，却又不善于向您表达。我的可怜的忧虑，近来将我完全封闭起来。我很清楚，我应该完全信赖您，把我的痛苦对您讲了，就像当年的小男孩那样，向您倾诉我的所有不痛快的事，以求得您的抚慰。我知道您多么爱您这个胡闹的大儿子。近来我很刻薄，不要过多怪罪我，我经历了糟糕的时日。现在，我振作起来了。我还是个有勇气的大儿子。如果您来巴黎，我会尽力做个最温顺的儿子。您就住在我的房间里，要比住旅馆舒服。每天傍晚我回来接您，我们面对面吃晚饭，我讲给您听特意为您准备的故事，特别逗，好让您稍微高兴一点儿。况且，您才能造就我的幸福。不知道为什么我这样固执，要独自解决，只有您才能理顺这一切。我在您的手中认输，只有您能对付上面的强权，一讲话就全通了。现在，我还像个小男孩，躲到您的身边。我还记得您去见学监，您消除我们的麻烦事，还是您去见学监……我的妈咪，您的作用太大了。（……）

我的妈咪，您对我在圣莫里斯的表现还满意吧？我很好地尽了作为兄长的职责了吧？……我还是有点儿感动。我也特别为您感动……这是您的杰作完美收官。您造就了多少幸福。[①]

我敬佩的妈妈，请原谅我给您造成的所有痛苦。

我要带您去看一场话剧，感染力超乎寻常：《首先是家》，皮埃尔·汉普的作品。我应伊沃娜的邀请，今晚刚看完演出回来。您会喜爱的。

晚安，我的妈咪。祝福我。好好爱我。

安东尼

① 指1923年10月11日，加布里艾珥·德·圣埃克苏佩里和皮埃尔·德·阿盖结婚。

第五十二封信

（1924年，巴黎普蒂街12号[①]）

我的妈咪：

无比感谢您的汇票。我的境况糟透了，因搬家所致，这就得送好几份礼，给清洁女工，女门房等人，还要运书籍、旅行箱、铁箱子，尤其牙科医生那三百法郎，就是不肯赊账——我这种窘困实在可悲。我这种情况绝难去看迪什。

我有一种出路：当记者。但是，我没有一点儿时间去采访，唉！……我认识的那个人，只能把我的文章刊登到《晨报》新闻报道栏上。

等到明年春天，或者今年冬季，也许我会动身去中国，我去那里，有可能指导一所航空学校。因为那里需要飞行员，那将是一种“收入非常丰厚”的职务。眼下，能干什么我就干什么。

我这办公室越来越郁闷了，而我的沮丧情绪，虽然隐蔽却在持续。这也就是为什么我希望远行。*

阿纳伊丝姑妈想必在圣莫里斯呢，她就是一颗爱心。我的妈咪，

① 圣埃克苏佩里的朋友，普里乌上尉从摩洛哥回巴黎，住到普蒂街，他便搬去合住。

您打算什么时候回来呢？我真想再见面，同您度过几天温馨的日子。我若是前往中国，行前很可能有一个月的自由支配时间吧？

天气阴沉沉的。不过，星期天，我可以去奥尔利机场开开飞机。[①]我这趟飞行相当棒。妈妈，我特别喜爱这一职业。[②]您都想象不出来，在四千米高空，单独跟发动机相伴所感到的这种冷静，这种孤独。而且，在下面，在飞行场地上，还有这种令人着迷的情谊。就躺在草地上，等待轮到自己。目光追随着同伴，等待飞机，大家在一起讲经历。那些经历非常美妙。飞机出了故障，降落在田野，离陌生的小村子不远。村长受感动，出于爱国热情，请飞行员们吃饭，还有童话般的奇遇[③]。仙女们受到邀请，几乎全到场，所有人都惊叹不已，等轮到自己起飞的时候，都有一种浪漫情怀，满心希望了。可是，什么也没有发生……降落后喝杯波尔图红酒聊以自慰，或者讲一讲："我这老伙计，发动机发热了，当时真担心……"这台可怜的发动机，只是微微发热……妈妈，我的小说只进行了一半。我真的认为它既新鲜，又简洁。它还让萨布朗头晕目眩。我让萨布朗有了长足进步。

同普里乌一起生活好极了，因为他有世上最好的性情。只可惜，十月十五日，我们就得退房，必须另寻住处。有两处我们可以考虑。我希望房租别太高——（他呢，房租承受力，幸好也比较弱）——您能给我几件家具和几张床单吗？

---

① 圣埃克苏佩里以预备役身份，每星期日到奥尔利民用飞行员训练场飞行。
② 将飞行当作职业来谈，并联系伙伴们的情谊，这还是第一次。对这一职业的认同，正是他一生的转折。他的认识在《人的大地》升华，有这样精彩的论断：
"一种职业的崇高，也许首先在于团结人：世间只有一种真正的奢望，那便是人与人之间的诚挚关系。"
③ 航空冒险的生涯有这样魔幻的一面，这正是他的职业的诱惑力，他在几部作品讲述的历险，无疑参照了童话世界。

谁在圣莫里斯呢？姥姥在哪儿呢？

我的妈咪，我全心全意拥抱您，祝愿您终于可以静下心了。告诉米玛，我会给她写信的。(……)

您的儿子，

安东尼敬上

*述评：1926年成为邮航飞行员之前，圣埃克苏佩里为生活所迫，从事内心极不情愿的职业，生活的难题非但没有解决，精神还降至低谷，情绪沮丧，一直处于糟糕的境况。几年下来，给心气儿很高的圣埃克苏佩里打击很大。他陷入困局，什么梦想、抱负、事业、爱好，都谈不上了。

人生不过是一次次破局，破一次困局，就能前进一段路，领略不同的风景，这是人生的宿命，无人幸免。一帆风顺就不是真正的人生。

圣埃克苏佩里“越来越郁闷了”，他急于突围，已经动了远行的意念。甚至有了目的地：前往中国，指导一所航空学校，教练员的职务“收入非常丰厚”。他心向往之，本可以成为中国的一个正派而热情的朋友，参与创建中国的航空事业。只可惜1924年的中国，还是军阀割据的乱局，正处于北伐战争的前夜，无暇顾及航校的创建。

好在圣埃克苏佩里业余学习驾驶飞机，他能以预备役身份，每星期天到巴黎奥尔利民用飞行员训练场飞行。在这封家书中，他第一次明确表达:“我特别喜爱这一职业。”显然,他已经从飞行中尝到了职业的乐趣。

这种乐趣远远超出职业的范围,至少从三个层面切合他一生的特质。其一,切合他爱冒险和挑战的天性;其二,切合他的友爱精神;其三,切合他那文学创作的激情。

圣埃克苏佩里早在成为职业飞行员的两三年前,就动手写短篇小说《飞行员》了。人生就是这么奇怪:他在最苦闷的时期,还能写出如此振奋人心的作品。更为奇怪的是:他这篇处女作,不足万字的小说,似乎偶然一立,便立起一个坐标,他一生的坐标。

且看他这封信中间最长的一段,应是这篇小说初稿的梗概,我们细读一下,就能明白这其中包含了他一生成长的全部基因。譬如敢于闯荡的天性,选择富有冒险精神的飞行员职业,着迷于团队情谊的友爱精神,满怀诗人浪漫的情调,受童心童趣的引导追寻奇遇,往来于现实的绝境和童话的幻境,无处不引人入胜,正如他所说的,“既新鲜,又简洁”。

要知道,圣埃克苏佩里四十四年的一生,顺境短而逆境长,有局势动荡的外因,也有他成长基因不安分的作用。险境脱险,困局突围,这近乎他生存的常态,很容易遵循顺势而为的常理,接受“安分”转化,滑向“转基因”的一生。

然而,生命的基因不可以转化变异,不可以打折扣,否则生命就不会完整。圣埃克苏佩里无论遭遇什么境况,都能深化认识生命的意义,保持他生命的本源丝毫不受玷污,人类文明才有这样一颗生命力极强的种子。

第五十三封信

（1924 年 3 月，巴黎）

我的妈咪：

下月初，我可能领取薪金，去圣莫里斯过个星期天，这肯定累不着，能再见到您，还能见到比什和其他家人，我就太高兴了。您给我写了一封如此温柔的信，妈妈，的确好长时间，那不再是我本人了。我经历了一段首鼠两端的生活，极度缺乏安全感，整整有八个月。不要太怪罪我了。

现在情况完全好了。我的工作也不算太无聊，还有些计划在运作。我也用零碎时间创作我的小说，路易看了赞不绝口。[①]

迪迪可能给我写信了，不错，我没有回复，但是这没有多大关系，因为我还没有多少事要讲述，到时候自然会有的……她怎么样啦？

在普里乌家里，一群老朋友相聚，亲密无间，心神愉悦。伊沃娜则不然，在南方逗留个把月了。估计她就要回来了。

妈妈，您在那边不太烦闷吧？您为什么不回到迪迪那里绘画，

① 这是他的朋友路易·德·博纳维，小说仍是《飞行员》。

还暖和一些呢？幸好这些天，还有点儿太阳，您也许不会冻得太厉害。

您建议我结算了我的外衣费用？汇票定于月末。我给您寄去吗？不管怎样，四月上旬我等待一桩生意，如果做成了，我去您那儿就能偿还了，因为，我从此再也不愿让您破费什么了，只是近日，我确实拮据，不知道如何付款。

我离开您了，我的妈咪，深深爱您，紧紧拥抱您。

您的儿子，

安东尼敬上

第五十四封信

（1924 年 6 月，巴黎）

我的妈咪：

我非常期待来观看竞选[①]的场面，继而，我抓住了唯一的时机，那个星期天，在飞机上为我的公司拍了照片。我拍了之后，就希望为工厂航拍的照片组成一个小公司，我当老板，我布下一些精巧的标记。竞选的标记我也不能错过机会。

眼下，我每天在巴黎大集市，主持一个小木板间。[②]我的朋友去看我，我一本正经，跟陆续来的数百名参观者讨论。我在那儿的样子，您见了一定会笑的。（……）

雅克夫妇送走了他们的种马。[③]他踏上征程，没有表露出多大激情。这对他会有好处。我最喜欢的，也不过是这种二等兵的生活，以及这种和驾驶员、追随者意气相投的情谊。我甚至喜爱过大家一齐唱悲歌的那间禁闭室。

---

① 法国总统选举，加斯东·杜梅尔戈（1863—1937）当选为总统（1924—1931）。
② 圣埃克苏佩里代表布瓦隆瓦业公司，在大集上有一个展台，洽谈业务。
③ 雅克舅舅送儿子，弗朗索·德·丰斯科隆布去服兵役。

我的小说一页一页成熟了。[1]我想下月初去，拿给您看看。我认为是全新的。近来写的几页，我认为是最好的。

我的妈咪，您接待我的朋友们，方式极为优雅，让我感动至深。原谅我没有更深切地向您表达谢意。(……)

我的身体很好，我的朋友们也都很喜人。真是上天赐福，让我交上这样的朋友。我多希望自己有一套公寓房，好能接待他们：在我家里，营造一种亲密的温馨气氛。妈妈，我不能生活在这间潮湿的房间里，这不是我的家。

而且也太热，这是另一种折磨。您怎么可能喜爱太阳呢？妈妈，所有人都汗流浃背，惨不忍睹。

阿纳伊丝姑妈身体胖胖的，非常乐观，每星期三和我共进午餐，我们吃遍了巴黎的餐馆。我带她进小门小脸，她在小馆也吃得津津有味，我们谈论政治、文学、社交生活。我们的样子活似一对恋人。

就是这样，我的妈咪。我还想对您说，那天，我觉得圣莫里斯无比美妙，我希望很快又去，安排假期尽量和您的女儿迪迪同时。我也非常希望您能寄樱桃来，寄一大箱。有可能吗？那会让我多高兴啊！妈妈，我的朋友们受到那样的接待，都特别感动。

我深情地拥抱您。

我非常爱您，妈妈。

安东尼

① 这句话标志圣埃克苏佩里一生创作的主要特点。

第五十五封信

（1924年，巴黎奥尔马诺大街70号乙）

我的妈咪：

（……）我在奥尔马诺大街70号乙[①]，一个昏暗的小旅馆里，生活很悲苦。真没什么意思。尤其天气又这么阴森森的。这一切，看来确实很凄惨，如果……

很久没有给您写信了，因为我想要有一个大好消息向您宣布，可是什么也没有定下来，就不愿给您写些不靠谱的希望。不过现在事情似乎“差不多确定了”。我想到时候您会高兴到极点。

我可望有一个新职位——进汽车行业[②]，我的收入将有：

1. 固定工资：年薪一万两千法郎；

2. 佣金：每年约两万五千法郎。

合起来每年三万至四万法郎。此外，提供“一辆我专用的小轿车”，我开车带您兜风，也带莫诺游玩。等下周才能完全确定，事成之后，大约星期五我就去您那儿，待上个把星期。那将是一种涉外

① 圣埃克苏佩里于1924年11月住进这家小旅馆，他仍然在布瓦隆瓦业公司任检验员。
② 圣埃克苏佩里1924年3月就准备离开布瓦隆公司，要应聘做卡车制造商索雷尔的销售代表。

的独立生活。那将是我这一年来第一件乐事：我会无比高兴：您也同样。

反之，我的旅馆，太让我讨厌了，我不知道如何安顿自己。

这一职位唯一的麻烦，就是要在工厂实习两个月，然后作为工人到各个岗位干活，以便完全熟悉生产流程。我还不知道这两个月是否有补贴。不过，随后就是位富有的胖先生了。

昨天晚上，我同普里乌一起在玛依家度过。玛依同亨奈西结婚之后，就变成法兰西大使夫人了。她把我介绍给那些大人物，就安上这种头衔："最有才华的文学家……"

西莫娜何时到达？我很想念她。您告诉她今年冬天，我要开一辆漂亮的小轿车带她兜风……而且，如果我有一套房子，我就邀请她去吃晚饭（真可惜我没有了普里乌那套房子）。

我的妈咪，下星期三我写信告诉您，这一逐渐成形的巨大希望到了什么程度。如果可能，我就去看您，否则的话，您也可以到巴黎来吧？

我深深爱您，全心全意拥抱您。

安东尼

我向您发誓，我尽力而为，毕竟有资格幸福一点儿！

第五十六封信

(1924 年，巴黎奥尔马诺大街 70 号乙)

我的妈咪：

我很高兴。这回，一份很好的职位有望了。我查阅了三个省提供的档案材料（阿列省、谢尔省、克勒兹省），索雷尔得到好评。这对我的事情很有利。

我的实习不算无聊，但是很累，要尽量吸收，终于接近尾声了。明天开始，我就进入最后一个部门——修理和销售部——我同公司所有人关系处得都很好，推销员伙伴们都很和睦，乐于助人。我总算走出人生这一步。

我还有一点点，一点点渴望结婚，但是不知道跟谁。不过，这种始终临时的生活，我已经深恶痛绝了！再者，我储备了深厚的父爱，希望会有许多小安东尼……

不管怎样，如果我碰到一个合适的姑娘，现在有这样一份工作，就可以求婚了。

我的身体如同新桥[1]。从这种角度看，我的年龄就能治好伤痛。我天生就不适合坐两米见方的办公室。

妈妈，我生活中还有一种乐趣：我的一些朋友，对我特别慷慨，您都想象不出来。这阵子，他们相互感染，都显得非常义气。博纳维随时都要跟我见面。萨莱斯给我写信，表露出如此深厚的友谊，让我非常感动。塞戈涅是天使。索西纳[2]一家人就是守护神，还不要说伊沃娜和玛碧[3]……

妈妈，玛碧遭受一件极可怕的事，您得给她写封短简。她刚刚失去七个月大的小女儿。她丈夫前不久动身去美国，远别三个月。她已启程去同丈夫会合。您知道怎么写，简单说两句关切的话，会温暖她的心。(……)她特别善解人心，在困难的时候，切切实实帮助了我。您为我给她写封信吧。

我重又找见中学的一位老朋友，海军军官，成为一种大文化的才俊，他有阅历，能理解和判断许多事物。这对我是一种出色的资源。我们一道去欣赏艺术品，看演出或展览会，还展开讨论。一般的概念他非常清晰，既合情理又富有活力。我真高兴。

西莫娜在天主的路上成长发迹。她成为她这种受教修业的第一人。但她不是这种受业的唯一女生，这样一用功，直到中午才能起床了。

获悉米玛身体好起来，我非常高兴。我的小说和她的故事，等

① 新桥，巴黎市中心横跨塞纳河最古老的石桥，建于1578—1606年。其坚固性形成谚语“身板儿跟新桥一样结实”，还有“知难而上”等。围绕新桥有新桥文化。
② 贝尔特朗·德·索西纳，1917年在博须埃学校成为圣埃克苏佩里的朋友。圣埃克苏佩里常去他家，还同他姐姐勒内保持通信关系。
③ 玛碧与路易丝·德·维尔莫兰是姐妹，称玛碧·德·图卢兹-洛泰克夫人，她的孩子夭折。安东尼的妹妹加布里艾珥·德·阿盖，1925年也遭遇了同样悲剧。

我实习结束就打字，[1]现在每天干活十三个小时，就把我占满了，但是告诉她“很快了”。(……)

我离开您了，我的妈咪，已是午夜，我六点钟起床。我深情地拥抱您。

安东尼

① 这里仍指姐弟的处女作《比什的朋友们》和《飞行员》。

第五十七封信

（1924年，巴黎奥尔马诺大街70号乙）

我的妈咪：

衷心感谢，您真是爱的化身。您做的糖渍水果无不饱含阳光。我还不了解您穿的袜子，但是一想我就发抖，只因您爱穿亮丽闪光的……

我疲惫不堪，不过，我干事如神，劲头十足。我对卡车有了一般概念，难免还模糊不清，会逐渐清晰的。我想用不了多久，我就能独自拆卸一辆卡车。

我的小妈咪，等我成为一个有身份的先生，您能来巴黎与我同住吗？我的房间太凄惨了，我真不忍心分开我的衬衣领和我的皮鞋……

我的小说稍微搁一搁，但是我通过每秒钟强加给自己的观察，内心取得巨大的进步。我在收集积累。*

总之，过一个月，甚至还短些，我就会有闲暇了，过上一种能动的生活。（按说，我现在的生活，一秒钟也不烦闷。）

我必须关注我的汽车。正如您向我提议的，您能否现在就到里昂储蓄银行，为我开个户头呢？不过，妈妈，我们在圣莫里斯谈过一万法郎，这甚至“不多不少”，因为，我必须保证有辆车，必须有制服装，要知道，除了晚礼服和大衣，我的衣服全是退役那时候的。最后还有，我头一个月的旅行费用，到月底才给我报销。或许我还得安排住处呢？

当然，您不欠我们一苏钱。因此，由您决定给我汇多少。越早越节省，因为在苏雷纳[①]，我早晨起晚了上班打车去，非破产不可。

妈妈，我真希望有朝一日，也能帮助您。总之，这一切能偿还您一点儿。对我应该有点儿信心。我像个黑人一样苦干。

我深深爱您，非常温柔地拥抱您。

您的儿子，

安东尼敬上

*述评：收集积累写作的素材，虽非独此一家，但是他创作的机制却别出心裁，在表达方式上遵循最大顺坡的法则。他所经历的与观察到的重大事件，都牢牢根植在他心中，历久弥新，保持其全部光彩。在创造中，一旦有一种要阐明的思想，最切当的事件就以最大顺坡的法则，经过艺术升华便融入作品中。

值得一提的是，这些素材不是消耗性的，仅用一次，而是根据需要，可以反复使用，从一部作品到另一部作品，同一种事物回响共鸣，如同一首歌被不同的歌手翻唱，也就是说，换一种角

① 苏雷纳，上塞纳省首府，索雷尔汽车制造厂所在地。

度讲述，又给人一种新鲜感。

譬如在他的作品中反复出现的老宅。在《人的大地》第四章第四节，作者身陷沙漠时，就伴随着梦幻，从记忆中唤出“家里的气味、门厅的清爽、房间里喧闹的欢声笑语”，“自己就有了方向”。而第五章又有这样一段：

“在这样一所魔幻式的房子里，两位少女消失不见，也是自然而然的事。客厅已经容纳阁楼里的财富，那么阁楼还有什么用场啊！从随便哪个壁橱微开的门，就能推测出，里面堆满了一捆捆发黄的书信、一捆捆曾祖父遗留下来的各种收据，还有比家里的锁多出许多的钥匙，当然哪把钥匙跟哪把锁都配不上。这些钥匙妙就妙在用不上，却把人的思想搅乱，让人梦想那些地下室、那些埋藏的珍宝箱、那些路易金币。”

明明是在南美洲巴拉圭的一片绿洲，受到当地居民的接待，走进一所民宅，通过作者魔幻式的目光，却看出了自家老宅的精魂。阁楼里的那些财富：“一捆捆发黄的书信”，“曾祖父遗留下来的各种收据”，由比锁还多的钥匙联想到地下室的宝藏，这一切罗列起来给人以历史的厚重感。然而，“从随便哪个壁橱微开的门，就能推测出”轻轻一句，就骗过人耳目：原来一进客厅，看到微开的门，不管壁橱门里装着什么，就都虚化为作者的老宅的记忆了。

这种技法，恰恰符合安德烈·纪德的一个论断：“真正有趣的是作家看世界的特殊幻象，现实通过作家的眼睛所发生的变异。”

第五十八封信

（1924 年，巴黎）

我的妈咪：

（……）伊沃娜开车带我去游枫丹白露了。这真是一次美妙的游赏。我在塞戈涅家吃的晚饭。

（……）X 重返摩洛哥了。——这就是我这种教育的成果：

他给我的信中写道：

“……我完全理解了你对我讲的一切，完全理解了你告诉我的方面，也完全理解了我心有所感，由你点明的方面，只因你善于思考，你也善于明确而简洁地表达自己的思想……

“……考虑到你对我的助益，我多亏了你所取得的进步，我……

“……还有那天，我多次对你说，我感到要想提高自己，需要做出多大努力，才能观看你的蓝图展现的世界……

“……你哪里知道，我多么敬佩你，既佩服你的研究提供的成果，也佩服其效果……”

我稍微做了一点点儿，将一个人同外部世界联系起来。我颇为自豪，这是我的思想教育理念的成果。现代教育一应俱全，只缺乏这一点。大家学习书写、唱歌、演讲、激动，从不学习思考。人总让话语牵着走，而话语甚至欺骗感情。人，我是希望人性化，而非书本化。(……)

我注意到人说话或者写东西，洋洋洒洒，什么思想都连续性进行人为推理。他们运用词语如同使用一台计算机，要得出一个真理。这真是痴心妄想。应该学会的不是推理，而是不再推理。要了解什么事物，不必要通过一系列词语，或许，词语完全曲解了，还照信不误。

我的教育法，整体明确起来，要写成书。是警醒过来的一个人的内心悲剧。起始的净空必须干净利落。首先就得将学员的知识全部剥离，向他证明他什么也不是，就像 X 那样……

我鄙视那些写作要从效果寻开心的人。说话总得有内容。

因此，一上手我就让 X 明白，一行行排列的话语，何以是人为的、徒劳无益的，其缺陷并不是未花功夫，这倒容易改正，而是观察事物的方式欠缺深度，这是一切的基础。他需要重受教育的，不是他的文笔，而是他身上的一切——智慧和视觉——然后才能写作。*

这就是从鄙弃自身开始的再教育，正是我经历过的一种保健措施，随后，他终于明白，人可以换种方式观看和理解事物，现在，他可以成事了。他向我表达了一种恭维式的感激。

时间已到，我该离开您了。

我深深爱您，全心全意拥抱您。

你的儿子，

安东尼敬上

*述评：这封家书十分特别，谈他的教育理念，教人如何学习写作。全篇简单明了，通俗易懂，按说无须评点，很容易理解。不过，以我个人的体验，明白易懂的思想，目光很容易就从字面上滑过去。乱花迷眼，人往往要发现隐藏的真理，反而无视明白无误的真理。究其原因，大概是我们同简明的真理渐行渐远了，无怪乎荒唐的社会现象频发，大家都见怪不怪了。

圣埃克苏佩里时年二十四岁，自称经历了内心的悲剧，是警醒过来的一个人。可见，他也走了很大一段弯路，才认识到这样简明的真理，形成自己的一套“思想教育的理念”，还要把他的“教育法”写成书。

信中有两处提到这教育法的核心，要“从鄙弃自身开始”，他还戏称“正是我经历过的一种保健措施”，也就是说剥离开全部知识，起始要净空得干净利落，从而消除直接与外界接触的障碍，“换种方式观看和理解事物”。

圣埃克苏佩里在他的同龄人X身上试用了这种方法，效果极佳，一下子就把X和外部世界联系起来。他明确指出，现代教育一应俱全，但是从不引导人学习思考，即教育人直接观察事物（不是通过现成的知识），并且深度思考。

圣埃克苏佩里得出结论：“需要重受教育的，不是他的文笔，而是他身上的一切——智慧和视觉——然后才能写作。”

这封家书所引用的X反馈的话也许是孤证，而圣埃克苏佩里则用他一生的实践，用他文学创作的成果，证实了他这种教育观。

第五十九封信
(1924年,巴黎)

我可怜的妈咪:

看到迪迪给我写的信,我极度不安,[1]根本没有想到会如此严重,您想要我回去吗?我可以星期六动身,何况我正打算辞职,回到我那位做保险的先生那里,我有必要在里昂逗留几天,以便安排一件事情。

这场病怎么来得如此突然?

假如需要我赶回去,您只需给我写一封短信即可。至于比什的那件闪色瓷,我若不是随身带回去,星期六一准给她寄去。

我离开您了,我的妈咪,我使足全身力气拥抱您,以及米玛、迪迪和西莫娜。(……)

安东尼

① 指安东尼的大姐,玛丽-玛德莱娜的病。她身体一直不好,两年后果然死于肺结核。

第六十封信

（1924 年，巴黎）

我的妈咪：

收到您的来信，我的心稍安。当天晚上，西莫娜在电话里告诉了我坏消息，我就要给您打电话。不过，我的担心略微减轻一点儿了。

我可怜的妈咪，您什么时候考虑去休息一下？您不想去阿盖，或者来我这里住几天吗？天气是不算太好，但总归能换换心情吧？

我在办公室里给您写信。我仔细查阅我那些未来顾客的资料。这个月，我就前往蒙吕松，[①]以及那地区的其余地方。但愿我能做成生意。工厂对我很好，如果早知道您的心情平静了一点儿，米玛好一些了，我会满心欢喜去干事的。可是，一想到您那么担心，真让人特别难过。（……）

星期天我去奥尔利开飞机了（随后一只耳朵差不多聋了。不过，现在开始好起来）。等我有了钱，我会有一架小型私人飞机，开到圣

① 圣埃克苏佩里赴任，作为卡车制造商的销售员，到蒙吕松地区开展工作。他一直干到 1925 年底，十五个月仅成交一辆卡车。1926 年初，多亏好友苏杜尔神甫的推荐，他进入法国航空公司，并于 1926 年 7 月 5 日，拿到了公共运输飞行员证书。

拉法埃尔去看您。

昨天晚上，到雅克舅舅家吃饭（……）他们都有一颗天下最善良的心。一个俄罗斯女人用纸牌算命，预言我会同一个年轻寡妇结婚，一周内就能认识。还真吊起了我的胃口！[①]

再见，我的妈咪，我深深爱您和米玛，全心全意拥抱您和米玛。

您的儿子，

安东尼敬上

① 这个胃口一吊就是六年，直到1931年，圣埃克苏佩里在布宜诺斯艾利斯，果然认识一位阿根廷年轻寡妇康素爱萝，二人结成一段奇缘。康素爱萝是个艺术家，很有天赋，年轻貌美，极有活力和表现力，是一朵长刺的玫瑰，正像小王子星球上的那朵神秘的、让小王子无可奈何的花。

第六十一封信

（1925 年，巴黎）

我的妈咪：

我祝您一年稍微幸福一些，这不算过高要求上天！（……）

我一个极大的乐趣，当然是又见到南方、迪迪、米玛，尤其是您——可是又一想，赶在元旦那天去，也太轻率了，客房要花二百五十法郎，可以报销五十法郎，我兜里就只剩下五十法郎了。我的妈咪，我向您发誓，这回我理智了，做出“巨大的”牺牲，否则我很愧疚，给您造成这么大负担，至少这趟旅行免了，不让您破费了。

只是我很忧伤，尤其当我要决定留下来，还没有勇气下决心的时候。可是，我的妈咪，如果去了，我返回的当天，又得向您要钱，这是实情，生活总得花费，而用您的汇款，至少客房钱付了！我讨厌再向您伸手要钱。

我的妈咪，我这样子，自己养活不了自己，真是厌烦透了——因此，我只图一己的快乐，在你们中间待两天，就花掉这二百五十法郎，这实在不怎么漂亮。

我非常温柔地拥抱您。

您的儿子，

安东尼敬上

第六十二封信

（1925 年，巴黎）

亲爱的老迪迪*：

今天早晨，西莫娜将照片交给我了，谢谢。照片给我这间客房增添点儿喜幸。我希望以后，也能赠给你同样的礼物。我有点儿想结婚，生几个孩子，跟你这个同样可爱。可是得有两个人，而时至今日，我只认识了一个我喜爱的女人。

我非常满意我的工厂，工厂对我也满意。如果我卖出几辆卡车，那么今年夏天，我就能开车去阿盖小住几天了。我带你在南方兜兜风。一开始，我就能开上一辆雪铁龙，不过，等挣了第一笔钱，我就替换一辆速度更快的车：开快车或许能安慰我不开飞机了。

我重又萌生希望，能住上一小套房间。到了那时，你再不同丈夫和儿子来巴黎住几天，那就不可饶恕了。（……）

我未能更经常给你写信，则情有可原：你离得也太远了。我既没有见过你的住宅，也不了解你的生活，你儿子也只见照片——两年间，我只见你八天面。（……）

显然，已非从前那种亲密关系，不过，我还照样全心全意爱你。

西莫娜迷恋上你的儿子，现在返过神儿来，我向她指出，他还太小，何况姨妈和外甥也不相配。(……)

西莫娜对中世纪的手稿产生极浓厚的兴趣。她像个黑奴一样苦干。这个小姑娘，还是老样子。

至于我，这个星期动身，去北部走几天，到一个伙伴的地区，以便熟悉本行业务。我们开车每天行程一百五十公里，也不会寂寞。

我过着一种哲人的生活。我尽可能见见我那些朋友。我的一些至交特别有情趣。这对我也是种安慰。

我期待遇见个少女，非常美丽又非常聪慧，又充满魅力，又喜幸，又娴静，又忠诚，又……所以我找不到。

我单调地追求一些科莱特、一些宝莱特、一些苏茜、一些黛茜、一些佳碧，她们都是批量成品，两小时下来就让人厌烦了。她们是接待室。

就是这样……

再见，迪什，我紧紧拥抱你。

你的老兄

安东尼

*述评：难得给妹妹加布里艾珥写封信。关系虽不像从前那样亲密，但亲兄妹也不至于生疏。只是交流太少，故以戏谑的语气，提及人生重大问题就不必言深，蜻蜓点水，双方都可以释然，不必认真争论，又可心照不宣，彼此坦然。称“老迪迪”，

“你的老兄”，也是这种用意。“批量成品”，“接待室”，写在私信中，也不算太刻薄，他还不能忘情于唯一曾和他谈婚论嫁的路易丝。

第六十三封信

（1925 年，阿列省蒙吕松，留局待领）

我的妈咪：

我到了蒙吕松这座温和的城市。我发现它晚上九点钟就进入梦乡的一座城市。明天我就开始工作，生意处于近乎停顿状态，但愿能有所进展。

不要过分怪我给迪迪的那封信，那是在深度气馁的情绪下写出来的。您跟我说了，对女人就如同对朋友。我再也无法容忍在一个人身上，找不见我所寻求的情趣，而且一旦发现我原以为有趣的一种精神状态，不过是一种很容易识破的机制，我总是大失所望：我感到厌恶。而且，我怪怨这个人。我淘汰了多少事，多少人，完全是不由自主。

在这家小旅馆的小客厅里，我对面一个穿戴华丽，自诩美男者夸夸其谈，想必是一家小葡萄酒庄的庄主。那些蠢话毫无意义，发出的不过是噪声。这样一些人，我同样无法忍受了，假如我娶了一个女子，婚后发现她喜爱这样世俗的人，我就成了世间最不幸的男人。她必须只爱有智慧的人。我完全不可能同 Y 那家人及其圈子来往，在那里我开不了口，那得让人教我说点儿什么。

我对您讲到 X 的话，不可能让您难过。我毫不赏识这种虚假的文化，这种挖空心思寻求刺激的癖好，毫不赏识情感的那些老生常谈，全算得上没有一点点真切的好奇心和营养价值。一本书或者一种景象，向来只记得最强烈的印象、可能形成风格的部分。我不喜欢这样一些人：他们在化装舞会上，装扮成剑客，就感到了骑士般的冲动。(……)

妈妈，我有些朋友，更加了解我，我们彼此赞赏。这足以证明我的价值。对于家庭，我始终是浅薄的，好说嘴，图享乐，而我呢，即使在玩乐中，也仅仅力图学到点什么，容忍不了夜总会那些大胡蜂，我几乎再也不开口了，因为那种无意义的谈话令我厌烦。您就不要勉强我了，连给他们指出来都是多余的。

我的现状同我可能成为的样子，差距太大了。让您知道这一点，并且尊重我一点儿，我就知足了。您是从一个错误的角度来解读我给迪迪的信。那是厌恶情绪，而非玩世不恭。人疲惫的时候，晚上就会变成这样子。每天晚上，我都总结我这一天。在自学方面，这一天如果一无所获，我对原本我可以信赖，却使我浪费一天的人，态度就很恶劣了。*

同样，也不要怪怨我不大写信了。日常生活实在没有什么重要的事，每天都极其相似。内心生活又难以言传，总有一种羞耻心。说起来，就显得特别自负。您想象不出来，在多大程度上，这是我唯一看重的事情。这改变了全部价值观，甚至我对别人的评价。一个人“好”，如果仅仅是一种容易产生的动情，对我来说就实在无所谓了。必须探询我在自己写成的文字中是怎样一个人，这是我思考和观察，走心熟虑的结果。无论在我的房间还是小咖啡馆，我都平静地面对自身，避开任何套路，文学格式，努力表达自己。于是我感到自己是诚恳的，有责任心的。我再也不能容忍那种旨在给人强烈印象的方式，歪曲视角，以求刺激想象力。好多作者我都曾喜爱，因为向我提供特别容易的精神愉悦，如同音乐咖啡馆里的音乐，刺激人神经，现在我真的鄙视了。*同样，您也不能再要求我元旦写信，或者写新年祝福那类的信了。

妈妈，我对自身其实很苛刻，当然就有权否定在别人身上表现出来，而我已在自身否定或者修正了的那些东西。我丝毫也没有卖弄思想的念头了，不再让这种念头把自己置于观察和写作之间。您怎么能让我写泡了个澡……或者在雅克舅舅家吃了晚饭呢。这方面的事儿，我已经完全不在意了。

我真的从心底里爱您，我的妈咪。还应当原谅我不轻易浮在表面，而完全沉潜在内心深处。人能怎么样就怎么样，有时甚至显得有点笨拙。很少人能这么说，真正听过我的知心话，却一点儿也不了解我。您确实是从未有过最了解的人，还了解几分我赋予 Y 的饶舌而肤浅的这种类型的反面，因为，展现给所有人，未免有失尊严。

我深情地拥抱您，妈妈。

安东尼

*述评①：这封家书与上一封有连带关系：安东尼给妹妹的信

母亲看到了，母女的反应想来都非常强烈，逼使他不得不辩白，只因母亲“从一种错误的角度来解读我给迪迪的信。那是厌恶情绪，而非玩世不恭”。一个二十五岁的青年，就以玩世不恭的态度对待人世，在母亲看来简直太可怕了。

母子书信往来不断，何以又会产生这样大的误解呢？其实这并不新奇，子女在蜕变时期，父母不管在不在眼前，总在很大程度上有失控之感。只因人的内心活动与变化，是沉在水下的冰山，而表现在行为和话语上的部分，仅仅是冰山露出水面的一角。凭这一角判断，父母对不了解的部分，容易习惯性往坏里想。尤其写给妹妹的那封信，要谈些真实的想法，又轻描淡写，采取戏谑的口气，难免近乎玩世不恭，引起母亲极度不安。正因为如此，圣埃克苏佩里就得说透一些，第一次这样坦白地亮出自己的观点。

同朋友交流思想，彼此可以赞赏。然而，向母亲表明观点就难了，深浅难以把握，圣埃克苏佩里在家里，已经落下“好说嘴，图享乐，浅薄”的名声，可见亲人也难窥透内心，而一个人的变化恰恰始于内心。母亲哪里知道，儿子在职场不顺利的时期，却着重探询内心生活，逐渐改变了自己的全部价值观。从内心的转变到行为的变化，也正如信中所说的：“我的现状同我可能成为的样子，差距太大了。”这种差距，自然给人留下不同判断的空间。

圣埃克苏佩里绝不做浅尝者：心既明，眼必亮，便开始告别从前的生活方式，譬如鄙弃“虚假的文化”。这种表演式的文化，往往还成为社会生活的主流，引导青年的喜好和情趣，让人以为很有品位。如同在化装舞会上，他们装扮成名士，就自诩风流；装扮成剑客，就拿出骑士般冲动的劲头儿。在这种氛围中，大家都装，而且越装越像，装什么就认为有什么本领了。

然而，他并不是单纯地一刀两断，弃绝从前的生活，而是“即使在玩乐中，也仅仅力图学到点什么”。举例来说，他就将这类人写进小说，比照书中他塑造的理想人物。首先写入《南方邮航》：

“埃尔兰爱比比画画……这个人太能装相，幻化出一个人物上前表演……他如此张罗，仿佛醉心于自己的权力。在一家餐馆，坐在吧台的高凳上，就可以指挥世界了……”（见第二部分第二节）

《夜航》中的督察员罗比诺，也是这样的人物：

“这天夜晚事态的发展，罗比诺就束手无策了。他这督察员的头衔，无论对暴风雨还是对一个幽灵似的机组，都毫无影响力了。现在，那个机组奋力拼搏，再也不是为了拿准点奖金了，而是为了逃脱唯一的惩罚，即取消罗比诺所有惩罚的死亡。……可见，罗比诺现在一无用处，只好到各办公室里串来串去。”

要鄙弃的生活也不能白白经历，这就是生命意义的逻辑。圣埃克苏佩里走在人生的路上，深一脚浅一脚，有时还跋涉一片泥沼；但是内心有了要做什么样的人的定力，那么每摆脱一种困境，每跨越一道险关，他就能重生一次。所谓一次次重生，就是总能自觉探询内心的过程。这就需要“完全沉潜在内心深处”，有时还要排除亲人的干扰，不轻易浮上表面，因而对母亲讲了“尊重我一点儿”的话，这是从未有过的事。

尤其难能可贵的是，圣埃克苏佩里毫无卖弄思想的念头，“不再让这种念头把自己置于观察和写作之间”。这样，他就能“平静地面对自身，避开任何套路，文学格式，努力表达自己。于是我感到自己是诚恳的，有责任心的。”此言不虚，此后将近二十年的生命，他一直努力缩短他的现状同他可能成为的人的差距，最终合而为一了。圣埃克苏佩里以其常人难以做到的行为，在责任上、思想上和精神上，三个层面都做到了他要成为的人。

*述评②：这段话直接批评意大利小说家、戏剧家皮兰德娄（1867—1936）。1923年，他的剧作《六个寻找作者的剧中人》搬上巴黎的舞台，获得成功，从而赢得世界声誉。1925年，他的剧作《各有各的理》（1917）在巴黎演出，受到圣埃克苏佩里的两位女友，勒内·德·索西纳及其妹妹洛珥的热捧。圣埃克苏佩里持不同意见，当场争论起来，他负气而走。回到住处，他冷静下来，意识到自己的行为过急，连夜写了一封长信，表示抱歉，并详细解释了自己的观点。为了完整理解他的文学观，下面将这封信译出来，编入家书中。

第六十四封信

（1926年，巴黎）

我的老丽奈特：

我给您带回德·××× 夫人的小说，我对这部作品的看法全附在这封信上。正因为书中有好东西，我也谈一谈不足，否则，我就不理会了。况且，这些指责完全是个见解，很多人可能不认同我的文学观。这无所谓，我一点儿也不在乎。*

我很为难，只因我感到关于皮兰德娄，我的反应有点儿过激了，甚至完全惹人反感。而且，“门房的形而上学”这种说法，我都难以消化。实在不够和善。不过此前，我经常用到皮兰德娄头上，这回也是习惯性，顺口说出来。随即就感到糟了：讲了蠢话。

然而，我必须向您解释我的思想，因为毕竟事关一个重大问题，无权回避。思想，我不能当作网球，或者社交的筹码。我毫无社交才能。人不能耍戏思想。因此，谈话如果偶然涉及一个萦系我内心的话题，我就变得偏执而可笑，而厄斯比奥[1]则说得对，别人不能跟我争论。如果我极为遗憾，说出“门房的形而上学”，然而我绝不

① 厄斯比奥，圣埃克苏佩里的挚友，巴黎圣路易中学的同学，亨利·德·塞戈涅的绰号。

后悔发了火。

因为，您想啊，丽奈特，在谈到文学问题之前，人们无权将易卜生这样一个人，同皮兰德娄那样一位先生相提并论。您所面对的，一边是一个思虑最崇高问题的人：他充当了一种社会角色、一种道德角色，有其影响力。他写作是要让世人明白他们不想明白的人生道理。他直击人心深处的问题，尤其妇女的问题，采用的方式我认为十分高妙。总之，易卜生，不管成功与否，他力图提供给我们的，不是彩票游戏的一种新玩法，而是一种营养。他的作品，在人的层面上铺陈。您与他的作品有直接的关联，或是在其真理中，或是在其谬误里，假如您至少认为，您的内心生活是生活的重要方面。

而您所面对的另一边，则是皮兰德娄——他也许是个出色的戏剧家，这一点我们等一下再说——可他被创造出来，置于人间，是为上流社会人士消遣，能让他们玩弄形而上学，就像他们已经玩弄政治、空泛的思想和通奸的悲剧那样。也并不比打桥牌更愚蠢。但是，您无权把他同易卜生并列在一起。易卜生既不寻求让您惊讶，也不寻求使您开心。他是力图让您明白他认为真实的事物。在这种情况下，人就超越了自己的作品，不管作品多么出色。

您要理解，这不是我对个人的一种责备……也不是我主张的一种文学见解……否则，如此激烈的态度，就表明我太自负了。其实，这涉及一种道德问题。

至于皮兰德娄的价值，您所赞赏的，恰恰是我质疑的。下面列出我的论据：

1. 将一个形而上的问题搬到舞台上的胆量。——他并非第一人。

众多傻瓜中的一个，如勒诺尔芒，就在他之前做到了。

2. 他的题材的独特性。——这是教科书的一个普通领域。十七岁的小青年，哲学班的学生，他的课程难以消化，成了一团乱麻，他在这方面的表现，甚至会走得更远。他甚至会非常得意，高傲地否认外部世界。（他在自己的教科书中，只不过忽略了学懂存在一词的意义。）

3. 这一题材的价值。——在皮兰德娄的剧中毫无价值：或者回归一个甚至称不上哲学的普通领域，或者根本没有意义。

a. 一个普通领域：您在皮兰德娄之前就知道，我们对我们每个朋友都是不同的，因为他们每人在我们身上唤起的投合相契点都不同，因为一个人对另一个人来说，就是在他身上唤起的反应的总和，好比在物质层面上，一张桌子就是它在您身上引起的视觉和触觉反射的总和。显而易见，我们没有意识到“桌子本身”的“自我存在”。您在皮兰德娄之前就知道，同一个场面，十个见证人有十种证言。这不再是一个形而上的问题。

b. 或者，皮兰德娄的问题的确是形而上学的，关系到“自身的真实”，但是皮兰德娄提得不当，就毫无意义了。

我要提出一个类似的问题，更为简单，外部世界存在的问题，譬如我们的桌子。它“本身”存在还是不存在呢？思考可以分成两个步骤：

a. 准确把握您所理解的“存在”或者“不存在”。准确界定“存在”的词义。显而易见，即使您最终得出结论，外部世界并不存在，您也毫无意向表明人不会撞到这张桌子。在这里，存在有一种特殊意义。

b. 解决这个问题。

头一部分也许是最微妙的，需要高度抽象思考的习惯。如果您回避，那么随后您无论说什么都毫无意义了。而皮兰德娄就回避了，避而不谈何谓真实。他无可奈何，只能这样做。如此抽象的东西，如此缺乏形象的东西，您怎么还要搬上舞台呢？在他这里，问题甚至没有提出来。他这部剧作不可能有意义。

说得再好些，他即便可能讨论这个问题，也会主动回避给“真实”下定义。

其实，在戏剧的情感冲动上，您若想抛开形而上的问题，只能通过模糊的对话，只能自欺欺人，将本来与情感毫无关系的东西，转移到感情的层面上。那名学生学懂外部世界可能不存在，他“激动万分”，无非错误理解“存在”一词的含义。他隐约以为他将学会穿墙过壁，至少也能学到类似的本领，一时还不清晰。他相信这样学习会改动他的实践论据，改变他的日常生活。这就是为了窃取一种伪造的激情，一场虚幻的眩晕。

您看清过错了吧？——这是基本的错误。一种推理，仅仅适用于形而上学方面的非常抽象的定义，您却应用到“真实”这个词、“存在”这个词的通常定义上。这根本不是同一个问题了。您这是搅乱了不可以乱来的概念，因为这些概念在它们的层面上，即感觉经验的层面上，是真实可信的。

您讲“桌子存在”的时候，就是想要表明“我从童年起，在某种条件下，我就学着感受一连串反应，而把这种引起反应的原因称为‘桌子’”。这是真是假，甚至都免谈了：这是个事实。您不能否认桌子的这种存在。

形而上学则相反，您给这种存在下定义，可以变换不同方式，但这恰恰是因为所界定的不是同一事物了：您就桌子（形而上的超验意义）推理所得出的结论，不能适用于桌子（通常意义），而这台戏剧作伪，就在于偷换概念，认为这样结论可以广泛应用。这样，您就从根上折损了观众全部的通常概念，让他们感到天旋地转了。

这不过是一种投机取巧，甚至谈不上欺诈，因为哲学班或者数学班，无论哪名学生都体验上百次这种迷惑。皮兰德娄用“真实”一词的不同含义，拌了一盆赏心悦目的俄罗斯沙拉，我并不觉得这多么有趣。剧中的主人公，他本想显出讥讽、高超而又怀疑一切，无非就是个白痴。聪智的人头一种品质，就是善解别人的话语，并且用这样的话语同他们交流。然而，这出剧的人物，谁都没有准确抓住他要说什么，这种情况就可以持续很久。

4. 您似乎觉得他干得很漂亮，不表现小女人的故事，却敢于将一个形而上学问题搬上舞台。我可不这么认为。小女人，至少关系到社交界。如果社交人士真想了解形而上学，那就买书，用心品读。不过，他们渴望的不是弄懂形而上学。弄懂需努力，得到的回报，也仅仅是一种“精神的愉悦”。他们根本不在乎这个。他们想要的，恰恰是云山雾罩，无论什么都再也弄不明白了，感到他们的所有概念全乱作一团。于是他们就说：“真不可思议……”还不觉脊背一阵发凉。

您明白了吧，为什么我觉得皮兰德娄问题很重要呢？为什么我觉得这超出了单纯对一场剧的批评呢？这成为一种道德问题了。

几年前如出一辙，也为同样的缘由，社交界就抓住可怜的爱因斯坦不放。他们一门心思，再也不想弄懂什么了，内心产生巨大的恐慌，感觉到“未知的翅膀”。在他们看来，爱因斯坦就是现身江湖的魔术师。他这些纯数学的论述，不管对错，总归仅在数学层面上才有意义，可是，另一些皮兰德娄则有意制造混乱，将这些论据搬到了常识的层面。于是，社交界再也不能正常生活了。好像爱因斯坦要告诉他们，从（巴黎）和谐广场到巴士底广场，有一条比直线更短的路，一种妙招儿，能穿越墙壁，或者让时间倒流。*

这令我忆起一次美好的旅行：战前的老士官，现役少校的妻子，经营小店铺，个头儿小又腼腆，在车厢隔间的角落正缝补袜子，她抛出问候语：“您好哇，太太……”一名少尉的妻子很活跃，出于尊敬便同她聊起来，向她解释爱因斯坦。

那场景真精彩。

丽奈特，您明白吧，只有通过一种持续的规范教育，才能获取正确的思想，这毕竟是人最为珍贵的。也是人应该拥有的最珍贵的精神财富。然而您却看到社交界人士，他们倒是力图增强记忆，增加知识，增长讲话的技巧，却几乎从不设法培育自己的智力。他们力图正确推理，而不是正确思考。他们混淆了。

这就是为什么，应当热爱易卜生，他毕竟是一种追求，增强人的理解力，也应当拒绝皮兰德娄，并且拒绝所有玄虚的蛊惑：很难办到。晦涩的东西，向来比清晰的东西缠人。一种现象有两种解释，人总是本能地趋向玄奥的一种，只因另一种，真解，是简明而平淡的，不会刺激人的头发竖起来。比起一种真正的解释来，奇谈怪论更具诱惑力，更会得到人的青睐。我所说的这些现象非常普遍。对事物的判断，许多谬误大行其道，正是迎合这种需要。需要猎取各种思想，不是为了弄明白，而是为了寻求刺激。

这条路可以走得很远。几乎可以说，令人惊异的、吊人胃口的论调，十有八九是虚假的。要理解事理，第一特质就是没有私心，忘掉自我。而社交人士，他们利用科学、艺术、哲学，如同使用吊车那样。皮兰德娄就是一架吊车。

丽奈特，我的老友，原谅我写这封长信。不要怨恨我。还请原谅我讲了“门房的形而上学”。我并不认为这些问题是一种人间游戏。我认为这些问题非常重要。用自相矛盾的漂亮话诱惑人，随后再谦让几句话，这种行径毫无意义。社交人士说“我们玩转了一些思想”，这话令我反感。

我喜爱那些需要糊口，养活他们孩子，要维持到下个月的人，他们跟生活关系更紧密，也就更加了解生活。昨天，在公共汽车上车的平台上，我碰见一个没戴帽子的女人，带着五个孩子。她教给孩子许多事情，也教会了我。社交界那些人从未教会我什么。

昨天晚上，我同一个可怜的轻佻的女子交谈。她对我说：“我在德雷科勒商店当模特儿，每月挣六百法郎。我丈夫抛下了我和孩子。我为了工作，不得不将孩子寄养在奶妈家，每月用掉三百法郎。我只剩下三百法郎了。还能干些别的什么呢？在巴黎没有一个女人，每月哪怕能挣到一千法郎。因此，我站在街上拉客。试着做一做。早晨五点钟我才能睡觉，只能睡三个钟头，还得赶去上班当模特儿。可是，我应付得不好。我脸皮儿薄，女伴们都笑话我。现在，我患了支气管炎，左肺出了毛病。挺不了多长时间了。没法儿就得进窑子，怪我不会招揽，这样混不下去。进了里面，如果客人看上就挑我。您能让我干别的什么呢？我得活着，有我小宝宝呢。总算有点儿什么。”

不错，“总算有点儿什么”，您让我怎么回答呢？

在那些人看来，这是一个平淡的故事，他们在这类故事中，仅仅汲取他们在音乐厅婊子戏中所汲取的东西：一种冲动、一种虚假的怜悯。这极具一八八〇年代的特色，不折不扣的情节剧。穷困同皮兰德娄先生的形而上学一样，都是他们大发感慨的由头。而形而上学甚至不再时髦了。

这令我想起莱昂·维特转述的一段对话：

“可是，说来说去，亲爱的先生，既然您说爱世人，那又为什么剥夺他们的上帝，他们最终的安慰呢？”

“为了让他们另寻安慰，夫人，并且让他们打烂您的嘴。”

我觉得一语中的。*

丽奈特，我的老友，不应该怨恨我。不错，正如厄斯比奥所言，我一点儿也不宽容，但是并非基于虚荣或者傲慢，而是恰恰因为，令我憎恶的正是这种宽容。热爱事物和思想，就应该爱这些事物和思想本身，而不是玩转。

我是头熊，不怎么友善，而这状况令我忧伤。这状况甚至令我非常忧伤，原因有多种。

再见，丽奈特。请相信一种友谊，这是我本人的大部分。

安东尼

刚打过电话。明天送还小说。不过，皮兰德娄我还记在心上，这封信还是呈给您。

*述评①：丽奈特，本名勒内·德·索西纳，生于1897年。她弟弟贝尔特朗在圣路易上预科班，与安东尼是同学，他们常聚一起，度过求学的青年时代，意气相投，组成了最热忱而忠实的朋友圈。从1917年至1921年，他们经常出入沙龙的巴黎世界。

丽奈特比安东尼年长三岁，受贵族世家传统教育，热爱音乐，是小提琴的演奏高手，在她父亲喜爱举办的晚会上施展才艺。他们时常沿圣日耳曼大街游荡，在布朗什夫人糕点店、利普咖啡馆露天座逗留长谈。勒内·德·索西纳这样描述圣埃克苏佩里：“他这种运动员的身躯、这副华托（法国画家，1684—1721）肖像画《吉尔》的面孔出现了，又消隐在暗影中。”那是大学游荡的时光，充满了各种风趣、滑稽和离奇的举动，当然也有感人悲怆的搏斗。

勒内·德·索西纳和圣埃克苏佩里长期维持通信关系，直到1930年。圣埃克苏佩里在信中称她为“虚构的女友”。1953年，她在普隆出版社，以《给虚构女友的书信》为题，出版了圣埃克苏佩里写给她的二十五封信。同年，由伽利玛出版社再出版，改题为《青春信札》，随后又纳入《弗里奥》丛书，题为《给虚构女友的青春信札》。丽奈特，即勒内·德·索西纳，始终充当这样的女友，既是知心闺蜜，又是难以亲近的女子。

*述评②：这封信向我们提供了大量了解圣埃克苏佩里个性发展的第一手资料。这场风波的缘起，是观看皮兰德娄一部剧演出之后发生的争论。圣埃克苏佩里当场讲“门房的形而上学”，批评皮兰德娄不该在剧作中，将形而上的问题搬上舞台，通过偷换概念的手法制造思想混乱，达到轰动的效果，以迎合社交圈子寻求刺激、借题发挥而夸夸其谈的需要。从这一批评来看，皮兰德娄可能不当地实践他自己的文学观：

“生活是一场十分悲哀的闹剧，因为我们在内心里总是需要创造一个现实以欺骗自己……我的艺术对于欺骗自己的人充满着辛酸的同情，但是又不得不对逼人去蒙骗的命运加以辛辣的讥讽。”

圣埃克苏佩里就《各有各的理》这部剧的价值，提出了几点质疑，自有他的道理：“这台戏剧作伪，就在于偷换概念”，“皮兰德娄用‘真实’一词的不同含义，拌了一盆赏心悦目的俄罗斯沙拉……剧中的主人公，他本想显出讥讽、高超而又怀疑一切，无非就是个白痴。聪智的人头一种品质，就是善解别人的话语，并且用这样的话语同他们交谈。然而，这出剧的人物，谁都没有准确抓住他要说什么，这种情况就可以持续很久。”

圣埃克苏佩里指出这恰恰迎合了一批观众的心理：他们并不真想弄懂形而上学，也不管云山雾罩，只要能卖弄混淆的概念，制造恐慌气氛就行了，并且乐此不疲。这就超出了单纯对一场戏的评价，而成为一种社会道德问题了。

无独有偶，二十世纪初期，德国理论物理学家爱因斯坦（1879—1955）提出了“广义相对论”，其中心思想是澄清引力不是牛顿说的力，只是因质量的存在而引起的时空连续性的弯曲，这也由后来所摄的日食照片和计算所证实。正是在这种背景下，法国巴黎社交界爆发爱因斯坦热，就像形而上学热那样，拼凑支离破碎的新知识、错位乱解的新概念，他们在炫耀知识中给思想领域和现实生活制造了恐慌性混乱。

圣埃克苏佩里以皮兰德娄的戏剧风波为契机，抨击了巴黎社交圈子不想弄懂事物和新思想，一味乱推理乱作为的歪风邪气。同时我们也可以看出，他把这种认识提到道德的高度，不仅律人，更是律己。他反思学生时代，混迹沙龙的巴黎世界的经历，内心生活逐渐丰富起来，终于能说出：“社交界那些人从未教会我什么。”从而告别了过去。

这封信是圣埃克苏佩里个性成长成熟的标识。信文中不少论断和见解相当精辟，细读很受启发，无不是他求真求实，深度思考的结果。尺幅千里，预示他此后做人、做事、做文坚守的原则。

*述评③：信结尾部分，他引用了莱昂·维特的一段对话。莱

昂·维特（1878—1955），法国作家和社会活动家，出版过好几部小说和一本日记。从这段引语就表明，他十分看重莱昂·维特所表达的思想，心仪已久，灵犀相通。但是过了八年之久，直到1933年的一天晚上，由友人介绍，圣埃克苏佩里才和莱昂·维特见面。二人坐在巴黎双叟咖啡馆，相见恨晚，只因有同样的豪迈志向和荣誉感。在圣埃克苏佩里看来，莱昂·维特就是文学崇高性的典范。后来，圣埃克苏佩里远在美国，也是为了维特的嘱托，给其记述法国大溃败的《三十三天》写一篇序言，在美国出版。这篇序言以《给一名人质的信》为题单独发表，隐去维特的名字，而隐匿起来的维特，从此就代表了在德国占领下受苦受难的法兰西。

圣埃克苏佩里在美国期间写出《小王子》，特意题赠给莱昂·维特。他在献词中写道：

“我这本书献给一个大人，还请所有孩子谅解。

“首先，我有一个重要的情由：这个大人是我的最好朋友。还有一个情由，这个大人什么都能够理解，甚至理解为孩子写的书……”

在孩子面前这样夸奖一个人，应该是最高的评价。

圣埃克苏佩里的这种用心，似乎表明在他的精神成长中，莱昂·维特起了关键作用。后来，莱昂·维特著文透露：

“把我们紧密连在一起的，绝非从外面借用来的思想或学说。我们踏上相反的道路，每向前跨一步，彼此就渐行渐远，但是每回我们总能相遇。”

这是真正的心心相印。

还值得一提的是，圣埃克苏佩里和莱昂·维特踏上相反的道路，渐行渐远，为什么还说“总能相遇”，关键就在于他们对事物和思想的根本态度：“热爱事物和思想，就应该爱这些事物和思想本身，而不是玩转。”因此，他们虽然天各一方，却总能在事物和思想的真谛上相遇。这是他们与那些玩家的最大不同。

第六十五封信

（1925年，巴黎）

我的妈咪：

我回到巴黎，奥尔马诺大街70号乙。我再次经过蒙吕松，见到您的两封信等待我。您真是个没比的妈咪，我也很想成为像您这样的一个儿子。我在寂寞的旅行中——孤单一人，半个月——一路取了留局待领的信件，我觉得任何一封信，都比不上您的信给我的欣悦。我换乘车时，坐在外省的一家小馆里读您的信。妈妈，一定得跟您说，我多么敬佩您，多么爱您，哪管我表达得少，也表达得不好。您这样一种爱，这样一种安全感，我想必得许久才能逐渐理解。妈妈，我必须每天更好地理解一点儿：您是为我们而生，为我们付出一切。我把您丢在孤寂中，做得太过分了。我一定得变成一个您靠得住的朋友。

我在外省，见识了许多小城镇、小火车、在里面打纸牌的小咖啡馆。萨莱斯每逢星期天都来看我，多么忠实的老伙计啊！我们一起去参加每周举办的“舞会”，地区性舞会：妈妈们拉成方形的舞场，她们的“小女儿”身穿粉红或者蓝衣裙，同小店主的子弟在圈子里跳舞。我结识一位出色的小提琴手，从前在军乐队演奏，现居蒙吕松，默默地工作。他让萨莱斯和我着迷。*

我还认识这种类型的一个人，他因为死去了家人，隐居到外省，什么也不做了，也不再看书了。杰尼埃[1]称他们是自杀者。我们下了棋，他带我去他家：乱得一团糟，无可救药了。实在可惜，他画得一手好画。您的绘画如何？

我紧紧拥抱您，妈妈，来看我吧？

安东尼

*述评：圣埃克苏佩里在给勒内·德·索西纳的信中，也谈到这场舞会，而且展开描述了外省生活，一些演员，尤其几名女演员的趣事，还有克勒兹河畔阿尔让通的女帽商的老板娘、图卢兹的女办事员、佩皮尼昂的杂货铺老板娘，表明他乐意深入一个地方的日常生活，也表明他担心有朝一日，自身也落入这样狭小的生活圈子，而这种按部就班的常习生活，在他看来，也无异于加入“自杀者”的队列。

这封信结合第五十一封信一起看，就更容易理解作者对母爱认识的多重性。这几年来，圣埃克苏佩里处于彷徨时期，谋生择业不顺，“经历了糟糕的时日”，情绪不佳，言语未免刻薄。但是他理解母爱的苦心，“知道您多么爱这个胡闹的大儿子”，由衷说

① 杰尼埃博士是圣埃克苏佩里家的朋友，他的建议影响了圣埃克苏佩里的写作风格。不过，圣埃克苏佩里放弃了诗歌，有一天就怪他没有说明需要人为节律的含义。

出:“我敬佩的妈妈，请原谅我给您造成的所有痛苦。”然而，认识和实践又是两码事，连他自己都承认，“不知道为什么我这样固执”，两年后依然故我;就是进了邮航公司，有了自己喜爱的职业，他的“固执”也没有根除。“您是为我们而生，为我们付出一切”，这是他对母爱的根本认识，从不动摇。但是母爱所包含的“安全感”，既需要又不能完全接受，直到生命的最后一刻，他仍在冒险，似乎他是为冒险而生，最终也未能更好理解母爱的隐忧。

第六十六封信

（1925 年或 1926 年，巴黎）

我的妈咪：

我驾驶汽车，手指都冻僵了。现在已是午夜。我将帽子掷在床上，感到自己多么孤独。

我回来看到您的一封短简，便成为我的陪伴。您心里可以这样讲：儿子即使不写作，即使是个不争气的家伙，妈妈，有您的温情在，这些都不值一提。可是，这种事难以言传，我向来就说不清楚，却又死死缠在心头，确确实实，源源不绝。我爱您，我也从未这样爱过任何人。

我同埃斯科①一道去看电影：一部烂片，情感虚假，缺乏隐蔽的持续性。老实说，晚上这样逆人流而行，也同样令我反感，但只因我形只影单。

我在巴黎短暂停留，因为车子出了毛病。我到巴黎，有点儿像一名探险家登上非洲大陆。我接连打电话，联系我那些朋友。那一

① 埃斯科生于里昂，1921 年 3 月，他获得军事飞行员证书，编入斯特拉斯堡歼击机空军团，在那里结识圣埃克苏佩里，后来，二人又同到凡尔赛，参加预备役军官实习。1924 年，他们在巴黎相逢，合租奥尔马诺大街 70 号乙的公寓房，成为忠实的朋友。

位忙着呢，另一位不在。*他们的生活继续航行，我却下船了。于是，我向埃斯科打招呼：他独身生活，我们去看了电影。就这些。

妈妈，我要求一个女人的，就是减轻这种不安的情绪。就是为此才特别需要女人。您不可能了解，人家感到多么笨重，感到青春一无所用。您不可能了解，一个女人能给予什么，有可能给予什么。*

我在这房间里，过于孤单了。

您不要以为，妈妈，我患了无法克制的忧郁症。总是老样子：我打开房门，帽子一丢，感到一天终了，从我手指缝儿溜掉。

假如我每天都写东西，那我还会高兴些，终归能留下点儿什么。

再也没有什么让我惊叹的了，除了听人对我说："你这么年轻啊。"因为我特别需要年轻。

不过，我不喜爱像S那样，满足于幸福的人，再也不发展了。一定要怀着几分忐忑的心理，阅览自己的周围。于是，我害怕婚姻。这取决于女人。

逆行迎面的人群，毕竟还有许多盼头。可是，都匆匆流走，随后又来一群，倒是迎合需要，由二十来位女子组成。说来也太多了，我不免当即感到窒息。

天气寒冷。橱窗的光亮也很刺眼。我走在街头的这种种印象，心想可以拍摄一部很好的电影。拍电影的人是些傻子。他们不善于观察。他们甚至不理解手上的工具。照我想，只要拍录下十张面孔、十种举动，就能给人浓烈的印象，然而，他们没有这种综合的能力，只会照相。

妈妈，我希望自己有工作的勇气。我有许多事情要讲。只是到了晚上，我就抛掉这一天，干脆睡觉。

我很快又要起程，不知何时也许我能换换我这辆车。

我以全部深情拥抱您。我还没有“沉入水中”，您尽可祝福我。

安东尼

*述评①：圣埃克苏佩里的这种经历和感觉，又在《南方邮航》中展开了：

“两个月前，他北上巴黎，殊不知离开的时间太久，再也找不到自己的位置了：一座城市总要人满为患。也只有雅克·贝尔尼，还穿着一件散发樟脑味的西服上衣。他走起路来，身子僵硬而又笨拙。……

“‘喂……是你吗？’他联系所有朋友。大家都惊呼，连声祝贺他：

“‘好哇！哪阵风把你吹回来啦！’

“‘哦，是啊！什么时候见见面？’

“人家今天不巧没有工夫。明天呢？明天打高尔夫球，他也去吧。他不想去？那就后天。共进晚餐，八点钟准时见。”

——《南方邮航》第二部第一章

圣埃克苏佩里从信中表露的情绪到写入小说，印证了信中关于拍电影的见解。文学艺术的创作，善于理解并使用手头的工具，有他所说的综合能力，就能以“给人浓烈的印象”的场景，表现一种独特的生活体验，或者思想感受。

*述评②：孤独，不安，寻觅女人，后来成为《南方邮航》主题的组成部分。总括来说，圣埃克苏佩里的家书相当清晰地显示出，他的第一部小说的自传性特点和素材本源，主人公雅克·贝尔尼的个性与行止作风，同作者本身的经历体验又何其相似。

第六十七封信

(1926年或1927年，图卢兹)[①]

我的妈咪：

近日我要飞往摩洛哥，您不要来，说不准什么时候，没有预先通知，第二天就可能起飞。

我借了一千法郎，但是，我有几大笔花销：预交房租、飞行用品等。如果您能电汇来一千法郎，下月底我就能还上（冬季我月薪四千法郎）。如果不行，您能汇多少算多少。明天我就可能上机了。五六天内就是这种状态，已经通知我做好准备。我只剩下一百法郎了，到摩洛哥会很拮据的。

我几次试飞很出色，眼下在图卢兹验收飞机。伙伴都特别好，很有趣也很机灵。*

明天给您写信时间长些，现在我太困了。今天飞行次数很多，我在这儿停歇五分钟，给您写这封短信，因为想到没钱起身了，就不免慌了神儿。我原以为能在这儿住一个月。

① 1926年10月14日，圣埃克苏佩里进入拉泰科埃尔航空公司，将在图卢兹—达喀尔航线上飞行。当时，公司总部设在图卢兹。

我深情地拥抱您。

明天见。

安东尼

*述评：公司经理迪迪埃·铎拉[1]试用圣埃克苏佩里，像对待所有飞行员那样，开头派他同机械师一起干活。圣埃克苏佩里干活很认真努力。在把航线交给他之前，铎拉还派他接收新飞机，严厉观察他几周，看到他逐渐施展出才干，后来著文这样评价圣埃克苏佩里："他的举动、他的神态，都显示出几分自信和坚定。"（见《伊卡洛斯》杂志第69期。）这表明圣埃克苏佩里的职业生涯终于起飞了，携带他的创作激情一飞冲天。

① 迪迪埃·铎拉，一个传奇人物，是圣埃克苏佩里非常敬重的机场经理，他是《夜航》中主人公里维埃尔的原型。

第六十八封信

（1926年或1927年，图卢兹）

我的妈咪：

我向您求援汇款，只因即将动身而身无分文，确实很窘迫。

我也不要您现在前来，只怕来了见不到面，未免太莽撞了。

不过，过半个月，就有您忙的了：您备好充足的彩色粉笔和画布，前来图卢兹与我会合，您还得装备好大口罩和手笼。我要带您去阿利坎特，那是西班牙一个遥远的村镇（陆路前往要一周时间）。到了那里，我把您安置在飞行员公寓，或者向您提供一个类似的住所。您就在阳光下休息半个月。每三天，我陪您度过一下午和一整天，直到您待够了，我再送您回法国。从现在起，您就办一本去西班牙的护照（到市政厅办理）。

我有点儿寂寞，除此，一切均好。

我深深爱您，深情地拥抱您。

安东尼

第六十九封信

（1927 年，图卢兹）

我的妈咪：

我拂晓飞往达喀尔，[①]心里非常高兴。我开去一架飞机，直到阿加迪尔，从那里换上别人开的飞机。我给您写去两封信，没有回音，但愿您的信寄到那边了，正好可以迎接我。

五千公里，这是个短途旅行。

我的妈咪，离开您我很伤心，不过，您瞧，我正谋取一个牢靠的职位。* 希望我再回到您身边时，就是一个可以结婚的男人了。不管怎样，过几个月，我休假回去时，终于能请您吃饭了。

我的妈咪，我离开您了。我很头疼：这么多木箱、这么多手提箱要打开，把我的想象力堆积满了。

您看到的好书，给我寄几本来。我重又开始写作了，准备寄给《新法兰西评论》杂志。

我深深地爱您，我的妈咪，深情地拥抱您。

您的儿子，

安东尼敬上

① 圣埃克苏佩里要去达喀尔安家，负责卡萨布兰卡—达喀尔航线。

*述评：谋求多年，圣埃克苏佩里终于走上人生的“正轨”。最早他是备考海军军官学校，学开飞机只是一种业余爱好。为了婚姻生计，他被迫从事的第一种职业，以及后来当卡车推销员，他虽然乐观地对待，甚至乐观地憧憬，但思想情绪却逐渐跌入低谷。即便成为一名出色的推销员，他也担心最好的归宿，无非是外省小城镇的安定生活，他已先验地判定那是“死亡的生活”。于是，他想到他喜爱的飞行，应是一种不错的职业，终于把飞行员和职业联系起来。有了这样的意念，他的一生才真正定向了。

人生定向并非易事，不是像他想当海军军官那么单纯，那么简单。事实证明，他的家书透露出来的主要信息，就是他走上真正人生之路的一段最艰难的历程。这似乎是许多青年都经历过的家人不理解，社会不理解，连他们本人都不理解的最痛苦的阶段。

这里的“一个牢靠的职位”，原文为 une situation solide。法语这两个词（situation 和 solide），词义都特别丰富。头一个表示人和物的状况，且不说还有“形势、局面、境况”等大的概念，它也同汉语的“状况”一样，从天地万物到个人，可以包罗万象。用于个人，也有“处境、身份、地位、职位”等供选择。翻译选用的词语，难有最合适的，能达到更为贴切一些就很好了。贴切的程度，是由语境决定的，选用的词语在语境中有引力，有增意效能，贴切的程度就高，就能弥补翻译中难以避免的亏损。

第二个词多义中最根本的还是“牢固的、稳固的、坚固的”，意思相近，用于品性的则有“稳重的、踏实的、可靠的”意思，转义则有“富有、实力雄厚”等，不必多举。综合考虑，我译为“牢靠的职位”。显而易见，我选用两个合成词，以便增强张力。“牢靠”，有“牢固”和“靠得住”的两层意思。“职位”也包括“职业”和“地位”两种含义。

语境如何呢？紧接的两句话就是最直白的说明，即有了这“牢靠的职位”，他“就是一个可以结婚的男人了”，回去休假时，“终于能请您（母亲）吃饭了”。这两句极简单的话，饱含持续多少年困境的辛酸。再往回看他的信，真令人扼腕叹息。

人生总有无可奈何的时候。对于一个青年，早已到了结婚年龄而无力成婚，早该立世却无从立业，身无分文。这种万般无奈给心理造成的凄苦压力，正如作者在第六十六封信所言：“这种事难以言传，我向来就说不清楚，却又死死缠在心头，确确实实，源源不绝……您不要以为，妈妈，我患了无法克制的忧郁症。总是老样子：我打开房门，帽子一丢，感到一天终了，从我手指缝儿溜掉。”

“牢靠的职位”放到他全部家书的大语境中，更有沉甸甸的分量，一下子扭转了他个人的乾坤。我在翻译的过程中，几乎每封信都有要母亲汇款的内容，往往很急迫，时常还不断加码，我一个旁观者都觉得不好意思，有时就想省略不译了，但是译者的职责不容，必须呈现全貌。这是反复出现的“咏叹调”，逐渐由索求，恳求，而至哀求，字里行间透出心泣之声，以及无奈、愧疚，甚而绝望的泛音。但是，“牢靠的职位”正是由勤奋，落榜，追求，失意，彷徨，以及数不尽的烦恼构建而成的，这是另一番道理，姑且不论，至少此后短短的十七年，他经历的是另一番风雨，绝非昔日可比。人生大转折，慢不得也急不得。

第七十封信

（1927年，达喀尔）

我的妈咪：

我抵达达喀尔，旅程十分开心。* 我凑到近前看到了这些深不可测的摩尔人……他们身穿蓝色衣衫，一头大卷发，气度非凡！他们来到朱比、阿加迪尔，来到锡兹内罗斯别墅，走到近前观看飞机。他们在那里一停就是几小时。

旅途顺利，但是出了一次故障，飞机摔到沙漠里。一个伙伴来接我们，当天我们就住进法国的一座小堡垒，远离人世，指挥长是名中士，他有好多月没见到一个白人了。

我只能给您寄这封信，邮件马上就运走，这趟赶不上，还得等一周时间。达喀尔城市相当丑陋，但是航线景观无比美妙。

我深情地拥抱您。每趟邮班我都给您写信。我要等到二十四日才上航线，尽量观察熟悉。

您的儿子，

安东尼敬上

*述评：圣埃克苏佩里渴望远行，摆脱他受困的生活环境。他的朋友约翰·埃斯科在《伊卡洛斯》杂志第69期著文描述圣埃克苏佩里：“他最看重的，就是一直向前进，那便是冒险。”圣埃克苏佩里从达喀尔给他写信：“这是一种惊心动魄的生活，跟史诗一般，你也应该过上这种生活。人只能年轻这么一回……老兄，我越狱逃出了那地牢。”

我们记得，他在信中透露，曾打算到中国，当航空学校教练员，只因航空学校未办，这种远游才没有实现。他那逃离地牢的深意，明确表达在他的作品中：“如果仅仅为物质利益而工作，那我们就是给自身建造起监狱。我们关在里面，孤孤单单，只守着不能给我们任何生活价值的冥钱。”（《人的大地》）

可见，他走上冒险的道路并非偶然，是受一种精神的支配，在冒险生活中探求人生的意义和价值，并不是为了冒险而冒险：“并不是说生活就要去冒险，这种说法未免自负了。我不大喜欢斗牛士，我所喜爱的不是危险。我知道自己爱什么。我爱的是生活。”（《人的大地》）

圣埃克苏佩里落难在沙漠中心，几度死去活来，悟出好几种发人深省的人生哲理。可是，人生的真谛，究竟寓居在哪里呢？真谛，绝不能自我标榜。《人的大地》的作者，以其深度思考，可以说拿命透支出来一种：

“如果是在这块土地上，而不是在另一块土地上，橘树能牢牢扎根，枝繁叶茂，结出累累果实，那么这块土地，就是橘树的真谛。如果是这种宗教、这种文化、这种价值标准、这种行为方式，而不是别的什么东西，有利于人这样充分发展，能让人释放出自己意识不到的高贵品格，那么这种价值标准、这种文化、这种行为方式，就是人生的真谛。”

随后他又加了一句自问自答，很有意思：“那么逻辑呢？让逻辑向生活自圆其说去吧。”

第七十一封信

（1927 年，达喀尔）

我的妈咪：

直到二十四号，才是我的邮班。从现在到起飞前，我在达喀尔，生活还过得去。差不多到处有人接待……而且，甚至还让我一起跳舞。出来闯一闯，我就应该到塞内加尔来。

气温完全可以接受，但是，我还是偏爱法国的寒冷天气，不喜欢这种怪异的温度，不太热却总出汗，该不该增减衣服，从来就拿不准主意。我的身体，倒是没有这么再好的了。

一个月以来，我没有收到您的一点儿音信。然而，我经常写信，这真让我心里难受。能有您的一封信迎候我，那该有多好啊，因为，我的妈咪，您就是我心头偌大的温情。到了远离的时候，我才更加明白，得到您的庇护和一句话，回忆您的一件往事，是医治我这忧伤多么有效的厚意深情。我的桌子上有您一幅神秘的色粉画：一根尚未长成的榛树枝，发出的光亮令我欣喜。桌子上还有您一张照片，是我熟悉的身子前倾的小样儿。一只抽屉里装着您三年里给我的全部书信。*

我一直写信：不知您的现住址，接着上封信寄往圣莫里斯。但愿不会拖太久，您就能把地址告诉我吧？

平寄是船运，时间长得要命。您写上“转换图卢兹，拉泰科埃尔航邮……”除非您给我邮包裹。如果寄包裹，您到邮局，交了邮费之后，再问到达喀尔的航空件，我不知道从图卢兹转航邮，包裹是否免费。

您把家人的情况告诉我，也把我的情况转告我的姐妹。

我深深爱您，深情地拥抱您。

安东尼

*述评：母亲给他写的信，三年全保存着，远游带在身上，住下放进桌子抽屉，可见多么珍贵，我很好奇，真想一睹为快，有些信一定很精彩。

家书，在中国似乎特指家中长辈，首先是父母，写给晚辈的书信，如《傅雷家书》，主要是如何教诲子女。

圣埃克苏佩里写给母亲的信，在这里也以《家书》为题结集，第一层意思是“家信”，第二层意思是打破中国式家书的“专利”（教诲功能的专利）。

家书究竟应该担负起什么功能呢？除了通音信之外，中国式家书突出教诲功能，望子成龙成才，高标准，严要求，承接千年传统，得到社会广泛认同。

西方的家书则追求沟通的效应，不论辈分，一律平等，不能以长辈与强势压人，主旋律是沟通与互动。因此，我特别想看看母亲给儿子的信。可惜只让读者看到安东尼的一面之词，从他对母亲的信反应中猜测。譬如第六十三封信中有这样一段重要的话：

“不要过分怪我给迪迪的那封信，那是在深度气馁的情绪下写出来的。您跟我说了，对女人就如同对朋友……”

这种观点并不独到，但是对儿子讲就有意思了，我很想了解她是怎么解释的。再如：

“妈妈，我有些朋友，更加了解我，我们彼此赞赏。这足以证明我的价值。对于家庭，我始终是浅薄的，好说嘴，图享乐，而我呢，即使在玩乐中，也仅仅力图学到点什么，容忍不了夜总会那些大胡蜂……那种无意义的谈话令我厌烦。您就不要勉强我了……”

儿子似乎替母亲直白地道出对他的看法，不容许母亲以委婉的语言错判他的品行：

“我的现状同我可能成为的样子，差距太大了。让您知道这一点，并且尊重我一点儿，我就知足了。您是从一个错误的角度来解读我给迪迪的信。那是厌恶情绪，而非玩世不恭。”

母亲信中的一些话，肯定伤害了他，但那是误解的伤害。因为，彼此需要沟通，相互理解。而且，母亲对他的指责，想必也是积存一段时间的总爆发，确实值得一读。那些家书就装在桌子的抽屉里，设使面世，与圣埃克苏佩里的这些家书结集，按时间顺序交错排列出版，译成汉语题为《母子家书》，那应该是别开生面的一本书。至少，在中国从未有过，让我们见识见识，子女教育的家书也可以这样写。

第七十二封信
（1927 年，达喀尔）

我的妈咪，

我的甜迪迪，

我可爱的皮埃尔：

我给你们寄一封集体信，因为，家庭比什么都甜美。我给家里寄一封信。

飞机出了故障，我到塞内加尔黑人家投宿。我送给他们果酱，让他们惊奇万分。无论欧洲人还是果酱，他们从来没有见过。我躺在席子上，全村人都来看望。茅屋里三十来个人，都瞪着眼瞧我。

凌晨三点钟，我又出发了，同两名向导骑马趁月光赶路。这颇有点“老探险家”的风范。

迪迪和皮埃尔，你们选好一只抱窝鸡。半个月之内，我想航邮给你们寄去几只鸵鸟蛋。孵出一窝小鸵鸟，特别好玩，喂养很容易：什么手表、银饰物、碎玻璃、小贝壳，凡是闪亮的东西全往下吞。

妈妈，通灵术这种莫须有的传说是怎么回事？[1]您让我骑摩托

① 指一个用纸牌算命的女人所透露的真相。

去撒哈拉干什么？您没有怎么料到，沙漠的景象与布洛涅树林大相径庭。通灵术是愚昧荒谬的余孽，我不希望您为这种蠢事动心。

非常感谢您寄来的书。

我爱你们，拥抱你们所有人。

安东尼

第七十三封信

（1927年，达喀尔）

我的妈咪：

我所知甚微，但估计您在圣莫里斯。我真想再见到您。我有点儿思乡，可是，什么时候才可能呢？

达喀尔的气温还受得了，我也很好。航班飞行很有规律，持续进行，这是我的生活唯一变化的时刻。达喀尔是最富市民气的外省城市。

您怎么样？有一个可爱的家庭，有个外甥，还有您，多甜美啊。这里的人实在令人窒息，他们什么也不想，既不忧愁也不高兴。塞内加尔的生活已经把他们[1]掏空了。于是，我想象那些思考什么事的人：他们有欢乐，有痛苦，也有友谊。

这里的人，精神面貌是一片灰色。*

这是个令人失落的国度，跟摩洛哥一样，没有规模，没有过去，没有格调，一个愚不可及的国度。您不要向往塞内加尔。

一天当中，甚至没有宜人的时刻。无论拂晓，无论黄昏……一

① 这里当然指生活在塞内加尔的法国人。当年法国的殖民地，均称为外省，也称海外省，以区别于法国本土巴黎之外的外省。

整天沉闷，灰蒙蒙，继而，也没有过渡，潮湿的夜晚就降临。*

而在社交场所，康康舞比里昂那里还差劲。

我离开您了。这封信我要送交邮件押送员。

我深深爱您，紧紧拥抱您。

您的儿子，

安东尼敬上

*述评①：圣埃克苏佩里初到达喀尔，新奇感一过，很快就看清生存在海外这个族群的精神面貌。他练就了观察事物的综合能力，在他的《笔记》中，一再强调自己有了感触，要综合出独到的见解，就必须找到相应的概念和语言。“一片灰色”，多么精准的印象，抓住了那类人精神面貌的特点。这种灰色的精神形貌，如果透彻观察，也能发现我们周围大有人在。偶尔进入这样的朋友圈，要应付老生常谈，不感到窒息才怪。能把人掏空的生活，自然也是一片灰色。

*述评②：这一封短信，译完意犹未尽。翻译时心动，似有感触，待要表述时却又忘言。不过细想来，忘言是常情。作者感受环境所用的词语，如“失落的国度”，“没有宜人的时刻”，“整天沉闷”，“一片灰色”，集中在一页信笺上，欲发又止，很有感染力，隐约唤起自身的回忆：这种浓浓的情绪，让人似乎触摸到什么，但又说不清楚。无妨，说出来的，或许没有多大意义了。所幸没有被生活掏空，仍在思考，这才是重要的。

第七十四封信

（1927年，达喀尔）

我的妈咪：

接到您一封短信，但是没有地址。我没什么大事要讲述，除了我像个小混混跳了舞。这封信明天由我带往朱比。

达喀尔变化甚微，显然没有必要深入非洲腹心，去寻觅一片朦胧的里昂郊区。

我倒是希望回到朱比，能找个伙伴，进行一次小小的探险，去内地猎鳄鱼。那会相当有趣。

不过，我的最大欣慰，还是我的职业。

我正创作一部长篇①，给《新法兰西评论》杂志。不过，我自己有点儿卷入了故事中。等完了稿，我寄去求教您的看法。

我完全缺乏想象力，给您这封信只能写得很短。这种地方丝毫也不给力……甚至没有远在异乡的印象。但我还是要让您按期收到我的音信。

---

① 指他正在写的《南方邮航》，多亏表姐伊沃娜·勒斯特朗日力荐，圣埃克苏佩里开始接触《新法兰西评论》杂志的作家们。

我深深爱您，深情地拥抱您。

安东尼

第七十五封信

(1927 年，达喀尔)

我的妈咪：

每周这样一封短简，只为让您放心。我很好，也很高兴。还要对您说，我的妈咪，您的全部温情，是世间最甜美的福祉，而我特别担心，这周你没有给我写信。

我可怜的妈咪，相隔多么远。我想您孤单一人，特别希望您待在阿盖。等我回去的时候，我就可能是个您向往的儿子了，邀请您吃饭，向您提供一大堆乐趣。而当初您要来图卢兹，那时可不一样，我非常窘困，感到无力为您做任何事，就伤心极了，情绪特别糟糕，心情很坏，见面也亲热不起来。①

可是，我的妈咪，说起来，您做了任何人都不可能做到的，用温柔甜美伴随我的生活。您是最“舒爽的”回忆，最能唤起我的心智。随便一个物件，只要来自您，就温暖我的心：您寄给我的羊毛衫、手套，都保护着我的心。*

---

① 安东尼阻止母亲到图卢兹看望他一事，参看第六十七封信。

您也可以说，我拥有一种美妙的生活。

我深情地拥抱您。

安东尼

*述评: 感恩的话，发自肺腑，便有别于寻常套路: 赤诚而有新鲜感，从心底自然流出。不像我们时下，感谢感恩，祝贺祝福，一套一套，只有华丽的外表，毫无个性的内涵，谁都可以拿来用，可以用于任何人，明知是过期变质的礼物，只要漂亮的包装没有破损，在朋友圈套圈里就可以传递下去。互联网时代的击鼓传花。

第七十六封信

（1927 年，达喀尔）

我的妈咪：

但愿您到了南方，我为您十分高兴。

我在这地方，幸福得赛过教皇，给您寄去一张小照，瞧我多么温柔，又可爱又害羞，一副少女的模样儿。

达喀尔是个洞穴，今天晚上，所有人都会告诉我，我已经……订婚了。

唯独我还不知道：的确，只要同一个人出去，就必定是个情人；只要同一位姑娘出去，那就必定是未婚妻。真有点儿让人恼火。

有您寄来的包裹通知单，明天我去取。您真是爱的化身。邮件押运员明天就起程，我不能等拆看这个包裹就得给您写信。

我深深地爱您，紧紧拥抱您。

安东尼

又及：没人给我写信！

第七十七封信

（1927年，艾蒂安港）

我的妈咪：

我从中途站艾蒂安港给您写信。这里是一片荒漠。倒是有三座房子。过一刻钟，我们又要起飞了。

上周我们去猎狮子了，我没有猎杀，但是打伤了一头。反之，我们大开杀戒，猎杀了别的野兽：野猪、豺等。在毛里塔尼亚，我们开车沿撒哈拉边缘跑了四天。我们就像开着坦克，穿过荆棘丛林。

在布提利米，我受到一位摩尔人头领的邀请。这可能对航线有好处：他也许会带我去分立的区域。那该是多么别开生面的举动啊！……

我很好。莫诺怎么样？于贝尔[①]舅舅的信等着我，我会给他寄去邮票。

在这温和的撒哈拉，天气热得要命。反之，到了夜晚，什么都会渗出水来。这是个奇异的国度，也确实迷人。

我的妈咪，我深深爱您，紧紧拥抱您。

安东尼

① 于贝尔·德·丰斯科隆布（1876—1948），德·圣埃克苏佩里夫人的兄弟。

第七十八封信

(1927年，朱比)

亲爱的老兄[①]：

我洗了一次海水浴，这令我想到你、迪迪，想到阿盖和法兰西，只因我始终是个爱国者。正如今天晚上，我傻傻的像个处女——你想想看！我写信给你。

海上涌来波涛长浪，引起我心潮翻腾。（不，游这点儿泳累不着我。照这样我可以游很久。）还有大水母，犹如一根根粗管子，幸而主动进攻性不大。

我这游泳是不由自主的。本来我是泛舟，要掌稳舵——好高骛远。不料，我却翻转到船下了。当然也置身舵下。

这里倒挺好玩的。住在建于海滩上的西班牙要塞里。出去一直到海边没有危险，至少有二十米远。在这段路上散步，我每天要走好几次。然而，假如你走出去二十米开外，你就要挨枪子儿。假如走出五十米，那就送你去见祖先，或者抓你去为奴，这就要看是什么季节。如果是春天，你又挺乖，那就有可能当后妃。这总比丢了

① 这是写给他的妹夫皮埃尔·德·阿盖的信。

小命要强。你也有可能成为大太监。那就更糟了。

假如半个月前，我是在朱比，那我就会给全家人带来荣耀。我们在那里的伙伴们，救了所有的乘客。我的机组，唉！当时在达喀尔，因为我们得轮流到这里，懒散着打一阵哈欠。等我们到那儿的时候，事件已经平息。

昨天夜晚，我还着实激动了一阵。夜晚漆黑一片，正是《圣经》关于大洪水那一章中讲述的一个黑夜。刮起沙尘暴，正如蓬松·杜特拉伊[①]十分准确描绘的那样："狂风怒吼，回应着波涛的哀号。"前一天吃的食物，恰好走完小小的旅程，只求解脱了。由于在朱比，所谓厕所无非就是要塞的院子，或者撒哈拉，我便走向撒哈拉，出了要塞（因为，我们有一处独立的小建筑）。

这是明令禁止的。

我这卑微的声音，裹进了沙尘暴的呼啸中，忽然，我听见了脚步声。两米开外，我就什么也看不见了。还像在强暴侯爵夫人那章中，蓬松·杜特拉伊强有力的描述的那样，我的血液在脉管里，只循环一周，随即就凝结了。

我已经有过这么一回，出去方便，但总有两名哨兵陪伴。我半边屁股亮给他们，速战速决，我们便回来了。然而这回，我连手枪都没有带在身上。我敛声屏息，极轻地倒退着出去。

猛然间，一个傻瓜蛋哨兵，在墙头吼起来，吼声像头牛。还用西班牙语。他照例喝令。（命令朝所有影子开枪。）西班牙语，我只

① 蓬松·杜特拉伊（1829—1871），十九世纪法国连载小说著名作家，著有《罗康保勒的战功》（1859）。

会讲“噢”。因此，我只能这么回答：“伙计，老伙计……发小。”为安全起见，我就贴着墙挪步。我就这样返回，刚一推门，那傻瓜蛋就开枪了。我就冒出一声“哎哟”！

迪迪问我干什么……——喏，我飞不顺从的撒哈拉航线：达喀尔—朱比。撒哈拉，一过塞内加尔就开始了。就是法属毛里塔尼亚。从艾蒂安港起始，就是不顺从区域，那是西班牙占领区（里奥德奥罗[①]湾）。卡萨布兰卡—朱比航线的那些伙伴们，从朱比一直到阿加迪尔，也毗邻分立区。

运动意味非常浓。去年（四名）飞行员中，被他们打死了两名，而在一千公里的航线上，我很荣幸，像只山鹑成为猎物。另外一千公里，就平静多了。（须知我们每个航班，往返各两千公里！）

我在沙漠中，已经发生过故障，但是我的同行班机（我们两架飞机同班飞行）将我救走：我降落在一块坚硬的沙地上。如果他不能把您救上去，那可就不好玩了。乌拉圭人向我们讲述过，他们若是法国人，就肯定会遭受杀害。有好几次，枪口就顶住他们的面颊。总之，我若是被逮住，就会表现得非常礼貌，向人家道歉，就如同那天，对待仅仅被我打伤的狮子那样，是我那支美国式步枪走火了。我不再打哈哈了：狮子，似乎很讨厌被人击伤。那些猛兽，非常容易动怒。不过，我是在车上，而且灵机一动，猛劲儿按喇叭。很有效果。要知道，我是在毛里塔尼亚猎狮，沿撒哈拉大沙漠边缘，开车跑了四天，连骆驼的行迹都没有见到。我们在沙海中航行，绕过一座座沙丘，如此这般……在帐篷里过夜，我们两辆汽车在那里散播

① 里奥德奥罗，西班牙旧属地，濒临大西洋，包括西撒哈拉的南半部分。

恐怖，继而又扩散赞赏。我们遇到羊群的时候，就征用几只羊。这是贵族大老爷的一种生活。

这次出猎历险，我详细写给迪迪，后来，我又在一本书里发现了这封信。也许她没有收到吧?

皮埃尔，时已午夜，如此不当的时刻，我不想过久打扰你了。我敢肯定你很困了。

我紧紧地拥抱你们。

安东尼

〔附言：〕我的使命旨在联系摩尔人部落，如有可能，力求实现分立地区之行。我干的飞行员这行，还兼任大使和探险家。我正筹划一次行动，下到熊的洞穴。如果安排妥当，我又回得来，那回忆起来该多带劲!

我没有收到妈妈一封信。让迪迪费点儿心，向她解释如何写信！我试过两次……——我十分惦念，知道妈妈感冒了。快给我写信来。

〔又及：达喀尔〕

我发现是怎么回事儿了：妈妈写留局待领，这样也行，不要对她说什么了。

如果你有机会来这儿，我就请你喝啤酒，我也乐得能履行诺言。我独自一人烦闷透了。如果不来，我打算一年之内，就过一趟阿盖

（唉……？）。

达喀尔，人一入睡，夜色非常美，就跟你一样。

给我找一位迷人的女人，我会乐得为改善人种做出贡献。如果她富有，她的嫁妆按百分比给你回扣。如果她美丽，也有你的回扣，享用……嗳，这不成。你是个大色鬼。

我不困，可我一个人。虚掷了多少光阴！

你呢，在同一时刻……色鬼！（“一点不错，你个色鬼可真够性野！”小姑娘不是会这么对你说吗？）

还是祝晚安吧。

你这一生，至少写作一次。上帝会奖赏你。（我的意思倒不是说他会给你写信，但是，也许他会让你又生出头发。多好的酬劳啊！）*

安东尼

*述评：一封家书的变异，也是家书的补充。写给皮埃尔·德·阿盖，发小加亲，他的妹夫，还是同龄青年之间，畅谈无忌，直言不讳，天性使然，在给母亲的信中难得一见。这似乎是一种普遍现象：同龄人能畅所欲言，而子女同父母往往欲言又止，沟通不顺畅。

《家书》中有两封是变异，一是这一封，另一封是写给虚构的女友丽奈特的信（第六十四封信）。这两封都是超长的信，前一封谈的是严肃的问题，而给发小兼妹夫写信，更能显示一个二十七岁青年的天性和生活的真实状况。我们看了这两封信，直接了解他的第一手材料，就能从精神和生活两个层面，进一步认识圣埃克苏佩里鲜活真实的青春状态：思想活跃而越发成熟，从事他一生最重要的职业多么艰难和困苦。

这封信的主体，通过一个侧面，让妹妹迪迪了解他在朱比角的生活实景。有海上泛舟翻沉，夜晚沙尘暴天气外出解手遭枪击，还有在毛里塔尼亚沙漠边缘驱车猎狮，无不有惊无险。读信就跟看小说一般，尤其笔调轻松幽默，讲述那么凶险恶劣的生活和航行的环境，而他在慢功夫小说中，反倒无意渲染这类细节。

同样，他在信的附加部分，仿佛呼应“我傻傻的像个处女……给你写信”的开头语，道出他想女人的心事：“找一位迷人的女人……乐得为改善人种做出贡献”，而且还给回扣，说妹夫“是个大色鬼”，这类细节，在他的小说中，都没有用来充当佐料。可见，圣埃克苏佩里在写作中恪守他的原则：精神优先于感情。

人这一生，只要有能力，至少写作一次，虽然不见得天酬生发，至少可以自行升华，将自己的经历化为精神之旅。

第七十九封信

（1927 年末，朱比）

我的妈咪：

您想象一下，出发前几个小时才通知我，准备行李一片忙乱，我都来不及写信了。

当下，我是朱比角机场场长，在这里过着一种修道生活。[①]我很好。我有几架飞机要试飞，有许多文件要起草完成。我在康复期，正适合做这些事。[②]

昨天，我做出一份机场地形图。由于这里是不顺从区域，我有一支摩尔头领朋友的仪仗队。等我认识了那些起保护作用的人之后，但愿我能随便走走。眼下，我只划划船，呼吸点儿海上清新的空气，也和西班牙人玩玩国际象棋，是我鲁莽的叮嘱劝告赢得了他们的信任。*

您现在如何？是在孔布勒[③]吗？我深深地爱您，深情地拥抱您。

安东尼

① 朱比角中途站受西班牙一座要塞的保护，那原是座军事教养院。
② 圣埃克苏佩里因患风湿痛而发高烧，休养一段时间。
③ 孔布勒是索姆省的一个村镇，一战期间被毁。德·圣埃克苏佩里夫人去那里主持一项慈善事业，救助受灾的民众。

＊述评：一个小小的职务，一种职责的担当，往往是人生的一大步。公司经理铎拉作风强悍，对工作要求十分严格，而且善于培养，量才用人，任命圣埃克苏佩里当中途站朱比角机场场长，绝非偶然之举，是一种综合的考量。这一特殊的任命，也验证了圣埃克苏佩里对职业的认识、责任感，及其具有创造性的努力的成效。

朱比角中途站在里奥德奥罗处于关键位置。从上封信透露出来的保护乘客的事件，显然与摩尔人发生过摩擦。西班牙当局就准备禁止法国邮航飞机飞越里奥德奥罗湾地区上空。这样，就会切断整个南美洲的邮路，危及邮政航空事业的发展。正是面临这种局面，铎拉将危机攻关的使命交给圣埃克苏佩里。

上封信提到兼任大使和探险家，就透露出他的使命性质与危险。作为同西班牙人打交道的“大使”，他不辱使命，摆平了关系；作为探险家，他筹划深入“熊的洞穴”的行动，去同摩尔人建立联系，如果“回得来”，显然要冒生命危险。冒险对他而言是常态，“运动意味非常浓”，四名飞行员“被他们打死了两名”，这反倒令他处于亢奋状态：“我很荣幸，像只山鹑成为猎物。”现在主动送上门去，想的是“回忆起来该多带劲”，当然在完成使命的同时，也获取他创作的极好素材。

他的成功之道，就是“非常礼貌”，“赢得了他们的信任”。

第八十封信

（1927年，朱比）

我的妈咪：

我过的是一种典型的修士生活！位于非洲最偏僻的角落，在撒哈拉的西班牙控制区中心。坐落在海滩的一座要塞，我们的棚屋背靠着主建筑，往远几百公里再几百公里，就什么也没有了！

大海，到涨潮的时刻，就完全把我们泡在水里了。夜晚，如果我俯在牢房式的铁窗[①]——我们是在分立区——我下面就是海水，近如身在船上。海浪整夜拍击我们的墙壁。

建筑的另一面则对着大漠。

生活用品也剥夺殆尽。仅剩下一张木床和薄薄的草垫、一个脸盆、一只水罐。我忽略了几件小玩意儿：一台打字机和机场办公用纸！修道院的一间修室。

飞机每隔三天经过。两趟接机中间，就是寂静持续的三天。我的飞机一起飞，就仿佛我的小鸡离开了。我一直担着心，直到无线电告知我，两架飞机过了下一个中途站——相距一千公里。如果迷

① 原建筑是宗教赎罪的场所。

失了，我随时准备驾机去寻找。

有一帮阿拉伯孩子，他们很鬼也很可爱，我每天都给他们巧克力吃。在沙漠的孩童那里，我非常有人缘。有一些是仕女的坯子，她们已经显露印度公主的苗头，细微的举动体现出母爱。我还有一些老伙伴。

伊斯兰隐修士每天来给我上阿拉伯语课。我学习书写。我已经能用阿拉伯语应付一阵了。我还请摩尔人头领来参加茶会，他们也邀请我去他们帐篷里喝茶。那些帐篷搭在分立区两公里远，任何一个西班牙人还从未去过。我还要走更远，不会有一点危险，因为他们开始认识我了。

我仰卧在他们的地毯上，从帐篷的缝隙望见平静的沙漠，那隆起的地形，头领的儿子们光着身子，在阳光下玩耍，骆驼则拴在帐篷近前。于是，我产生一种奇特的感觉：并不遥远，并不孤单，而是一种转瞬即逝的变幻。

我的风湿痛没有恶化，比起出发来的时候还是见好，不过相当缓慢。

您呢，我的妈咪，在您那另一片沙漠，照看另一群收养的孩子，[1]怎么样呢？我们二人，都远离人世间。

如此遥远，我倒觉得身在法国，或者近乎过着一种家庭生活，又见到故友，真以为是在圣拉法埃尔野餐（原文如此）。每月二十号，从加那利群岛（西班牙）驶来帆船，为我们补充给养。那天早晨，我打开窗户，只见天际挂着一幅纯一的白帆，美极了。纯洁如新洗

① 指他母亲在孔布勒从事社会公益活动。

的衣衫，给整个沙漠穿上，这令我联想到家庭的衣柜，最隐私的房间。我也想到老侍女，终生熨烫白床单，再叠好放进壁橱，静静散发着清香。驶向我的风帆轻轻地摇摆，宛如一顶熨得挺实的布列塔尼式高高白帽。

我驯养了一条变色龙。驯养是我在这里的一种角色。这是个美妙的词，挺适合我。我这只变色龙类似大洪水之前的一只动物。它像一条梁龙（古生物，有的长达二十五米），动作特别缓慢，小心谨慎得近乎人类，往往陷入无休无止的思索，有时几小时也不动一动。它仿佛来自时间之夜。夜晚，我们两个都在梦想。*

我的妈咪，我深深爱您，紧紧拥抱您。

给我写封短信来。

安东尼

*述评：这封信通篇很轻松，又很随意。信笔书来，似不着意，却谈及一些重要的话题，时而偏重哲理，时而富有诗意。

“驯养是我在这里的一种角色”如何理解？“驯养”这个“美妙的词”，第一次出现在他的表述中。如果说在这封信中，我们只能按照通常的意思来理解这个词：驯养一条变色龙，当作宠物，那再正常不过了。但是说它“来自时间之夜”，又“小心谨慎得近乎人类”，就别有些意味了；尤其他和变色龙相对静思，都沉浸在梦想，就更加意味深长了。

思考和梦想什么，我们不得而知，但是我们看到他在信中着重写他在做什么。他消除了摩尔人的敌意，成为名副其实的“亲善大使”，而且不无骄傲地说，摩尔人头领邀请他去分立区（又译抵抗区），到他们帐篷里吃茶，而“任何一个西班牙人还从未去过”。圣埃克苏佩里做到了，肯定有他的过人之处。

我们在前面的信中读到过，成群的阿拉伯人来看飞机，默不作声，一站就是几小时，揣摩不透他们在想什么。在《人的大地》中有这样一个情节，正因为揣摩不透，几名法国军官被三个摩尔人杀害了。

这些情况，圣埃克苏佩里全了解，但他做到了，首先是做足了功夫，做足了慢功夫。他努力学习阿拉伯语，掌握沟通的工具。他在沙漠的孩童中间赢得了人缘，同摩尔人的首领亲善来往建立起关系，开始融入这个神秘的族群。他卧在他们帐篷的地毯上，望着平静的沙漠，产生那种奇特的感觉：“并不遥远，并不孤单。”这正是融入的感觉。

圣埃克苏佩里和变色龙的关系，何尝不是这种感觉。虽为异类，却互不防范，相安相伴。虽然相对静思，却又各想各的梦，驯化不等于同化。

同样，圣埃克苏佩里和摩尔人首领交往，彼此都感觉不到威胁了，相处便融洽了。如果一定要引入“驯养”“驯化”的字眼，那么谁驯化了谁，还真较不得真。在摩尔人的眼里，这个法国人何尝不是被他们驯化了。

其实，谁都没有变，仅仅建立起关系，一切就都变了。因此，建立起关系，就是驯养的真正原义。至少，《小王子》中就

是这么解释的。小王子问狐狸:

“我是寻找朋友。你说的‘驯养’究竟是什么意思? ”

“这是一件早就被遗忘的事情,”狐狸解释道,“‘驯养’就意味‘建立关系’……”

“建立关系”是一种慢功夫,这是圣埃克苏佩里最擅长的。他肯用心去观察,去发现,肯投入时间、精力和感情,所以他事业有成,著作成为经典,精神也升华了。可惜现代人,无论对人对物,再也不肯花费时间和精力,更不用说投入感情了。圣埃克苏佩里总结出来的话,很有启发意义:“唯有简化的真理,才能诉诸行动。”(《笔记》)

第八十一封信

(1927年12月24日，朱比)

我的妈咪:

我很好。生活既不复杂，也不丰富，没有什么可讲述。不过，近来有点骚动，因为此地的摩尔人担心受其他摩尔部落的攻击，正在备战。要塞不亚于一头宽厚的狮子，丝毫也不慌乱。只是夜晚，每隔五分钟发射一枚照明弹，犹如歌剧院的灯光，照出沙漠奇妙的夜空。所有这类大张旗鼓的举动，最终就是抢走四匹骆驼、三个女人了事。

我们雇用摩尔人和一名奴隶当力工。沦为奴隶的那个不幸者是黑人，原住在马拉喀什（摩洛哥省会），有妻子和孩子，四年前被劫走了。这地方，还允许奴隶存在，他为买他的那个摩尔人干活，每周把挣的工钱交给主人。等将来他疲劳过度，干不动活儿了，那就由他死去，这是老规矩。由于是分立区，西班牙人也爱莫能助。我完全可以让他上飞机，把他偷运到阿加迪尔，那么我们所有人就会招来杀身之祸。他值两千法郎。如果您认识哪个人，对这种身世感到愤慨，愿意出钱，可以给汇来，我就为他赎身，让他回到妻子儿女身边。他是个老实人，遭此不幸。①

我喜欢和您一起到阿盖过圣诞节。阿盖对我就是福祉。我在那儿，有时觉得有点儿烦闷，但这就像身在福中不知福了。如果下周，我去卡萨布兰卡，这很可能，我就为这些孩子挑选最好的（迦太基女神塔尼特）圣帆。他们似乎需要。

今天，天气灰蒙蒙的。大海、天空、沙漠，浑然一色。这是原始时期沙漠的景象。一只海鸟时而发出尖厉的叫声，这种生命轨迹，不免令人惊异。昨天，我游了泳，也干了装卸的活儿。我们接收船运的两千公斤的包裹。这可不是一次小行动：从船上搬运，再卸到海滩上。我指挥卸下一只大型船，类似一只洗濯船，非常熟练而又沉稳，不愧是海军军官学校的前考生。我有点儿晕船：我们几乎翻了筋斗。

我什么也不需要了。修士的生活，显然合乎我的禀性。* 我送给摩尔人一些茶叶，去他们那里做客。有时间就写点儿东西。我开始创作一本书：已写下六行。②一句话，总是这种过程。

今天晚上圣诞夜。在这沙漠地区，的确没有一点儿节日气氛。时光在这里流淌，留不下任何标记。在这种世界过一辈子，真是别出心裁。

我深情地拥抱您。

您的儿子

安东尼敬上

---

① 这个奴隶名叫巴尔克，出现在《人的大地》第六章第六节中。圣埃克苏佩里借聚在法国的朋友之力，凑了赎金，解救了这名奴隶。

② 指他开始创作的《南方邮航》。

*述评：清心寡欲的禀性此时才表现出来。他在巴黎预科班学习几年，直至进空军团队（斯特拉斯堡），生活还是相当讲究的。尤其巴黎帮，全是贵族子弟，在一定程度上，追求生活的情趣和品位，出入沙龙和娱乐场所。此外，法国贵族家庭之间联姻形成一种传统，圣埃克苏佩里青少年时走动的无不是贵族亲戚：姑姥姨妈、姨父舅父、姨表姑表、兄弟姊妹，数不胜数，虽然称上旺族，但全是世族之家。他在信中津津乐道的，也是哪家亲戚请他吃饭，饭后还去听音乐会，等等。他在二十五岁之前，生活完全是另一种方式。他在给母亲的一封家书中，就道出他给家里人的印象："我始终是浅薄的，好说嘴，图享乐……"他也正是在二十五岁前后，鄙弃他原先的社交圈子，更重视友谊，以及交友的学识品味了。

第八十二封信

（1927年岁末，朱比）

我的妈咪：

我还可以。我只需要明年去艾克斯休养一段时间就行了。此外，单调的太阳，高悬在总是汹涌的海面上，只因这片大洋从不平静。

我看点儿书，决定写一本。我已经写出百十来页，结构布局上挺伤脑筋。我想要写进来的东西太多，还有过多的观察事物的不同角度。* 我心下琢磨，不知您看了会做何想法。

过两三个月，一旦我能回法国待几天，我就交给安德烈·纪德[①]，或者拉蒙·菲尔南德斯看一看。

我和西班牙人一起开始勘探地形，化装成摩尔人，到分立区走走。我逢人就说，想出去打打猎，以免惊吓着他们。继而，我试着扩展我的地盘。必须慢慢来，随机应变。况且在这个问题上，我还不知道这个部族从前赞成，现在是什么态度。

不管怎样，至少还得等一个月之后，眼下这周围有战事。

---

① 伊沃娜·德·勒斯特朗日在家中，将她的表弟，安东尼·德·圣埃克苏佩里引见给安德烈·纪德。纪德更喜爱他的第二部小说《夜航》，并为之写了精彩的序言。

我带着几分忧伤，缅怀圣莫里斯，还有阿盖，尽管我开始厌腻了大海！当然也缅怀法兰西的全部温馨。

我深深爱您，深情地拥抱您。

您的儿子

安东尼敬上

又及：我一旦去卡萨布兰卡，就给您寄点儿东西，祝贺新年。

*述评：圣埃克苏佩里的创作，是典型的厚积薄发，显示其深厚的慢功夫，即他所说的“一页一页成熟”。这里又表露出作品结构布局的一个特点，两个“多”：多写进东西，多用不同的角度。他表达一种意念，就调动起平日积累的相关素材，从不同角度，从不同笔触勾画描述，仿佛让读者了解一个事物的各种侧面，不断加深印象。圣埃克苏佩里的写作与他的思考方式一脉相承，都是发散型的，很有张力，形成了自己的独特风格。

第八十三封信

（1927年或1928年，朱比）

我的老伙计*：

你的明信片触动我的心弦：多少往事涌上脑海！我们就像巴比塔的孩子，现在四分五散了。而我在这撒哈拉，就不免思忖，这一切，真是我经历过的吗？弗里堡、雪（放在这里该多好）。波尔特夫妇、多莉·德·芒通、路易·德·博纳维。有人认为我没心没肺，因为我不表达什么，然而，我忧伤得要命，忧伤毁掉了的过去，完全毁掉了的这些过去。达喀尔、艾蒂安港、朱比角、卡萨布兰卡，沿海岸三千公里，却达不到弗里堡二十平方米的密度，或者波尔特家的客厅的密度：正是在那间客厅里，我确信爱上了多莉。其实，我是爱上了她妹妹，可是，多莉有代理权，总是她回复我的书信。这一直让我悻悻然，不过现在想来，这倒让我挺感动的。

那个时期的女子，因为我是童男，就觉得她们尤为可爱。不错，她们身价不亚于那六位摩尔老女人。每当夜幕降临，那六位摩尔老女人就拖着自己的小孩，来到要塞围墙下溜达，给一枚比塞塔（西班牙旧币），就向士兵提供快速的服务。摩尔男人时而当场逮住她们，朝她们的肚子猛踹几脚，把她们赶开了。

我像路警那样耐心，监视着撒哈拉，对此已经厌烦了。假如我不飞几趟邮班，前往卡萨布兰卡，以及难得飞一趟达喀尔，那我准会神经衰弱了。

对我来说，卡萨布兰卡就是人间天堂，犹如我们上学时的日内瓦，因为那是我们度假踏上的第一块土地。这里也同样。从阿加迪尔起飞，俯瞰绿色的山景，那是种清爽宜人的感觉。从摩加多尔（摩洛哥旧地名，今称索维拉）起始，田地呈现欧洲式分割切块，这让人心里踏实，再也没有冷枪射击了。终点，卡萨布兰卡——你想想看——过了三个月修道院生活。

对了，你是巴黎古文献学院的毕业生了。这是我引以为自豪的。我告诉了摩尔人。不过，你给我稍微解释一下你做什么呢，因为，我一窍不通。

我开始长脾气了。原先我对摩尔人无比宽厚，满怀人道主义的幻想，现在对他们的态度更加生硬，不那么好说话了。他们盗窃，说谎，为非作歹，虚假而又残忍。他们杀个人如同宰只鸡，可是，他们捉了虱子丢在地上。他们只要拥有一匹骆驼、一杆枪、十发子弹，就自以为是世界的主人了。他们会亲热地对你说，如果离开一公里，他们碰到你，就会把你切成碎块。不过，他们倒给我起了个好听的名字：鸟儿统帅。

时已午夜。西班牙士兵高声吆喝，仿佛海鸟的叫声，相当凄厉。我拥抱你。

安东尼

*述评：看这封信的抬头，不知道是写给谁的；就是通篇看完，除非细心的读者，能从一条信息判定作者与收信人的关系，我们还是一头雾水。通篇没有一个称呼，这与我们通家信完全不同，他从不直呼大姐、二姐或者小妹，只对母亲始终称“亲爱的妈妈”，“我的妈咪”。这封信写给他二姐西莫娜的，称她“我的老伙计”，如同称他妹妹“我的老迪迪”，倒是很别致。自称“老”，并称对方“老”，是他自定的标准，如给他的偶像，他的表姐伊沃娜·德·勒斯特朗日写信，抬头是“我的老伊沃娜”，落款则是“你的老安东尼”。

第八十四封信

（1928年，朱比）

我的妈咪：

九月一日前我不可能回去了。这其中原因很多。这个日期我请假试试。您千万不要给苏杜尔写信，千万不要试图通过马西米为我获取什么。这种间接的支持会惹人对我有看法，要知道，我相当大了，能向经理请求我所需要的。如果我绕到他的身后，请求当面就能十分容易得到的东西，他就会认为不可理解了。*

在我看来，这个国度越来越愚蠢。撒哈拉的这个角落，二百人牢牢守住，生活在要塞而不敢出去。出去也只跟最龌龊的摩尔人打交道。稍微有点儿尊严的摩尔人，就不肯接近基督教徒。撒哈拉的后台，点缀着几个小角色，就好似一片肮脏的城边子，实在令我讨厌了。

说不定哪天，我也许能出一把力，去搭救途中出故障的伙伴。不过，多少个月以来，飞机好歹还都越过了分立区的上空。

玛格丽特·肯尼迪的《忠心的仙女》，您读过了吗？好极了。我也向您推荐A.巴雍的《卢森堡公园的球艘》，以及吕克·道尔丹的一部出色的研究作品:《另一个欧洲，莫斯科及其信仰》。

我试着看一看都德的《醒来的梦》，真是一种难以想象的感觉。不属于哲学，是一种复杂的烹调，不好消化。

您也读一读科莱特的《白昼的诞生》，好极了。

我离开您了，要去数点我有多少桶汽油，我还收到通知，要等候接南方邮航的班机。

我深深爱您，紧紧拥抱您。

您的儿子

安东尼敬上

*述评：贝波·德·马西米是拉泰科埃尔航空公司总经理，苏杜尔神甫与他交好，将圣埃克苏佩里推荐给公司当飞行员。然而，圣埃克苏佩里要经过南方航线经理铎拉一个阶段工作的考察，才正式聘用。铎拉赏识圣埃克苏佩里努力认真的工作，与谁推荐来的毫无关系。圣埃克苏佩里敬佩这位顶头上司，可与之建立起真正的工作关系，这是他职业道德的组成部分：不掺杂私心私事。

他认为有事可以直接提出，当面请求，不可以绕到身后，走上层路线。

“直接”，是圣埃克苏佩里整个作风的一个特点，这一特点贯穿到他与人打交道，对待事物，思考问题的方方面面。这里只提供一点线索：第六十四封信中，严厉批评“我们玩转了思想”，而不直面现实的歪风邪气。《笔记》第四本第89条至94条中，他强调在科学思想领域中，直觉和非理性的引导性和创造性作用，创造并不处于逻辑之中。这个特点，在他的文学创作中尤为明显：他始终坚持直接面对事物，直接感受，直面现实，直插中心，直逼主题，遵循自定的“表达方式最大顺坡的法则”，明确提出“人发现不出隐藏的真理”，“风格，就是灵魂”。

圣埃克苏佩里唾弃违背“直接”的各种假招式，如故弄玄虚，制造轰动效果，简单事情复杂化。

第八十五封信

（1928 年，朱比）

我的妈咪：

这里全动员起来了，寻找两名邮航飞行员，不知迷失在撒哈拉什么地点了。另外一名伙伴成为囚犯。我五天没有下飞机了，我们做的事确实了不起。

我匆匆拥抱您。一个半月之后，我回法国一趟。原谅我写这么短的信，我们忙得不可开交。

安东尼

第八十六封信

（1928 年，朱比）

我的小迪迪：

我们在沙漠寻找两名失联的邮航员，这些行动相当了不起。至于我，这五天，我在撒哈拉上空飞了八千公里。我像只野兔，遭到三百多人的匪帮袭击。我经历的这段时间真可怕，在分立区着陆四次，有一天夜晚，飞机在那里还出了故障。

在这种时刻，大家轻生而重义气。*

眼下，我们知道第一个机组人员被俘，但是，摩尔人要求的赎金：一百万支枪、一百万比塞塔、一百匹骆驼。（无耻！）局面相当糟，只因部落之间争夺人质，开始打起来了。

至于第二个航班的机组，恐怕在南方什么地方遭到杀害了，因为我们没有得到一点音信。

我打算九月份回法国：十分必要。休假需要些钱，现在还不够，不能急于回去。

我养了一只沙狐，或者独狐。比一只猫还小，耳朵特别大。好玩极了。

可惜是只野兽，野性十足，叫起来犹如狮吼。

我急于要重新过上文明的、人的生活，你们根本理解不了我的生活，而在我看来，你们的生活太遥远了。这让我觉得，幸福是一种极大的奢华。

你的老兄

安东尼

请注意：如果你愿意，我就结婚。

＊述评：1928 年 6 月 29 日，邮航飞机发生故障，迫降沙漠中，飞行员马塞尔·雷纳、无线通讯员塞尔·里古埃勒，落入摩尔人手中，囚禁了四个月才得以释放。在危难时刻，邮航的伙伴都能重义轻生，不顾生命危险去寻找搭救失联的伙伴。这种经历，圣埃克苏佩里写入作品中，得出这样的感悟：

“无论什么，也永远不能替代失去的同伴。老友故交，根本创造不出来。

“我若是在记忆中搜寻给我留下长久回味的往事，若是总结一下我所经历的重要时刻，那么可以肯定，我忆起的那些时刻，都不是任何财富提供给我的。

“那种在艰难阶段之后世界所呈现的新景象、那些树木、那些鲜花、那些妇女、那种拂晓生还而绽开的灿烂的笑容、那种给予我们报偿的种种小事的协奏曲，全是金钱所买不到的。”（《人的大地》第二章第一节。）

第八十七封信

（1928年，朱比）

我的妈咪：

整个这段时间，我们做的事情很了不起：寻找失联的伙伴，抢救飞机，等等。我从未这么多次着陆，从未这么久睡在撒哈拉，也从未听到过这么多子弹呼啸。

我始终抱有希望，九月份能回去，①但是，我有一个伙伴被俘，只要他还处于危险境地，我就有责任留下来。我可能还有点用处。②

然而，有时我也向往那样一种生活：桌布上摆着水果，在椴树下散步，也许还有个女人，遇到人的时候，不是朝他们开枪，而是友善地打招呼，也不会时速二百公里在云雾中迷失方向，行走在白石子儿路上，而不是总踏着黄沙。

这一切，太遥远了！

我深情地拥抱您。

安东尼

---

① 圣埃克苏佩里没有如愿于九月份休假。1928年10月19日，他还冒险去分立区，抢救一架西班牙飞机。

② 其实有两名机组人员被俘。圣埃克苏佩里还单独组织一次解救行动，没有告诉上司。他说服了伊斯兰教一个隐修士，前去解救机组人员。1928年9月17日，隐修士乘飞机欣然前往，并保证帮助两名被俘人员逃出来，到指定地点会合。但是，这次行动没有成功，圣埃克苏佩里驾机去会合地点，却不见一个人影。

第八十八封信

（1928 年，朱比）

我的妈咪：

前来替代我的飞行员，中途飞机出了故障，迫降在摩尔人地区：我没运气。①

我至少还得等三周。

我的的确确渴望见到您，拥抱您，给您一点儿欢乐！也渴望离开这片永恒的沙漠。②我只等待这次动身，生活已不复存在了。

我深深爱您，深情地拥抱您。

安东尼

① 前来接替他的飞行员维达尔，在云雾中迷失方向，误撞上一座小山丘，被摩尔人抓获，出赎金最终被释放。但是，飞机运来给朱比工作人员的工资款大部分损失了。至于先前被囚禁的两名飞行员，雷纳和塞尔，要等十月末才获释。

② 不久之后，朱比角中途站完成了使命，弃置不用了。拉泰科埃尔航空公司购进新型飞机，性能大大提高，故障的频率大大降低，尤其航程远，直接飞越里奥德奥罗整个航线，无须设立中途站了。

第八十九封信

（1929 年，布雷斯特）

我的妈咪：

您的电报令我感动。我特别嗔怪自己，不晓得怎么写信了。

不过老实说，关于我这本小书，您的信准是最令我感动的。我极度渴望再次见到您。如果过一个月，我的书开始出售了，我们两个人就去达克斯，我心中十分愁苦，深感不合时宜了，亟需您的陪伴。我会给您看一看我动手写的一本小书。

布雷斯特不是多么有趣的城市。

眼下我若是有四五千法郎，就一定请您来布雷斯特重聚了。可是，我只有债务，我倒很愿意借款，因为确信我的书能赚来钱——然而，向谁借呢？

况且，一个月之后，我就走了。

我也希望再看看圣莫里斯，我的老宅。还有我那只箱子。不错，在我的书中，那时候的事想得很多。*

我的妈咪，您怎么能这样想，您的信会不会引起我的烦恼！唯独您的信，着实能引起我的心跳。您能给我写信来，告诉我围绕着我的书，别人是怎么说的吗？不过，您行行好，不要给 X、Y 以及其他愚蠢的人看。至少，能看懂吉罗杜的作品，才可以读这本书。

我深情地拥抱您。

安东尼

又及：您给我寄来的批评愚不可及，当然，也有好一些的。按说，必须等三个月，才会出来重要的评论文章。

*述评：这是他生活发生很大变化的一年。在朱比角中途站艰苦而富有刺激的三年工作结束，他到法国西端布列塔尼的军港城市布雷斯特，住了一段时间，上海军航空的高等课程。十一名学员考试成绩，他名列第九，按规定末位两名淘汰，圣埃克苏佩里本该被录取，得以圆他的海军军官梦。又是偶然意外，命运做了另外安排：最后一名是位出色的军官，为了不妨害他的职业生涯，考试委员会主任就专断决定，用他替换掉圣埃克苏佩里。

正因为如此，圣埃克苏佩里才能接受邮航公司的调动，前往南美洲，开创他邮航生涯的一段辉煌时期，催熟了他更重要的一部著作，他已动手写的《夜航》。同样，两年转机过后，他还得在逆境继续奋斗。

这封信上说“我的书开始出售了”，指的是《南方邮航》；“我动手写的一本小书”，则是他正在创作的《夜航》。加上后来的《人的大地》和《战斗飞行员》，构成了给他冠以“行动文学作家”

称号的著作，只因这些作品所倡导的责任感和高尚品质，无不体现在人的行动中。此外，他的小说还有两个鲜明特点：每到关键时刻，他就回到他的本原——他的童年：“在我的书中，那时候的事想得很多。”另外就是通篇贯穿着思索，思索人生的意义，人的生命价值。可以说，圣埃克苏佩里是在行动中思考最多而又最深刻的作家。

他在信中感叹：“深感不合时宜。”也许这正是促使他成长的最适宜的境况。

第九十封信

(1929年，布雷斯特)

亲爱的妈妈：

您太谦虚了。新闻的守护神给我寄来谈论您的所有这些报纸，我多么又多么高兴啊：里昂市购买了您一幅画作，我的妈咪出了名啦！

我们构成了何等样的家庭！*

亲爱的妈妈，对您儿子，对您，我想您稍微满意点儿了吧！三周之内，我要同您见面。这真让我喜不自胜。

您看了最著名的文学评论家，爱德蒙·雅卢的那篇文章了吗？

如有别种见解，您就告诉我。

我深深爱您，全心全意拥抱您。

您的儿子

安东尼敬上

*述评：1929年，圣埃克苏佩里在海军航空班虽然落选，遭此一挫，但是从十月起，却喜事连连：他的首部长篇小说出版，

母亲的绘画作品被里昂市政府收购，他到达布宜诺斯艾利斯，升任邮航公司开发部主任，收入可观；1931 年春，终于遇见可心的女人，同一位阿根廷年轻寡妇结婚；直至 1931 年 10 月，《夜航》出版，年底就获得费米娜文学奖，随后又译成英文、德文，并拍成电影。

整整两年，好事不断：职位升迁，文学创作有成，又终于结了婚，仿佛受到命运的特别眷顾。人难免不晕头，这是后话。

这对母子同时成功值得点赞，连圣埃克苏佩里都情不自禁地写出："我们构成了何等样的家庭！"

里昂市政府买下圣埃克苏佩里夫人三幅画作。信中所提到的一幅，表现的正是圣莫里斯城堡的园子。这位伟大的母亲的艺术才华得到了公认。孀居已二十五年，支撑有五个孩子要抚养和受教育的一个家庭，忍受一女一子夭折之痛，培养出一子一女业界的精英（二女儿成为文献档案专家，多年任国家文献档案馆馆长），还让小女儿加布里艾珥（迪迪）耳濡目染，成长为她的忠实的接班人（同样养育了五个子女），下一代的杰出母亲。抚养替代不了教育。抚养成为诚实的人，教育成为有用的人。从家书中能看出，这个家庭并没有坐吃的财产，丈夫靠职业收入养家糊口，去世之后，年轻的妻子牺牲自己的艺术爱好，一力承担起全家的生计和教育子女的重任。伟大的母亲发挥出母爱和父爱双重的惊人能量。她业余作画，也达到了专业水平。她承袭家风，将子女培养成杰出而高尚的人。有人介绍圣埃克苏佩里出身于没落的贵族家庭，我不能苟同。这样的家风、这样的气质、这样的品味，已融入人类文明，永远也不能与"没落"相提并论。

第九十一封信

（1929 年，综合运输船上）

我的妈咪：

我上船了。这将是一次迷人的旅行。起航之后，我连一秒钟也不得空闲，简直疲惫不堪，只想歇一歇了。终于歇过来了。

伽利玛非常满意我的书，他要走航空给我寄书的清样，立刻想要下一本书了。

伊沃娜到什特雷为我送行，她说文学界人人都在谈论这本书。*

您将收到一封超大的书信，寄自西班牙的毕尔巴鄂中途站（三四天之后）……

我深情地拥抱您。不是一封告别信，而是在毕尔巴鄂之前，寄出的一封短简，只为对您说我的全部温情，我的妈咪，您十分了解的我这极深挚的温情。

替我拥抱玛德姨妈和姥姥。

替我拥抱迪迪。

安东尼

＊述评："迷人"之旅，横渡大西洋，前往陌生而神秘的南美洲。难得有这样的人生之旅，通向他职业生涯的佳境。人生总要有几波，有几渡。人生的每一起伏波，如能很好把握，就会有较大的收获；每一渡口如能善择机缘，就会进入更大的发展空间。

圣埃克苏佩里入世之初，头几波很不顺利，收效甚微，只能视为学艺阶段。1926年进入邮航公司，是他最重要的职业选择，开始他特殊的职业生涯与特殊的文学创作。

这封信就是前一波的总结，即将踏上下一波的征程。长篇处女作《南方邮航》的出版，是他在朱比角中途站三年艰苦工作结出的美果。虽然称不上杰作，但是已经标新立异，正因为如此，"文学界人人都在谈论这本书"。

不过，推出一本好书，也是多方协作的结果。首先他表姐伊沃娜独具慧眼，最早看出安东尼文学创作的巨大潜质，把他引见给伽利玛出版社的一些知名作家，称他为最有才华的青年作家。《新法兰西评论》杂志举足轻重的人物让·普雷沃将小说手稿推荐给加斯东·伽利玛。好作品一旦入"法眼"，出版程序就加速运转。难得"伽利玛非常满意我的书……立刻想要下一本书了"，考虑到他启程去南美洲，还特事特办，走航空寄清样。

新书出版，立即配合关键的一步，有巨大影响力的文学批评家爱德蒙·雅卢撰文发表在《新法兰西评论》上。文章确认这部小说具有巨大魅力，同时也指出其不足之处：抒情性流于浮浅，小说情节单弱，幸好有年轻的航空大胆而现代背景予以弥补。

圣埃克苏佩里的文学创作具有厚积薄发的特点，显示出一慢一快：创作缓慢，一完稿便很快出版，迅速打响，飞速传播。厚积之力跃起的新星，一转眼就飞上中天。

第九十二封信

（1929 年 10 月 25 日，布宜诺斯艾利斯，宏伟饭店）

我的妈咪：

我终于了解给我做的事……

我被任命为阿根廷航空邮运公司开发部主任，该公司是航空邮运总公司的子公司（发放工资额约为二十二万五千法郎）。想必您挺满意的，但是我却有点儿伤感。我很喜爱从前的生活。

我觉得这会催我年老。*

不过，我还会驾驶飞机，但那是去巡察，或者勘测新航线。今天晚上，我才得到通知。我这种命运安排，事先写的信中不愿向您透露什么。也因时间仓促，邮件必须半小时之前装运。

来信的地址就写（宏伟饭店），不要写公司。等我有了一套房间，就直接寄到住处。

布宜诺斯艾利斯城市很丑陋，毫无魅力，没有水泉，什么都没有。

星期一我要出差几天，去智利的桑地亚哥，星期六回到阿根廷，到里亚达维亚海军准将城，在巴塔哥尼亚高原。

明天通过船运，我给您寄一封长信。

我爱你们并拥抱你们所有人。

安东尼

*述评：快到而立之年，职位升迁，按说是圣埃克苏佩里最热切盼望的人生大事。他应该喜出望外才是，既然解决了他入世谋生以来，在经济上始终拖累母亲的一大心病。可是，他的反应却出人意料："有点儿伤感。我很喜爱从前的生活。"

"从前的生活"，特指他在朱比角中途站的那段三年艰难的工作经历。在西撒哈拉的边陲，生活物资匮乏，条件艰苦到极点，除了固定的航班，常年处于孤寂的状态，无论碰到多么棘手的问题，必须自己设法解决，哪怕身陷险境，也得靠求生的智勇排忧解难。

就在朱比艰难生活的前一年，圣埃克苏佩里当卡车推销员，观察了外省城镇狭小圈子的安逸生活：终日泡在小咖啡馆里打纸牌，而打破单调生活的唯一活动，就是每周举办的地区性舞会，让青年人释放一下情绪。圣埃克苏佩里同意朋友把这种人归类为"自杀者"，他可以做无聊的旁观者，绝不肯娶妻生子，加入"自杀者"的队列，过起小日子。

那么他在喜爱的职业上升迁，怎么还"有点儿伤感"呢？就因为"这会催我年老"。可见，圣埃克苏佩里总是极力保持年轻，看作比职场的成功更重要。他二十多岁，就怕听人说他老了，最爱听的话则是他很年轻。永葆青春，对他来说不是一句空话。凡事他喜欢亲力亲为，不大愿意坐在办公室里指挥别人：那会给人以老成持重的印象。

在特定的意义上，青春，既不是指年龄，也不是指容貌，而是指一个人的心态，一个人的生活方式。我觉得赋予青春一词这种内涵，这种深层的意义，在现代生活中尤为重要，因为现代生活尤其催人年老。

在他的家书中，圣埃克苏佩里由十岁小男孩长到大男孩，而这个大男孩在他的作品中，就再也长不大了，始终是在沙漠中同小王子奇遇的那个年轻飞行员：总保持一颗童心，总是那个迫降在撒哈拉大沙漠的飞行员，生死关头毫不畏惧；排除故障并同小王子分手相约再见。最终，就在胜利的前夕，他驾机执行完最后一次侦察任务返航，不知怎的飞机从此失联了。有很多猜测，我们宁愿相信这个大男孩赴约，去会小王子了。

圣埃克苏佩里因为误解而没有成为诗人，对他的写作风格有影响的杰尼埃博士，是圣埃克苏佩里家的朋友，没有向他说明需要人为节律的含义。尽管如此，从本质上讲，他还是个诗人。

我在《战斗飞行员》中，特别注意到他最放肆的时刻，就是一副诗人狂放的顽童形象：“这是游戏的新花样，波拉！右侧踏一脚，左侧踏一脚，引逗他们乱射炮……”他要施展一切花招儿，用怪招儿对付怪诞的战争，戳破怪诞的外表，逼使其显露真相，大白于天下。

圣埃克苏佩里著作中的冒险行动富有诗意，能让读者也忘掉了危险，从诗意中体味生命的意义。他过了四十岁写《小王子》的心态，描述他以游戏方式的战斗姿态，能让我们深度理解生命的青春活力。

第九十三封信

（1930 年 1 月，布宜诺斯艾利斯）

我的妈咪：

我正在读《灰尘》，我想我们都喜爱这本书，正如喜爱《忠心的仙女》，因为我们从中认出了自己。我们也同样组成部落。以我们发明的游戏和我们的语言回忆的童年世界，比起另一个世界来，我总会绝望般觉得更为真实。

不知道为什么，今天晚上我想到圣莫里斯冰冷的门厅。晚饭之后，就坐在箱子上，或者扶手皮椅里，等待去睡觉的时刻。两位叔父在走廊踱来踱去。灯光昏暗，听到只言片语，显得很神秘。那种神秘气氛，犹如非洲的内陆。随后，客厅里打起桥牌，取而代之的是桥牌的神秘。我们去睡觉了。

在勒芒，我们都上床睡下了，有时您在楼下唱歌。歌声传到我们耳畔，听来好似一个隆重节庆的回音。给我的就是这种感觉。我所熟悉的最“好”的、最文静的、最友善的事物，就是圣莫里斯楼上卧室的小火炉。从来没有别的什么，能让我如此放心生活。夜里我醒来的时候，火炉的呼呼声响，宛如陀螺发出来的，它还在墙壁上映出好看的影子。不知道为什么，我联想到一条忠实的鬈毛狗。有这个小火炉保护，我们什么都不怕。有时候，您上楼来，推开房门，看到我们都暖乎乎的。您听了听呼呼欢快的炉火声，便又下楼去了。

我从来没有这样的朋友。

让我明白广阔的，既不是银河，也不是飞行，也不是海洋，而是您卧室的第二张床。生病是一种妙不可言的运气，几个孩子都争相轮流生病。感冒所赋予的权利，就像无边无际的大洋。卧室里也有火焰欢腾的壁炉。

教我明白永恒的，则是玛格丽特小姐。

我不大确信，童年之后我生活过。*

现在，我正写一本书，讲述夜间飞行。但是取其私密的含义，这是一本关于夜晚的书。（我一向过了晚上九点钟才开始生活。）

这是开篇，关于黑夜的最初回忆：

“夜色降临了，我们在门厅里胡思乱想。我们窥视着灯光经过：大人端着灯，好像捧着一大束花，而每盏灯都在墙上晃动着美如棕榈叶的影子。接着，幻影旋转，这束棕榈叶的光影便关进客厅里了。

“于是，白天对我们来说结束了，大人把我们放进童床里，运往另一个白天。

“我的母亲，您的身子俯向我们，俯向这种天使的起程，您抚平铺盖的这条褶皱、这片暗影、这道波浪，以确保旅行平安，没有什么惊扰我们的梦。

“因为，抚平床铺，如同神指抚平海面。”

接下去，一段段行程，穿越黑夜，飞机缺少保护。*

您不可能完全知晓，我对您的这种无限的感激之情，而您给我建造的，又是多好的记忆的家园。我这副样子，就好像毫无感觉似的。我想，我只不过在拼命地自我辩解。

我写得少，这不是我的过错。我的嘴有半数时间是闭合的。总是无可奈何，由不得我。

刚过去的一天，驾机顺利地勘探，行程两千五百公里。正是从南端折返时，靠近麦哲伦海峡，晚上十点钟落日。一片绿色：城镇都坐落在茵茵的草地上。奇小无比的镇子，波浪形铁皮瓦房顶。天气太冷，许多居民都聚在一堆堆篝火周围，都变得非常善气迎人。

落日余晖熄灭在海域中。景色十分壮观。

这个月，我给您汇去三千法郎。我想没什么问题，约十号到十五号，您就会收到。我已经给您汇去一万法郎，总共（一万三千法郎）。但是我根本不知道您是否收到了，是否让您欣喜。我还是很想了解。

我特别深情地拥抱您。

安东尼

*述评①：这是用笔同母亲谈心的一封信，语调如此深沉，在家书中难得一见，打破了以往的惯例。以往的书信，内容集中在介绍情况和具体的需要，而这封信则转向心理和精神层面上来，这正是传统家书内容的缺项，也往往是两代人思想交流不畅，隔

阂日渐加深，最终留下憾恨的根源。

头一段结尾一句，语出惊人：比起另一个世界，“我”总会绝望般觉得童年世界更为真实。不过，我们要特别注意，作者强调这个童年世界只存在于孩子发明的游戏中，用孩子语言的回忆中，言下之意，不是成年人诠释出来的，哪怕诠释出自身的童年世界。

作者这样有意地界定至关重要，不仅关系到这个世界真假实虚之辨，还决定延伸到文学创作中的命运。我们知道，在圣埃克苏佩里的著作中，尤其在《人的大地》《战斗飞行员》里，凡是讲述到危险关头、人生的节点，就像人遇险时，情不由己喊妈那样，他就规避到童年世界：这是他最后的避难所，同妈妈一样真实可靠。他在《战斗飞行员》中写道：

“我要追溯到遥远的童年。童年，这片广袤的土地，是每个人的由来！我从哪里来？我是从我的童年来的。我从童年来，犹如我来自一个故乡。……”

这封信第二段提到“圣莫里斯冰冷的门厅”，那是他五六岁时，溜进昏暗的门厅，探索这个神秘的世界，听见来回踱步的两位叔父断断续续的交谈：“如今这年头儿……真荒唐……荒唐透顶了……”他就在心里重复，看看对孩子的头脑有什么效力。于是，“人生不明晰的前景”，就同“真荒唐……荒唐透顶了”，一起叠印在他童年的记忆中，成为现实世界永恒的佐证。

圣埃克苏佩里接受敢死队的任务，带着这样童年的记忆，以一个机组之力，去对抗怪诞的战争，有去无回，十死无生，毅然飞往阿拉斯。绝望中抱有希望，同样是他的信念，而这种信念，正是来自他的童年。荒诞战争已让法国人技穷，老套路完全失灵。他这个惯于深沉思考的成年人，只能“返老还童”，以童年纯真的性灵，调动起他童年游戏的全部怪招儿，将荒诞的战争导演成火焰堡似的儿童游戏，夺过成年人的话语权，戳破这场战争怪诞的外表，逼使其真相毕露，大白于天下。

由此可见，这封信上半部分，作者透露了他的文学创作的一个基本理念：用童年世界的真实，化解世道的荒诞和职业生涯的艰险。

作者在他的作品中，正是以这种真实，净化异化了的现实世界。其实，世界丧失了自我的结论，在他最后一部作品《小王子》，以童话的形式表现得非常充分了。

当然，圣埃克苏佩里如此重视纯真的童年世界，首先是净化他所创造的文学世界。与此同时，他也在鞭策自己，不忘初心，回归本原。其实，这是一个真正的人的命根子，而且，何尝不是一部文学作品真正价值所在呢？

《战斗飞行员》就是他这种创作理念的成功范例。这里只援引两小段回归本原的极致描写：

“大火（阿拉斯密集的炮火）不仅焚毁肉体，同时也焚毁肉体的崇拜。人不再对自身感兴趣了。唯独自己的真实情况才是命根子。他不再割裂了，如果死了，便融合了。他没有丧失自我，而是回归本原。这绝非伦理学家的夙愿。这是一种司空见惯的真理，每天的真理，却被每天的幻象遮蔽了。……

“我的肉体哟……我从你这躯体排除来了，我已没有了希望，也没了念想儿！我否认直到这一瞬间我的全部表现。那并不是我在思考，也不是我在感受。那是我的肉体。……”

这封信上半部分结尾一句也是惊人之语：“我不大确信，童年之后我生活过。”其深层的含义，我们要等十二年后，在《战斗飞行员》中，才找到上面引文这样的注脚。

难能可贵的是，就在大多数人为法国败局的结果所困的时候，圣埃克苏佩里却能净空一切，否定自己的全部表现，回归本原，回归人的通明透亮的本体，到了这种境界再看世界，就无不通透明亮了。

*述评②：圣埃克苏佩里正在写“一本关于夜晚的书”，即尚未定名的《夜航》。

开篇富有诗意，又是童年的回忆。这场景似曾相识，正是发生在老宅的门厅，夜晚光影的变幻增添了神秘感，印在小安东尼的脑海里，俨然与生俱来。写到母亲的两个自然段则是重点：“抚平床铺，如同神指抚平海面。”这种礼赞式的句子，显然要把对母亲的感恩植入小说的开篇。难说他没有产生过念头，将这部小说题献给他母亲，以弥补他回报不足的缺憾。

然而，文学创作自有其运行的内在逻辑。立意变了，不再是“关于夜晚的书”，而是要表明“一种责任的冥冥之感，要大于爱的情感”的高尚品德。开头一段完全变了，仍然富有诗意，已是一飞冲天，俯瞰壮观的天地大景了：

“飞机下方，山峦已经在金色的晚照中犁出一道道阴影。平原变得明晃晃的，闪耀着一种不可磨灭的光辉。在这个国度，平原持续不断地反射着金光，而入冬之后，又同样持续不断地反射着雪光。”

天宽地阔，一片金色金光、白色雪光的光辉世界，装在胸中夜航所谱写的故事，能给人以极大的期待。

不过，不用的初稿的开篇，舍弃并不废弃，同他动情用心写下的所有文字一样，作为概念、语式、思考、意象等材料，都珍藏在他的记忆库中，随时准备发散到不同作品的增益部位。例如夜晚光影一段，就写入《人的大地》(第五章绿洲)：“真正笨重的灯盏，从一间屋推到另一间屋，映出奇妙的影子在墙壁上晃动……”故事发生在南美洲了。

第九十四封信

（1930年，布宜诺斯艾利斯）

我的妈咪：

实在抱歉惹您伤心了。其实我也很伤心。您瞧，我已经颇为习惯，自认为受到你们所有人的保护。我想帮助您，晚些时候帮西莫娜，回去时能找到一个完整的家园。(……)

如果说在家里，我对自己的重要性的幻想有点破灭了，这跟我的亲情，毫无关系。

好大的家园，害得我常生乡愁，一想起我那小块故土，就恨不得立时回去。在这一群一群人中间，一想起圣莫里斯椴树的清香、衣柜的气味，一想起您的声音、阿盖的油灯，就不由得握紧双拳。还有，我发现越来越构成自我背景的一切。如此巨大的牺牲，也许多少金钱都难以补偿。同样，我想到莫诺，去追逐那海市蜃楼，在职业和谋生中，更是难有多少慰藉，就不免感到几分苦涩。她会明白人要被套得多牢。最终就只有她的习惯和需求了。而生活，就是一套齿轮传动系统。尤其，您的身份，永远是局外人。

要知道，所有行为都是确定了的。丢掉虚无缥缈的幻想吧，别相信能成为百万富翁的诱惑，或者经验之谈了。一旦动身去印度支那，就是绝望得要死，也得留在那里。即使有那么一天，可以回法国度假，也弥补不了。假期一结束，总得离开：这是没病自找的不治之症。不是返回遗憾离开的某种温存之地，而是受到往往很苦的岁月的强烈吸引。这就是生活的斜坡。自然而然滑下去。

我本想让您前来，随后有许多事情我要拼搏，甚至确定不了您到达之日，我还能在这里。或者，过一阵子，我会安定一些。到那时，您再来吧。

我写得少，没有时间，不过，我如此缓慢写成的书，将是一本好书。

我拥抱您，妈妈。您自管坦然地说，在所有的温情中，您的温情最宝贵了。每逢沉重的时刻，就回到您的怀抱中。而我，还像个小孩子，经常需要您。而且，您就是安宁的巨大源泉，您的形象令人心安，一如给您一个个婴儿喂奶时的情景。

我想念我在圣莫里斯的箱子、我那一棵棵椴树。我也向我的所有朋友讲述我们的儿童游戏：下雨天火焰堡的阿克兰骑士，或者巫婆，那个失传的童话。

被逐出自己的童年，这是一种怪异的流放。*

我再次拥抱您。

安东尼

*述评：人生难免要发些感慨，发多了便成为牢骚，当防肠

断。换言之，感慨是思考止步的弄巧，很容易成拙为牢骚。这封信是偶尔为之，不在此列。

不过，信中的几点感慨，还是怵目惊心的。譬如：他这个男儿在家里的重要性的幻想破灭了；远离故土，乡愁心思重，为谋生而成为天涯倦客，做出“如此巨大的牺牲”是否值得；尤其“百万富翁”梦可以休矣，生活不过是“一套齿轮传动系统”，牢牢把人套住，人“永远是局外人”的身份，沿着生活的斜坡滑下去……

当然，他叹惋的核心，还是“被逐出自己的童年，这是一种怪异的流放”。这也合乎他特质的天性，无须赘述。

总归事出有因，内因外因皆有。外因是不可抗拒的：顶层发生大变动，原邮航公司很快就要被法国航空公司取代，公司经理迪迪埃·铎拉开始失势，在阿根廷开发航线的计划急剧收缩，最终只保留图卢兹—桑地亚哥一条航线，而迪迪埃·铎拉不久就被排挤掉。圣埃克苏佩里已感到气氛有异，形势变化，难免不生警惕之心。

内因则是性情的常态：游子远隔重洋，思念故土亲人，现在又加了一种切身的心事，与心爱的阿根廷女子康素爱萝结婚。其时，康素爱萝生活在法国，故多了一层牵挂。

圣埃克苏佩里在信中发发感慨，还有一层无须说破的用意：化解母亲的伤心。可以说，这是前一封家书的补白和表白：帮助母亲和姐妹，找回“一个完整的家园”。

第九十五封信

（1932年，图卢兹）

我的妈咪：

感谢您这么款待照顾我的妻子。我完全相信这发自您的深情。本来我也希望去看您，亲自带着她离开，可是我囊中羞涩，那样做就不理智了：我去发电报让她来找我。*

我想，我们就去卡萨布兰卡生活两个月。为了她的身体，我暂时请求去摩洛哥工作。她到那里会高兴的。可望在这期间，我能开邮航班机到图卢兹——到那时，我的状况会好转——我就抓住机会去看您。

我回不去，您还不算太孤单，有迪迪在身边；我的书寄给她了，她还没有谢我，这可不好。书您转交给她了吗？

求求您了，告诉我读过的人有何看法：有关消息我一点也得不到。

我的妈咪，我离开您了。我的航班凌晨四点起飞。我必须付出！我爱您并拥抱您，表达的深情远超过您的想象。

安东尼

*述评：这是在家书中首次提及他妻子康素爱萝（1904—1982），受到发自深情的婆母“款待照顾”，这在世间也是难得的事。这其中透露出圣埃克苏佩里的担心，担心这个特别爱冲动的妻子举止言谈冲撞了母亲。

他这种担心不无道理。康素爱萝个性极强，喜怒无常，无论兴奋还是气愤，一冲动起来，如同火山爆发，而且极富想象力，又善于演戏，总之，这种性情很难驾驭。

冥冥中命运自有安排。人诚心诚意地追求什么，往往就有机缘得到什么。机会是给有准备的人，机缘则是给有追求的人。我本身的经历就深有体会，翻译圣埃克苏佩里的作品体会尤深。

圣埃克苏佩里一生有多种追求，最突出的两种，便是事业和择偶。

他喜欢冒险的天性，与飞行结缘，而从业余到专业，飞行员的经历又成就了他的文学创作：他一生经历的艰难险阻，无不是迎合他追求的机缘，加深他对生命意义的思考，经过艺术加工凝练成的小说，又是他一生行为的写照。这方面已为世人熟知了，而他的姻缘却颇为神秘，几乎不为外人道。

不过，他天性冒险，也表现在姻缘上，并以别种方式向外人道，用一篇童话阐述他这场奇缘深层的妙谛。

我们知道，圣埃克苏佩里心仪的女子，从家书透露出来，不过三两个而已，唯独同路易丝相爱算得上初恋，虽然订了婚却没有缘分。此后，法国姑娘纵有千千万，在他眼里，无非是“批量成品”，再也没有遇到值得追求的意中人。他不免气馁，给妹妹写了那样一封信，引起误解。气馁并不放弃，追求根植在他的心里，绝不娶个贤妻良母型的温柔而可爱的姑娘，更不甘心平平淡淡过一辈子。他出于本能的需要，下意识地自寻烦恼，让自己的想象力、敏感的心灵，在焦虑的情绪中更加活跃，更深地感受事物，更透彻地认清人生的意义。

他在法国没有寻见佳偶，跨洲到了阿根廷，心中犹抱着奇缘的追求。奇缘之奇，就意味充满变数，充满未知数。那未知部分，无法先验地认知，正好迎合圣埃克苏佩里求惊冒险的心理。天缘奇巧，仿佛应这种追求，奇女子康素爱萝翩然而至。缘分的慧眼，一见倾心，数月之后二人便结为良缘。

奇缘自有喜出望外的欢乐和收获。康素爱萝确是位奇女子，天赋才情，满身都是艺术细胞，似乎与生俱来。她擅长绘画、雕刻，还喜爱写作，发表过《奥佩德》一书。这本书艺术特点鲜明：诗意盎然，现实和想象水乳交融，正巧契合圣埃克苏佩里写作偏重的风格，为他的创作增添了灵感和活力。

可以说，康素爱萝就是个鲜活的艺术品，翻阅每一页都会给人惊喜。她身材不高，动作灵活，尤其脸上的表情丰富，肢体语言灵动多变，配合她那滔滔不绝的话语。她讲的每个故事，都给真事安上翅膀，任其在想象的空间飞翔，令丈夫不胜惊叹。有时，丈夫的心弦受到触动，让妻子再说一遍刚讲过的一句话。妻子不会重复，一句话又绽开一朵花，添了许多枝叶。妻子这种飞灵夸饰的才情，在丈夫静思构想中沉淀，便化为富有哲理的篇章。夫妻间这种互动创作的莫大乐趣，是常人难以想象的。

奇缘自然也有意想不到的烦恼。两个人个性都极强，蜜月一过，就会发现两种意志合成不了一心一意。一个非常理性，一个蛮不讲理，而两个爱讲故事的人都绝口不提他们的私生活，可见那种烦恼无从说起。唯独圣埃克苏佩里不慎透出点儿口风，被人写入传记：圣埃克苏佩里“厌恶一个人把另一个人当作私有财产。他不希望夫妻间出现令人窒息的场面”。

圣埃克苏佩里又爱又烦恼，憋了一肚子的话，逐渐想通，婚后十年写出《小王子》，爱情的结晶。小王子远离心爱的玫瑰花，才解开感情纠葛的心结：

“永远不要听花儿说什么，只需观察，闻着花香就行了。我的那朵花儿，芳香弥漫我的星球，我却不懂得享受……花儿给我的生活带来芳香，带来光彩。我绝不应该逃离！早就应该猜到，她那种小伎俩的背后，掩藏着她的温情。花儿总是那么自相矛盾！可是，我那时太年轻，还不知道该如何爱她。”

难以设想没有这样一段奇缘，无缘娶上康素爱萝这样一个任性而喜怒无常的妻子，圣埃克苏佩里还能写出《小王子》这样一部超人气的童话吗？安知康素爱萝私心里，不明白这部深度图解真爱妙谛的童话，不是为她量身构想的作品，不是献给她的永久纪念呢？

第九十六封信

（1936年1月3日，开罗）

我的妈咪：

我流着泪看您的短信，这么言近旨远，语重心长，只因我在大漠中呼唤您。我冲天的怒气，发向所有离去的人，发向这寂寂无声，我只好呼唤我的妈妈。

这种事骇人听闻：丢下不管一个需要您的人，譬如康素爱萝。人家感到无比巨大的需要，必须回来护佑，面对阻挡您履行职责的这片沙海，急不可待，哪怕是高山也要移开。不过，当时，我还是需要您，正是需要您来保护我，庇佑我，于是，我怀着羔羊那样的自私心理，连声呼唤您。

我回来，有几分是为了康素爱萝，不过，人家回来也是为了您。现在您身体这么衰弱，您可知道，您一直是保护神，又坚强又理智，满心都装着祝福，人家在深夜孤独时，不就要祈求您吗？*

（……）

*述评：这是圣埃克苏佩里驾驶飞机失事，和机械师普雷沃身

陷沙漠的腹心，没有食品也没有水喝，在利比亚沙漠走了三天，显示出顽强的生命力，但是已经产生幻觉。“命不该绝”这句话，是轻易不能使用的。我们读读《人的大地》第七章《沙漠的中心》，就能理解这话的分量。二人超极限的生命力，是由意志和平常心态支撑着。这一章就用他们走在死亡线上的经历证实这一点。文中写道：

“此时此刻，我最痛恨的事，莫过于流露感情了。我特别需要看什么都很平常。出生于世很平常，长大成人很平常，干渴而死也很平常。”

随后还讲“只有社会关系才感情用事”。

他在死亡的沙海中，发现生命的迹象，循踪迹找到一只沙狐栖息的洞穴。他就对吓坏了躲藏起来的沙狐说：“我的小狐狸，我算是完蛋了，可是怪得很，这并不妨碍我对你的生活习性产生浓厚的兴趣……”

多么平常的心态！他一时忘掉自己口渴得要命，注意观察沙狐的生活策略，发现沙狐特别当心，每餐限量吃微型灌木上的蜗牛，不妨害他们赖以为生的蜗牛传宗接代，仿佛意识到自身面临的风险：蜗牛一旦绝种，沙狐也就无法生存。

二人偶遇商旅获救，到了开罗再报平安。母亲回短信“言近旨远，语重心长”，蕴含多深母爱的担心。在危难的时候呼喊妈妈，是人性最自然的反应。圣埃克苏佩里这次行动的用心，还是为了履行职责，为妻子康素爱萝，也为身体衰弱的老母亲。辩解一句，也在情理之中。

第九十七封信

（1944 年 7 月，博尔戈）

我的妈咪：

我多么希望让您对我安心，并且收到我的信。我很好。一切均好。然而，这么久没有见到您的面，我特别伤心。我也担心您，亲爱的老妈咪。这真是苦难深重的时期。

迪迪失去了她的宅邸，这刺痛了我的心，但愿我能帮她！不过将来，她完全可以依靠我。何时才有可能对自己爱的人讲爱他们呢？*

妈妈，像我拥抱您一样拥抱我吧，全心全意。

安东尼

*述评①：烽火连三月，家书抵万金。战乱中收到一封家书，知家人安好，胜过万金，只因家书往往难以抵达，令人日夜牵挂。圣埃克苏佩里生前给母亲的最后一封，是他牺牲的当月写的，要等他死后一年，才送达圣埃克苏佩里夫人手中。

除了亲情的无价，还有“信”字的一种分量。薄薄的一封信，辗转一年，因战乱而未能及时送达，但是，无论谁临时充当秘密邮递员，在手中滞留多久，却始终没有遗失，这是传统邮政高度体现出“信”的精魂。这里举两个例证，都是沉甸甸的。

梵高著名的肖像画中，有一幅画的是邮递员鲁兰，是他在阿尔勒作画期间难得交上的一个朋友。鲁兰不是单纯的邮递员，他在火车站负责按目的地分发邮件袋。当时的邮件可以装现钞，而梵高每月接到弟弟的汇款，无不经过鲁兰之手。邮局要求员工诚实，经得住任何诱惑。鲁兰因为工作出色，不出一点差错，荣获邮政服务奖章和银质奖章，他对梵高的慷慨友谊和忠诚的服务，为他赢得了艺术史上最著名的“邮递员”的荣名。

另一个例证，就是《夜航》和《人的大地》这两部小说，通篇贯穿着高度的责任感：视邮件如生命，人在邮件在，因为损失邮件会给多少人造成痛苦。圣埃克苏佩里和他的伙伴们，在飞机遇险中，无不表现出超常的毅力和能量。作者在《人的大地》中写道：吉约迈真正的品格绝不在于勇敢。“他的伟大在于他的责任感。对他本人负责，对邮件负责，对满怀希望的伙伴们负责。”

＊述评②：圣埃克苏佩里妹妹加布里艾珥的家，阿盖城堡，1944 年 5 月被德军摧毁，他闻讯痛心疾首。当时他在上科西嘉的首府博尔戈，写这封短信，托人秘密传递给他母亲。圣埃克苏佩里作为家庭仅存的男性，始终未能替代母亲撑起这个家，这是他心中永远的痛，从他许多家书的字里行间，读者都能深深地体会出这一点。他这个男儿心气儿很高，从他进入巴黎圣路易中学

预科班，准备报考海军军官学院起始，他就有很高的期许。怎奈他不是考试型的预科生，主要凭着爱好兴趣学习，并不按照必考的科目准备，结果竞考落榜，只好凭着业余学习的驾驶飞机的技术，进入空军，成为预备役军官。可是他年轻好胜，有时不按规矩行事，没有请示批准，就伙同朋友擅自驾驶一架新型战机，不料刚刚起飞，发动机就熄火，飞机毁损，人受重伤。他养好伤后难免受到处分，从而断送军旅生涯，他期望以稳定的军官收入为家庭分忧的计划落空了。

当然，圣埃克苏佩里通过朋友关系，仍有可能调入常备军空军部队，可是他的未婚妻全家坚决反对，他为了成家，无奈舍弃心爱的航空，先是进入一家瓦业公司，后又到外省当了卡车推销员。讵料因故婚未结成，销售业绩又不佳，预计的收入再次成了泡影。如此反反复复，个人生活还是一团糟，根本谈不上对家庭有所补益。直到 1926 年，他才进入拉泰科埃尔邮政航空公司，走上真正的职业之路。

从 1926 年至 1939 年，圣埃克苏佩里从事这一行业十三年间，大约只过了两年好日子，就是他调到布宜诺斯艾利斯，任阿根廷航空邮运公司开发部主任期间，即 1929 年 10 月底到 1931 年。我们在 1930 年 1 月写的那信中得知，他分两次给母亲汇去一万三千法郎，并且写道："但是，我根本不知道您是否收到了，是否让您欣喜。我还是很想了解。"这段话看似简单，其实透露出他一大心病。他多么盼望看到母亲在信中说她收到钱，感到非常高兴的话，借以化开他这块心病。

也难怪，他在巴黎上预科班期间，参加世家子弟组成的社交小团体“巴黎帮”，几乎每次写信都向母亲要钱。从家书中可以看出，母亲基本上满足了他的需求。问题在于，他不仅心气高，每个阶段所追求的目标，在八字还没有一撇的情况下，他就按最高值盘算收益，并且立即宣告他就要支撑起这个家庭了，结果连他自己都知道，落了个爱说大话的名声。因此，他的信总有点自我辩解的意味。

总体来说，他的职业生涯并不顺利，有公司上层的变动和世界局势的因素，也有他自己的失误。头三年在西撒哈拉，开创航线时期，条件异常艰苦，极大地磨炼了他的毅力，以及同人和自然打交道的能力。因此，机会来了，他就能胜任阿根廷航空邮运公司开发部主任的职位。他亲力亲为，独自驾机勘探航线，工作很有成绩。而且，他的小说《夜航》于 1931 年 10 月出版，获得费米娜奖，又很快译成英文、德文出版；他于 1931 年春趁回国休假期间，与康素爱萝结婚，成就一段奇缘。

职业上已有成就感，似乎发出成功人士的感叹：“我觉得这会催我年老。”并且问他母亲：“想必您挺满意的。”他终于结了婚，娶了一个极富才华和激情的女子，按说，他两块心病都应该去掉，实现他一再向母亲表达的心愿。然而，直到 1940 年，他给母亲的信中，还透露出母亲的不满：“您的信满篇都是指责，让我难受极了，而我盼望您的是无限温柔的书信。”

母亲的指责，显然不是一时一事了。圣埃克苏佩里没有抓住事业成功和生活安定的机遇。1931 这关键的一年，《夜航》获奖，加上版权收益，数额可观，他一举成为名作家，在两种职业之间举棋不定，便请假在巴黎赋闲数月，一度还打算买一架飞机去周游世界。坐吃山空，不但飞机买不成，夫妇将钱挥霍光了，生计都成了问题。

本来，圣埃克苏佩里同出版商签订了五部小说的出版合同，如果一两年内陆续推出，收益自然很丰厚。可是我们知道，他并不像有的作家开水龙头式的写作，而是“一页一页成熟的”。继《夜航》之后的另一部力作《人的大地》，要等将近八年时间，于 1939 年 2 月出版，并获得法兰西学院小说大奖，这是后话。眼下迫于生计，他不得不要求回公司上班。

然而，时过境迁，今非昔比了，他失去了职位，只受人诟病，连飞行员都当不成，只好接受水上飞机副驾驶员的岗位。他干了不到半年重又休假，待生活拮据再次要求上班时，就遭公司拒绝了。他失业两年，生活境况可以想见。直到 1934 年 4 月，法航才通知他“到宣传部门任职”，主持法国和国外的宣传工作。他接受了，这就意味丢掉重返驾驶飞机岗位的幻想。

在邮航公司工作的五六年间，尤其在西撒哈拉航线那几年，条件虽然异常艰苦，圣埃克苏佩里却意气风发。具有开创性的邮航工作，为他具有开创性的写作积累了最有价值的素材。

失业两年和进法航工作的五年，是他职业生涯和生活最黯淡的时期。为了重振精神和偿还债务，1935 年，圣埃克苏佩里购置一架飞机，力图打破 1932 年的飞行纪录，赢得十五万法郎的奖金。不料飞机迷航，撞到地面，虽然他和机械师幸免于难，但是身陷沙漠腹地，没有食物也没有水喝，竭尽全力也要走向生命，三天后偶遇商旅获救。保险公司赔付的款，圣埃克苏佩里又用来买一架飞机，再次飞行。

圣埃克苏佩里每次冒险航行，不管遇到什么凶险情况，他总能探求人生的意义，深深思索，再通过创作的想象力，写出直击人心的作品。同样，他在几年逆境中，思想始终非常活跃，进行科学研究，写出几本笔记，还坚持创作一部超长篇的寓言式小说《堡垒》，已写出部分的篇幅，超过了他前几部小说的总和。然而，他的科学研究成果与发明专利，以及未竟的作品，于现实生活无补。他家人所见，唯有他生活的不安定，持续不断的混乱，唯有他不负责任的轻举妄动，给家人造成的忧心和困难。

圣埃克苏佩里未尝不是千方百计，包括他的冒险行为，希图一举成功，扭转他负债的生活和家人的看法。他屡败屡战，然而时不我待，战火即起，整个世界进入"苦难深重的时期"，家国难以两全。他流亡到美国，为拯救法国而奔走呼号；尤其全身心投入，以他前所未有的速度，同战争抢时间，推出二战中影响最大的一部小说《战斗飞行员》。

虽说家国难以两全，他还是勉为其难，以八九岁的超龄、半伤残的身体，一再请战。就在他给母亲写这最后一封信的当月最后一天为国捐躯，离解放巴黎仅有二十五天了，实在令人扼腕！

1944 年 7 月，圣埃克苏佩里从科西嘉岛给母亲写的这封信，成为家书的绝笔。他作为飞行员，多次出事而又大难不死，讵料在胜利的前夕，他最后一次执行侦察任务，返回途中降落时，却遭敌歼击机的暗杀，与他的好友吉约迈同样命运。

圣埃克苏佩里生命力极强，这同他总在探索生命的意义不无关系。他喜爱冒险，艰难险阻轻易夺不走他的性命，这次命运跟他的玩笑开大了。事起突然，来不及给家人一个交代，这封家书竟然成为他的遗言。

说来让人心酸，他所能留下的遗言，不过是表达的心愿。

头一个心愿，就是见他的“老妈咪”一面。“老妈咪”真的老了，已是七旬的老媪。我是再次核实她的出生年代，才写下这句话。儿子流亡海外，远隔天涯，四年多不见面，其间仅仅通过渠道传递了两封短信。他请战回到北非，又到科西嘉岛，既要为解放祖国效力，又要进南面的国门，离家近些。正在指日可待之时，突发一个偶然情况（偶然性与命运相似），天涯远隔便成为幽冥永隔了。白发人送黑发人，悲莫大焉。

第二个心愿，就是“将来……可以完全依靠我”。国破家毁（母亲住的小女儿的阿盖城堡遭毁），创巨痛深，他对生活有了深切的体悟，反省了自己的任性和对家庭的亏欠，如何弥补，自有切实的打算了。半年前，他有机会秘密写给母亲的一封短简，说得更加恳切和明确：

“然而，我多么盼望过几个月，能投入您的怀抱，我的小妈咪，我的老妈咪，我的温柔的妈咪，就在您的壁炉火前，向您倾诉我心里想的一切，好好讨论，尽可能不反驳……倾听您对我说，您在生活的所有事情上，一直是对的……”

我们没有看到母亲的信，但是从这段信文的最后一句话，完全可以判断出，圣埃克苏佩里始终听不进去母亲苦口婆心的规劝，更不必说抱怨指责了。可是，他尝尽了人间冷暖，生活的苦辣酸甜，终于成熟了。他创作《战斗飞行员》，就是他浴火重生的过程。他在书中写道：

“认识，绝不是拆分，也不是解释。要进入静观的状态。当然，要静观，首先要身临其境，这是一种艰难的学习过程……”

认识一拆分，就变成了解释，尽力强调有利于自己的一面。因而，他的家书中充斥着辩解式的表白、负气式的气盛，一味强调自己的追求，难免心浮气躁，夸大其词。德·圣埃克苏佩里夫人这样的杰出母亲，以其聪慧、敏锐和识见，怎么能看不透儿子的心事呢？但是劝告再怎么语重心长，也打不动既定的青年心态。必须经过“艰难的学习过程”，必须亲身经历，静观反省，圣埃克苏佩里才能心悦诚服对母亲说：“您在生活的所有事情上，一直是对的。”多不容易，到了四十五岁才松口。水到渠成，实现他第三个心愿。

第三个心愿：“何时才有可能对自己爱的人讲爱他们呢？”爱他们的话，是每封家书必备的结束语，他又何出此言呢？此番非同以往，乃是洗心革面之言了。固然，他家人对他素有成见，圣埃克苏佩里也心知肚明，但是这丝毫也没有损害彼此的亲情。母亲的宽容和姐妹的谅解，看来是他们的家风，因此，圣埃克苏佩里就可以一再因偶然变故而失言。

1944年的两封秘密家书，未必能完全改变母亲对儿子的认知，几句话也不足以弥补他二十余年成长中的过失。早在十五年前，他就在家书中写道："我们构成了何等样的家庭！……对您儿子，对您，我想您稍微满意点儿了吧！"小成便欢欣鼓舞，比起母亲来，他太欠缺城府，对生活频仍的偶然性毫无思想准备，结果两年的转机一过，又恢复旧观，七年不顺还连上爆发的二战。

老母晚境，幸好身边还有小女儿，可以相依为命，她虽然牵挂，但是对儿子难以抱太大期望。圣埃克苏佩里这边，可是认真对待，最后两封家书，都急不可待地表明自己的心愿。这种心愿在我看来，包括平和的心态，悔过的诚恳，担当的能力和决心。万事俱备了，只差不到一个月的时间，全家团聚，圣埃克苏佩里回来撑起这个家，难说母亲不会活过百岁。

命运就是不按常规出牌，总好打乱人的安排：这样顺理成章的心愿，却不让他亲自完成，而由他留下的事业去实现。

圣埃克苏佩里说："肉体瓦解之日，便是本质显露之时。人不过是一个联系纽带。唯有联系对人才至关重要。"（《战斗飞行员》）这个纽带就是人的奉献精神。人生的价值，就是奉献精神的总和。他的奉献精神留下的种子，很快就发芽生长，不久便进入人类文明的精神星河中，成为一颗璀璨的星体。

圣埃克苏佩里夫人就是靠这种精神纽带，如同儿子伴随在身边，又活了二十七年。这样的家风，这样伟大的母亲，这样杰出的儿子，我们还要担心母子间的沟通和理解吗？

笔记

题解

李玉民

一本记事和五本笔记，写于1935—1939年，正是他最失意的时期。他阅读，观察，研究，探讨，一有空闲便将思考记录下来。完全是随机随兴所得，并没有整理，更没有刻意修饰，绝不愿意就这样出版示人。怎奈人生无常，由不得原主了。

全部译出大冒险，因不知深浅，尤其涉及不少自己陌生的领域。我就像偶然闯入一座剧院后台，不免眼花缭乱，随手拿起几件戏装道具把玩，但不知是装扮什么角色，又演的是哪出戏。就这样，随机节译。《笔记》头三本仅译出数条，以示其存在。第四、五本全部译出，得以展示整本的全貌。

整本的全貌，也如剧院后台的一个区，显得杂乱无章，内容五花八门，没有一以贯之的主题。但是，整本的凌乱并不妨碍每一条表达一种明确的见解。因此，读者不必拘泥于顺序，跳来跳去翻阅的乐趣，正在于会有意外的收获。我按照顺序翻译，也同样尝到跳着阅读的乐趣，同样有欣喜的发现。譬如关于创造性直觉的几小段话：

“没有笛卡儿的规范，直觉就要沉溺于荒谬中了。然而，没有引导性和创造性的直觉，笛卡儿的规范也结不出果实。

“创造性的活动寓于改变结构类型的可能性中。这在话语方面，要求创造者别受话语的欺骗，在概念方面，也不要受概念的欺骗。唯独关系是真实可靠的。

“最初分开‘红’的概念和‘冷’的概念的人，就是一种纯创造性作为，堪比牛顿和爱因斯坦的作为。原本只是一种见解，他‘创立’这样的切分，就简化了外部世界。这种切分一旦确立，便成为现实。”

《笔记》充满这类深度思考。人增强了深度思考的能力，思想就会发生飞跃。圣埃克苏佩里在思考探求中，特别约束自己，遵从一种绝对的原则，就是“始终表达对方思想的最高截面，重视这样的事实：既然这种思想表达了，而且有人听信了，这就说明它包含某种普遍意义的成分（尽管不完善）。

笔 记（第一本）

《笔记》手稿开端有这样的标识：“33—36”。开篇几行作者写道：

这本笔记万一遗失，恳请拾者送到巴黎拉斯帕伊大街旅特佳旅馆，交还给安东尼·德·圣埃克苏佩里，可获（二百法郎）重金酬谢。

1. 我不可能让人理解，如果掌握一种话语，他们会多么方便。我也不可能让生活在笛卡儿[①]之前的人理解，如果依照某些概念的指引，他们观察世界会多么清晰。

然而，他们在自然现象的范畴具有想象力，而且，他们管编制一套语言称为科学，即笛卡儿教会他们可能有效的语言。他们在这个领域里认可，不同观点足以在世界上建立秩序和混乱，而秩序也从来只是一种语言形式。他们认为在自然界，人是可以领悟的。不过，（除了马克思），无论哪位笛卡儿都没有教给他们，这一真理，范围还要广阔得多，人也能够理解人。

人的经济和社会的矛盾，他们认为是绝对的，解决不了，在他

① 笛卡儿（1596—1650），法国哲学家、数学家和物理学家。近代哲学之父，彻底的二元论者。著名的命题：“我思故我在”。在这方面，他是在机械原则的基础上提供全面解释的第一人。

们所讲的语言范畴里，也的确是这样描述的。我可以向人说明什么事——他们听我讲——但是，我却不能让他们理解这种说明，何以要借助于这些观点才可能，而这些观点就是概念（MV^2、MV、杆菌、太阳中心、社会阶级、潜在科学等）。我不能让他们理解，自然界根本没有秩序，秩序仅仅体现在人身上，说得更准确些，正是人在自然界建立秩序，而且第一个发现，就是信得过人。

我主张的这种方法，归根结底，不会是一系列的发明创造：我不能向人表明，从来就没有发明创造（发现一项已有的“法则”）（人在科学中，一定程度上，发现自身的神性）。

我不能说明，某种观点会富有成效，能重建二律背反，只因人相信混乱本身，一如在笛卡儿之前，人们可能相信自然矛盾，相信自然混乱。他们并不知道，微分方程就是“一种看事物的方法”。他们试图从中得出荒诞的规律，解决论说的方式，殊不知这只是在消除荒诞的有序中找到一种言语。他们并不知道，同一个事件，可以即荒诞又不荒诞，既模糊又清晰，既矛盾又一致。

况且，他们已经聚集了大量资料，编撰了大量神话（都是牛顿数学物理学的修正语），以便说明正是这种不能“理解”的态度，标志着人在社会经济学中，很难放弃这种无效的观点……

人仅仅依赖自己的语言，就能洞悉外部世界，并且使之协调一致，却不能相应了解自身，也不能领悟关系自己生活的方方面面，这真是一种很有趣的现象。

2. 精神分析概念。

3. 如果资本仅仅用来再投资，而在生活保持同一水平，再投资有可能递减的情况下，利润就会自然而然趋向零了。然而，资本主义社会的本质，就是资本主义在社会中属于无产阶级的，资本投入，并不知晓资金运行如何，也不了解再投资的可行性。归根结底，要不要允许大金融家经营多种私人利益。

（第 4 条至第 316 条略。以下为第一本的最后一条。）

317. 如果说我了解月亮，那我也只是了解一些“状态”，在“整个宇宙”间的一些轮廓。我就以十分相近状态的微分，来确定它的（原文空缺一个无法辨认的词）。但是，我不知道“运行”还别有什么意味（位置也同样——这一概念只有数据上的意义）。

时间类似水泥，使得间断的世界持续不断。我需要以我的意识所掌握的证据——对象的持续性，才可以相信时间是持续的。

然而，时间并不是特例。任何一维消失，同样会间断世界。那样的话，我也就只有“状态”的平行轮廓了。

我需要足数的维，以确保同一性。这种同一性契合“法则”。如果我说：“月球围绕着地球运行……”我表述的是一种同一性。

我就根本不能保证我的元粒子的同一性（如果元粒子不存在，就更不必说了）。

或许，我的几何学没有意义了？必须重新采用公理来考察电子。“一方面，可以将一条平行线引向右侧的一条——而唯独一条……”

笔 记（第二本）

全文总共七十九条，仅选择最后一条。

79. 不消说，人远比他自身伟大。这千真万确，拿樵夫来说，他劳作时如果满怀激情，高唱伐木工的赞歌，那么，比起厌烦剪枝，将闲暇打牌当作生活意义的樵夫来，他就伟大多了。然而，我更赞赏法国生物学家，而不是美国商人，也无须先确定，在我看来为什么前者在人的等级上更高些。不过，这无关乎对职业热爱的程度，因为，商人可以兴奋异常，全身心投入他的经营策略——如同对弈的棋手。如果我观察，就不可能不知道，生物学家这方面，物质非常活跃，也广泛得多，他能听到莫扎特的音乐，这一点我决不会责怪他。万物相通，所有关系都有助于认识事物（乡村生活或许对牛顿有所助益），而莫扎特也能帮助生物学。人尽可能成为本身，而本身天生就丝毫不受局限。天文学家如果成为樵夫，他一望见星斗就会活跃起来，这我理解，根本不区分此人的两种状态（樵夫和天文学家的状态）。樵夫——简单说来——依我看，胸怀更广阔。繁丰的人，诚然，如果说他善于祈祷或者爱，或者善于品酒，这些对伐木毫无作用。他是个更为丰富的人，用于伐木绰绰有余。他俨然成为一位先生。

法西斯的观点：为什么教樵夫学天文学呢？的确是个问题。樵夫并不需要天文学，可是，另一个人会诞生。

笔 记（第三本）

全文共 132 条。这里译出结尾部分，从第 125 条至第 132 条。

125. 巧于组织而善概括，无疑会帮倒忙，无助于寻找真理。这绝非真聪慧。如果我特别灵巧，是下笔成章的高手，我就可以用其最诱人的表象，阐述各种信条的任何布局，而我也会总能满意地和盘托出其谬误（更确切地说其无效性）。不过，我能相信自己的论著有功效，只要我善于吸纳任何新材料——通过语言的灵便——（或者通过论著说明），忽略唯一真正的功效，绝非教育方面的功效，而是有活力的，即启发预见的功效。

126. 教育学实况（历史）
有活力的实况。

127. 高明的医生，绝非通过推理，发现万灵钥匙（教育的），得以“解释”各种病症的医生。他根本不知道——他也根本无法弄清楚——究竟是什么因果关系。高明的医生，应该凭直觉就领悟人体器官相互依存的关系。

128. 这个问题依我看：同教育学实况相比，有活力的实况并不总是那么简单吧？

不然。如果解释牛顿的实验的世界，牛顿的定律就比爱因斯坦的公式简单。我们听到过这样的议论："牛顿似乎采用一种简化法，一种近似法，足以让人……" 可见更简单，既然在这种粗略的认识上，大家喜欢牛顿的定律。

然而，现在要说明 1937 年所经历的事件，爱因斯坦的方法就变得简单适用了。

129. 科学简单化，同时又复杂化。正是这个术语变得模糊了。

130. 如果说我一条也没有发现历史上的规律，如果说有些现象如此紧密相连——因而语言能抓得住的——诸如战争，或者希特勒上台，或者如何解决西班牙的冲突，在我看来——我通过经验就知道——跟古代疯狂的罗马人同样不可理解，尽管如今有了科学批评，这是因为根本就没有目的论，再准确点儿说，没有决定论①，只有思想意识。统计法的精确性（保险公司），同历史预见的模糊性密不可分，这就是意识的标志。（但是，我总能找到足迹。）在事件的剖面图中——根本就没有神秘莫测的东西——从来没有。就说这个女人在这儿，随后又到那儿，每次回来都有合乎逻辑的理由。然而，

① 决定论，一种哲学概念，即承认一切事物具有规律性、必然性和因果制约性。

这绝不意味另一个剖面图——更接近人的理由——丝毫没有增强我观察事件的清晰度。

131. 探索这些步骤绝不否定自由。

132. 探索就更为简单了。大家围着赌桌争论的时候，就是在试图预见一只母鸡能否下蛋。然而，既没有母鸡，也没有蛋。人白费了时间和精力，花了脑筋，考虑的对象根本不存在。事后，没有参加赌博，老老实实旁观者，却赢得了经验。于是，那些人便愤愤不平："运气，歪打正着……"旁观者似乎毫无道理。

关于全民公投能毁掉创造精神的可能性，德阿①的论调一钱不值，波雷尔②的理由也一样。

① 马塞尔·德阿（1894—1955），法国政治家，"二战"期间，与纳粹德国合作的主要附敌分子。1933年，他组织成法兰西社会党，1936年公开赞扬希特勒的国家社会主义。1940年6月法国沦陷后，他留在敌占区，建立卖国组织全国人民联盟，在傀儡政府中任过工程和社会事务部长。1945年6月缺席审判，以叛国罪判处死刑。后来发现，德阿被意大利北部某教派藏匿起来，直到他死去。

② 埃米尔·波雷尔（1871—1956），法国数学家，首创了点集测度的第一个有效理论，促进了实变函数现代理论的开创。曾任法国国民议会议员（1924—1936）、海军部长（1925—1940）。"二战"期间参加抵抗运动，荣获抵抗运动奖章（1945）。他还被授予大十字军功章（1950），以及国家科学中心颁发的第一枚金质奖章。

笔 记（第四本）

全文共164条。

1. 人履行这项职责不够格，对此我并不在乎，能去哪儿另寻灵魂的医生呢？如果这样履职过程能催生灵魂……

2. 另一位，笛卡儿及其认识论，并不准确。仅限于直觉的认识。笛卡儿拒绝矛盾。

3. 正是这样……爱的通常尺度。不如此，便战死。绝不令人失望的一种爱。

4. 以另一种形式拯救同一种结构，必须拯救同一种工资级别。

5. 要想指导工厂扩张，我主要依赖生活，而不是一个官员的抽象思想（例如：Dniéprostroï[①]）。

① 非常见词，由两部分组成：dniépr（河流）和stroï（系统或组织）。可译为“河流系统”。

6. 毫无疑问，他忘记了珍珠项链，而且他也忘记西班牙制品和陶器，还有绘画。他忘记了特别费工费时，不是人人能享用的所有物品：他忘记的正是文明。

由于他是抽象思维的知识分子，他就想拿起笔来，一挥而就，犹如增添一份附属材料似的，恢复文明，但是，如果一开始，他不是依据人来构想世界，那么人就没什么可能在这世上找到自己的位置。

7. 方案愚蠢，未能预见原驼。这座城池由一个人的智力建成，便丧失自然平衡融会贯通的一切智力的红利，而这个人还知其不可为而为之（用一种只阐述过去的逻辑，拖延向未来的进程）。

8. 一些大事件并不全绞结在一个平面上，什么也阻止不了，也会绞结在另一个平面上（并不趋向河流）。这样，偶然就绝没有绝对的意味。仅仅意味知不知道。

9. B.①虚假的地位。征收税款，以便养活另一群人：这群人对大众用品的生产并无贡献，但是代表文明，根本不必知道他们征收，也不必了解征收了多少，只需评价他们工作的成果。B. 忘了关键问题（仓库说明不了什么）。

城堡也同样，个人收藏……保管不了多长时间，就已经变为共

① B. 可能指 Léon Blum（布鲁姆）或 Emmanuel Berl（贝尔）。
布鲁姆（1872—1950），法国第一个社会党总理，也是第一个任法国总理的犹太人（1936、1938、1945）。

同的了——领土没有城堡或者收藏物，难道就会更好了吗？

10. 类似法的效用，能以结构的一致性解释得通。促使我做了我估量的事的某情况，就是一种结构。精神分析也同样，可以用类的结构语言表述。

11. 哀叹民主、蛊惑人心、机械论，徒劳无益。个人完全剥离了独特性的深层原因，在交流和往来的手段的完善中，能找到滋养格外好的根须（陌生人走动中偶遇，尤其相同的信息来源：报纸、广播、电话、公共交通）。奇缺寂静和祈祷（培养祈祷的能力，个人从而超脱自身）。这样一种练习，纪德，您用什么来替代呢？如今的灵魂，都变成了丰饶之角。*

*述评：安德烈·纪德（1869—1951），法国当代作家。这里讲的祈祷能力，也是一种思考的能力。纪德一反“我思，故我在”的哲学命题，代之以“我感知，因此我存在”，将感受提到前所未有的高度，时时把握：“我感受到什么？”他的感官全那么灵敏，能像思考那样，突然集中到一个点，将生命的意识完全化为接触事物的感觉，或者将接触事物的感觉完全化为生命的意识。

12. 精神分析。主要对象是探求事物的“意义”。一场梦的意义是什么……而梦境显得很真实。同样，一种行为的意义是什么呢？或者，一种诗的意象是什么呢？而精神分析，也许并没有承认这一点，却给梦提供一种共同的尺度（个体，情感和行为极为简单，只是描述的语言使之复杂了，梦本身绝没有修饰语能表述我们称之为情结的，嫉妒和慷慨大度的混杂情感）。因此，我力图透过象征，辩读这种共同尺度。

现在我满脑子关于压抑的情感、无意识和性的理论。（如果能洞见个体，我就总能产生一种象征性共鸣，无论在性欲方面还是在其他方面。但是我无从知晓缘由是什么。）

13. 病患面对医生的时候，这种现象就完全[自愈]（并推移了）。

14. 一种老式的排版法。使用这种方法的人倒不是更聪明，而是愚蠢被掩饰起来，他们甚至享受着组合的聪慧（这是左派所不了解的智力）。

15. 如果文凭的收益低于文凭的经营，这不但不意味智力受到商人的剥削，这种状况反而表明，管理不正是优于创造，最缺少的才能不正是管理才能吗？

16. 我在酒馆里听到玩纸牌的人说话，他们谈到赌纸牌，编造出话语，扮演发泄各种情绪的角色：恼火、气愤、宗教倾向等。

17. 问题不在于了解您认为他们有多大价值，而在于明确您渴望他们变成什么人。这曾是一种大谬误。

18. 道德之难在于人独处。独自一人，再也没有参照。上帝的角色，或者同类判断的角色——绝非我们。

19. 由此而来价值与报酬的概念的危险。

20. 一种大谬误：一个问题做出了解释，就认为看透了（如用痛苦解释了眼泪）。毫无疑问，我知道用方程式联系起电的各种现象，我就可以在自己的房间听到巴黎，或者布宜诺斯艾利斯的无线电广播。然而，这种波段，这种［新闻涌入］，然而这种巧合，难道是绝对的吗？

21. 思考一下广播。播送的政治新闻，只有转动按钮换台，寻找同这些思想观点相对立的内容，才有意义，能看到这些战争的资源，而新闻则向我们介绍了斗争的概况。

22. 大地上最让我揪心的，就是 C.[①]的情况，绞进不可分离的合金中而失去自我。这一切重聚到上帝那里。您就是巨大的收容所，接待有个三长两短的人。

23. 纪德的诡辩。* 因为，艺术品不可能由一个团体创制而得。这样的艺术品，人的感觉会剥离殆尽。而群众平庸的趣味，则导向

① C. 应指他的妻子康素爱萝。

他所憎恶的：俄罗斯。况且，材料始终是个问题——因此，如果小麦不足，写爱情十四行诗的那位，怎么谈得上永生呢。他还是耕种土地去吧。因为，有人指责罗思柴尔德①花钱消费了爱情十四行诗，归根到底还是指责他阻止了诗人去耕种土地。

＊述评：这一段针对纪德在1935—1936年对苏联的态度。纪德在《新食粮》中写道："快乐对我来说，就不仅像过去那样是一种天生的需要，还成为一种道德的义务……我的幸福就在于增添别人的幸福，我有赖于所有人的幸福，才能实现个人幸福。"

纪德在《访苏归来》（1936）回述道："苏联对我们曾经意味什么？不只是一个遴选的祖国；还是一个榜样、一个向导。我们梦想的，几乎不敢期望的，但总心向往之，致力追求的，却在那里发生了。由此可见，在一片土地上，乌托邦正在变成现实。"

可是到苏联访问不久，纪德就陷入盘根错节、纠缠不清的种种问题和矛盾之中，极简单的一件事也弄得十分复杂。纪德看到的不是生机勃勃，而是死气沉沉、闭关锁国的苏联。他在那里看到他最痛恨的"一切降低人的价值的东西，一切减低人的智慧、信念和锐气的东西"。

苏联的神话破灭了："在我的心目中，还有比我本人更重要，比苏联更重要的东西，这就是人类，这就是人类的命运、人类的文化。"

---

① 罗思柴尔德家族，欧洲最著名的银行世家，在长达两百多年间，直接影响欧洲经济史并间接影响欧洲政治历史。家族创始人为迈耶·阿姆谢尔·罗思柴尔德（1744—1812）及其五个儿子。迈耶早年丧父，在一家银行当学徒。迈耶父子在法兰克福经营一家银行，发展成为国际银行家。

纪德没有看到圣埃克苏佩里这段批评他的话，他在《访苏归来》中，讲述了他自我修正的历程。

24. 他所渴望的这些团体，能完全保存可展现丰富个性的成分，究竟是何等团体呢？怎么可能不导向俄罗斯呢？无政府主义很可能向这些群体散播的思想，不可避免的趋向斯大林的建制——这种建制尽可能压缩人支配的时间，而又建不成强有力的团体，还彻底摧毁华丽的十四行诗的制造者。

25. 神性通过反对平庸趣味的个人表现出来。

26. 必须重视生产，扣除出口的产品，还有足够的香槟酒供应法国。要回收多少普通酒（不包括出口），换取劳动者就业呢？

27. 我当然看见许多人在建造一座城堡，只为他们当中一个人，而不是扩大他们的茅草屋。然而，我尤其看到了这位城堡主人创办了好几家工厂，作为一种有名无实的财产本身，显然是有争议的，但是不折不扣类似一种经营。城堡这份财产，究竟占多大比重呢？在繁荣时期就微不足道，如果用于增加财富，即开办工厂的话。在萧条时期就更微乎其微了，那就不应该在这上面花费了。事实上，再也没人建造城堡了。而建起来的这些城堡，现在有许多人居住，从而拯救了一种门面的贵族，或许有利于真正的贵族，这对人类命运会有什么害处吗？同样，村庄里有教堂，城市里有主教堂，难道不好吗？这些财产根本不能分配，也不可能已经分配了，绝不会增加人的福利。况且，有纳税的问题——城堡住户要交租金，他们的租金存在争议——可再怎么争议——这些租金实际上通过城堡——重又在群众中化分为购买力。

28. 加西亚·奥利维拉[①]的观点，我不屑一顾。见解好的人，生活就比钢铁工人优越，难道这公正吗？我不知道如何给公正下定义。（是平等吗？）下面这个才是唯一要考虑的问题："什么样的组织结构，最利于创造和精神生活？"因此，我要颠倒角色，我称作公正的将是……

29. 从事科学，绝非借助于方程式"预测"，方程式即使在科学中，也根本不预测，而是看重从科学中产生的哲学——正是这种哲学——支配了进步。从概念到概念的进步，绝非一种概念决定另一种概念（假如结果仅限于原则，那么世人就成了目的论者了），而是每次都越发简化了。是科学教我们［通过定义］选择正义。我正是以科学的名义，拒绝某些举措，例如探讨未来的法律。

30. 决定论和目的论之间的差异，就在于未来恰恰没有包含在现时中，尽管现时和未来密不可分。有多种可能的后果和数据。

① 朱安·加西亚·奥利维拉，西班牙巴塞罗纳无政府主义者的一个首领，曾任司法部长（1936—1937年5月）。他在《不妥协报》（1939年8月12日）上发表文章：《无政府主义者的品德》。

31. 在个人负责的政府和群众负责的政府之间，如果做出选择……我想——外省的一座小城告诉我做何选择——群众负责的政府是最难以忍受、最不公正的。

32. 优选的事例：只挑选好画家……再也没有好画家了：好画家是一种遴选的结果，触动不着任何人了，因为不好的画家濒临饿死，一幅作品也卖不掉便不再绘画了。

33. 科学从不让人用来预测，更确切地说，科学只让人预测重复的东西。一种理论创立起来，说明现象之间关系的类别；由方程式计算出的图像并不重要。唯独方程式有价值。这种价值一直用到……有限小数，仅此而已。（即小数部分的个位数。）

一种理论也从不预测一种进展，而命题及反命题也绝难预知能达到何等综合。

从事科学研究，就是追溯过去，发现成因链——并观察如今，发现其关系。但是并不是预测未来，也就是说，不预测小数以下的计算法。或者，也不预测无产阶级的命运。考虑未来社会的世界是反马克思主义的。

决定论就在于提出树木已生成，再用一系列可以解释的事实将其重树起来。不在于提出了解自然法则，再研究初始细胞，就可以预见芽眼和树木，因为这种见解就会纯粹成为目的论了，即决定论的反面。

（即便成因并非内在的，而是外在的，即便大自然逐渐造就生

命，认识这些法则可能使人预见……〔断句〕）

如果意识能预测芽眼，那么宇宙就是目的论者。

如果意识不能预测芽眼（而且也预测不了），这是因为上溯已经发生的情况的进程，只能看到一系列的成因，可是下探这个进程，就有多种可能性了。（数学可以推演，但直觉在引导。沿着定理的线路推演，直觉引向未来。）精神分析是探向梦境，我一旦找出了联想的关系，就根本不去解析我的梦了。既然有无穷的可能性，我为什么还推荐这个方向呢？

为头三位小数确立的一种定律，难道也适用于第四位小数吗？也许吧，但是我已经偏离绝对的准确。一种理论有一个适用范围，稍许超出现时的期望。类比的价值。某一张面孔，我确定好几点相似之处。它在别的几点还可能相像。

一种理论完全为我用来做出并限定多种假设。这些假设便成立了。因此，我就可能预测……不过，此处要当心诡辩，因为我所预测的绝非理论的发展——而是其内涵。我预测出设定的又回归理论的范畴，并且证实了这种理论。这种扩展绝非时间上的扩展。这是遵循一种重复，而这种重复初看，又似乎与这类重复无关。在另一张面孔上发现一张面孔。唯一真正的进展，是在小数的范围内有所得，而这种收获是不可预测的。牛顿根本不懂得预测，也毫不卖弄预测成功。在衡量一些小数的时候，同样那些定律会采取什么形式呢？有此疑问，就因为还不知道这是些什么小数。

无论语言的发展，还是社会的进展，我都预测不了。同样不能预测活性细胞的进展。

34. 马克思主义本身也反对目的论。综合论述，新语言，在语言表述中就打破了决定论。因而，我不能预测。不过，不了解这一点的马克思主义者，就是反马克思主义者了。而我，也无从知晓，想要变成芽眼的细胞历史使命是什么，一如无从知晓无产阶级的。

想想我们今天的世界。难道劳动还不足够吗？还不足够多产吗？你们没有用明晰的语言，给我解决今天的矛盾，怎么能让我相信，明天的世界就会摆脱人的掌控呢？罗马历史实在平淡无奇。

有朝一日，或许人能发现向未来进化的规律。眼下，我们还没有任何凭据这样考虑。所有预测无不虚假。

有人预测了当时所谓的飞机。必须拆穿这种诡辩。这表明“人的趋向”，显而易见，人只是实现了所趋向的东西。根本不是预测，而是创造出来的。飞机诞生于设计。或者渴求。这绝非先知预见，由种子长出的树木，是渴求之树。而这种发明就是目的论的。人，及其意识，协力打造目的论的成果。

当然，生活也能改善，这是人办得到的，人如果没有灵魂，那就是有生命的物质，有能力办到。归根结底，有生命的物质如果不是一种外来的品种，那么不管以什么形态出现，也是更为普遍的物质，因而能改善生活。于是，这个世界就具有目的论的本质了。

然而，这丝毫也不妨碍我用科学的语言弄懂目的论。因为，如果未来通向目的论，我却知道上溯变化的进程，我应该能够以决定论的观点书写世界。目的论未免愚蠢了些，陈述形而上的见解，倒无须别人反驳了。如果真有超常的意识，凭借科学引导进化，那么我就能找到一条自然成因的阶梯。这样，我也能写出历史了——不过是过去时。

不管怎样，我不能预测未来，意识会有什么推理方法。

35. 想象力，如果像生产飞机那样的意念，意念就会诞生，因为意识有创造力。

36. 凭借经验之外的任何推理，牛顿都不可能创建万有引力的定律。否则的话，那就必然存在一种绝对的真理（而理论就不再凭直觉，而是通过推演发展了，从而马克思也就是虚假的了）。这样，经验主义者就有理由说，只能从经验中学习到东西，任何纯智力的构想都是虚妄的。他们根本没有看到的——这一点至关重要——就是为了阐述纯经验的论据，仅以经验直接说明创立的概念，而这种概念在一个时期，也有效地表达了主旨，但它远非经验的，而纯粹是智力的。根本不是一种经验的真理。这是一种语言表达方式。仅仅由头脑创立的，也仅仅在精神层面才有意义，极少经验的成分，自会消亡，让位于一种本质截然不同的概念，而且丝毫也没有损害著名的头几位小数的次序，正是这些经验先前曾经导向的概念。

37. 人。无不是主观的，还同心理紧密相连。至少痛苦是相对的，要求想象下一刻。挨一拳，挨一球击，意外过电，根本不“疼痛”，但是马上投射到未来，是保护的本能“产生痛感”。这样，打斗的怒火便产生麻醉作用。

某些心理姿态也起保护作用。军士长在忍无可忍的情况下，起而对抗长官。首先因为没有什么可以损失的了，牢房，对他意味休息，还因为他在仇恨中找到一种痛苦的麻醉剂——能够自残来表示仇恨。然而，他可能受到伤害，又被心理反应捆住手脚：这样就显示“有权追究……”的重要性。如果他心理出现严重差错，如果在这种神秘游戏的规则中有过错，那么什么权威都失效了。结果，“成为笑柄”。什么惩罚都修复不了坏了的规矩。因为从此以后，每次惩罚被人接受，不是作为一种权威的表现，而是视作一种无能的招认，一种可怜的报复。面对信徒的品德，长官就会成为一个地地道道的可恶的虐待狂了。

38. 我这样讲就够了：鉴于天地之大，人出头露面，有必要（确切点儿说，势在必行）排除低下的形式，以便在我看来，目的论立场是唯一行之有效的。宇宙间的物质，犹如一粒种子，必然包含人，并且直线抵达这种结果，因为塑造人的天择本身，就是一条自然法则。（不过，这样的目的论所处的阶段，还丝毫也不妨碍科学。）目的论还处于萌芽的低端，还处于自发的活力中，或者在萌芽加呵护并引导它的自然法则中，这在我看来并不重要。上帝还处于原生状态，我看也无所谓——上帝为什么会如此——而且，在世纪岁月的进程塑造原生质的法则中，从本体论来讲，几乎是更为协调一致的方面，也是令我惊讶的方面，原初整体上趋向人，排除不趋向人的成分。这种高级的目的论，在智力较弱的层面上，给决定论留下了全部效力的空间。也就是说，在自然法则支配下的生命起源，现成就提供给我的研究了。（统计为什么不向无序的成分倾斜呢，这就是高级的问题了，不过，我要解决的问题则是：鉴于统计倾向于不断生成的组织……如何根据化学定律和统计的规律，表述生命起源呢？）

不过，或许还另有一种答案。因为，要么如此，要么另一种样子。果真如此，世界就体现了目的论本质。若非如此，那就是原初的微分方程式在未来演算中，并不包含人世——它还是以某种方式包含了人世，我就能提出，五十年后，火星会是什么状况，某个部位，以某种方式，势必会中断这种僵化的行动线路。其实，当我得知火星的状态只是一种统计规则，也许我已经受到吸引，也许这促使我考虑，没有统计规则之处（正如基本粒子的情况），我就什么也不能预测了——从而形成模糊的意象：再也没有合适的统计规则推测生物学的未来了，或者物理定律将等待新的小数，或者创造人类，只有一步之遥了。我要进一步思考，所用的术语还会更模糊，更不明确了：生命恐怕不是在某种意义上组织起统计表的成分。而且，往过去阅读的历史，发明了自然法则的清楚的游戏规则——往未来阅读的历史是不可能的。况且，这种历史无不失败。因此可以想象，思考种类起源能卓有成效，因为过去，在我们看来总是不可或缺的。

外部世界的萌芽和行动的决定论，就这样趋向同一目标：生命，同一趋向的这种奇迹，这正是一种真正的目的论所在之处。正是这种观点反对科学的理念，很可能毁掉（阻碍）认识的进步，因为我要解释树木的生成，只能讲种子的化学决定作用和环境影响依存的关系。这种以生命为结果的依存关系，为什么是个问题？（回答可以摆脱科学，在这方面，没有什么能阻止我说：因为这是上帝的意志。）然而，我提出这个问题，一定是事先就知道：“这种依存关系如何……”不过，我一旦解释了我如何未能解释出为什么。那么，目的论问题——高级的——就会提出来，同样非常明确，正如我曾探讨树木的生成，仅仅在起源的决定论内部求解。两种因式同一趋向，也丝毫没有逼退神秘。适得其反。

在初期的目的论中，愚笨的、徒然玄奥的地方，就是以胚自然趋向萌芽，便声称解释了芽眼。从而回避探求。绝了，在什么方面还能更显示目的论呢？

其实，我作为人，令我惶恐不安的问题，绝非：“事物是如何成为现状的？”因为，在科学的范畴里，我可以找到答案。而是：“事物是如何趋向更高级的组织呢？”按说，目的论为了体现价值所应该选定阐明的，就是这个问题包含一种真正的意义，不会跌入人神同形论的暗礁中。

换言之，大象及其内在逻辑的神奇，难道合乎可能性的条理吗？（这方面我又出了差错，因为，如果我了解相互依存的法则，那我也必能懂得，这不可能不合乎可能性的条理），但我还是有些碍难，将这个问题抛到这一高级阶段来考虑。

有必要探求，目的论自我提出来的究竟应该是什么问题。

39. 超验的繁丰。一个人从木板房出来，走向河流，溺水而亡，我单单研究他身体细胞变化的过程，显然就能写出这个人合乎逻辑的历史，因果关系链会十分严谨。形象表现为化学，既然是化学，那么，一切都将合乎逻辑而清清楚楚了。超验的接种，处于另一个层面，尤其在另一种语境中：居住在秘鲁的金发小姑娘。不过，在现象的系列中，她是一种形象。（精神分析则倾向于指出，即使在化学方面，这种形象也应该产生，既然她是人要实现的综合体的一种象征。然而，指出了这一点，我也自相矛盾，只因我可能恢复了决定论的价值。真正的问题在于认清）这种形象如何引入？如果脱节了，又在何处呢？人在哪一瞬间，脱离了因果关系链呢？说得更准确些，在物理化学过程中，这一脱节显而易见吗，或者进入程序仅仅有利于物理的不确定性呢？哪些因素，使其脱离分析就进入整体协调中。（这样一来，计算法在生命的进程中岂不是失效了吗？）

40. B.[1]极力论证，以表明促使右派据理力争，就能迫使他们承认，他们尽管标榜“民族主义”，其实更靠近墨索里尼而非杜克洛[2]。问题在于词汇困难，因为他们的民族主义词汇创立的时期，民族正巧同精神文明的形式相契合。然而，这种形式突破了自身的边界，撇开了所有低级趣味，只把我圈进问题的高尚方面，我可以说，这个意大利天主教徒，在人的教育、作用和意义方面，跟我想到一处了，更接近我，而B.与我的同族关系的界定，仅仅靠响亮的大话（甚至表意也不同），不接地气。祖国，这是精神遗产。那个（一词无法辨认）是一路货……

B.所期望的，无非就是要让右派摆脱一种并不表现他们，而他

① B.指埃马努埃尔·贝尔勒（1892—1976），法国左派作家和记者，著有《资产阶级思想之死》（1929）、《资产阶级道德之死》（1930）。他是《玛丽亚娜》杂志社论作者，圣埃克苏佩里就是在杂志社同他结识的。
② 雅克·杜克洛（1896—1975），法国政治家，从1926年起，直至去逝，他是法国共产党主要领导人之一。

们又不敢改变的语言，从而使他们更好地表达自己。可是，休想让他们哑口无言，如果说这场论战已经展开，那也只有竞选上的意义：要让人在愚钝见证者面前失态。

右派那些人也同样困难，因为语言已经确立，还因为他们的情感价值，在西班牙统治下的摩洛哥，更喜爱希特勒而不是斯大林。不管真正的危险如何，追随这一个还是另外一个，都难免不搅得天翻地覆。假如在西班牙，只是平静的民主派反对军人，那么右派绝难容忍希特勒的行为，然而，西班牙无政府主义者联合会①，或者斯大林，都很“尖刻”。由于在一定的词汇方面，很难发现自己是德国朋友，那就干脆否认德国的存在。不过，如果我向右派那些人指出，希特勒确实站稳了脚跟，他们听了也不会深感困惑。我要迫使他们把他们的语言现代化。虚伪往往是一种甚至自身都难下定义的廉耻。

41. 或然性。一场牌局提供一次机会……看到实现一种确定的安排。但是，偶然玩的一种牌戏，我无权感到意外，譬如看到连续三张王后，因为，这只是多种排序中的一种，并不比另一种特别——偶然巧合人的一种有意排序。不过，也有一些特定的安排，如桥牌中纸牌：红桃、方块等，每一次……用王牌……什么也消除不了我的念头：这把牌局是一个人安排的。我要说：有亿万种可能性，对一种人为安排的可能。这样确凿无疑，在我看来，相当于数学计算一样可靠。这种反常现象从何而来呢，既然任何别种排序，实际上都同

① 圣埃克苏佩里通过人介绍，在西班牙认识了该组织的领导人杜吕蒂。

样不大可能，因而被认为如此，堪比陈述人的同样进展的一种预设形象。同样可以比作海边石子，是否写出《圣经》。即使没写，这些石子也同样构成一种不可能的序列。然而，《圣经》毕竟写出来了，我不能就得出不存在神秘的结论，借口说既然有无穷无尽的神秘可能性，我却仅仅碰到了一种。普雷沃[①]指责人神同形论的观点，不能令我信服。

就有这样一种异乎寻常的情况：五十二张牌戏，鉴于任何排列，都跟随便另一种排列同样不大可能，我可以从中得出一种与牌戏无关的结论。我看也不看洗牌，便撂在我的房间。我回来就发现，排列正符合桥牌的顺序。我知道有个人进屋了。我只有无限小的概率判断错误。

结合生物学：大象可能性。试验的次数太少，难以解释这种特殊安排的结果，显然同我那把纸牌一样，是必要而可行的安排的一种结果：我那把牌洗了之后，实现了一种可能排序的结果，而我无权感到奇怪，在洗过牌之后，发现一种排序，如果说是先验要求的结果，那可是万万不可能的。然而，我却满有把握地打赌，如果我见桥牌按照数量有限的式样排列，那肯定有人来过（偶然突变不足以解释）。可以说生命的可能性，既然实现了首要的一种不可能性质的细胞奇迹，那至少就是砌砖这样的可能性，砖头与细胞数量相等，每个细胞只有一两次机会，能置于竖起的多边形体的顶端。能做出的实验，数量要少得多。

① 让·普雷沃（1901—1944），小说家，圣埃克苏佩里的朋友。

42. 我写出数百万张卡片，每张写一个字母。我回来看到，在卡片的排序中，这些字母组成了一篇可读的文章。我已经隐约看到一个人溜进我屋里的行为。这篇文章准确记述了我的生平，标明我感兴趣的事件的所有重要日期。最后，还有我情妇的地址和电话。为什么这种情况不大可能是偶然的。这种排列比起另一种来，既不是更可能，也不是更不可能，然而吻合之处，不再是计算，而是内心了。我从外部事件推断可能性了。

43. 换言之，“我的宝贝妮子，我爱您”，已经大大搅乱我的心，可是，“你出生于1900年6月29日”①一句，就把我的心搅得更乱了。这种确凿无疑具有一种意义，因为我可以安置在上面可能有的行为，不必担心举步投足出错。在确定中进展也具有一种意义（他不仅是个男人，而且还是个不认识我的人）。不过，在计算上，我难以界定在确定中的这种进展。

44. 上帝赐给人的视觉语言，运用得十分糟糕，我本想拯救这个用光的泥团塑造出的小姑娘。但是如何处理隐隐闪光的泥团呢？

45. 假如我们要将一种动能连接一个活塞。这种动能是独立设置，同活塞装置不是一体。这种动能取决于每秒钟燃烧的燃料，不断转化为对一种应用面的压力。这两种装置所产生的效果给了我支撑力（不管是否只依赖能量……）。（如果，我的能量转换成热能形

① 安东尼·圣埃克苏佩里出生于1900年6月29日。

式，我再将受热面扩大一倍，体积也就相应倍增，压力同样相应减半，效力就将持续。如果燃烧的煤气体积加倍，相应压力倍增，这样，在装置的空间传递的距离相等，能量相等，我可以减半其温度的升高。）

这种力量应用的持续时间，取决于活塞体积。活塞越重，运动时间就越长。活塞体量相等的情况下，并不取决于汽缸的空间，因为，体积，也就是压力的变化，跟运动一样变化。

持续的时间，也就是支撑力的效果，仅仅随汽缸的惯性一起变化。

问题无非是安排从某处垂直下行的惯力进入空气环境，以便控制活塞的体量。如果我能获取一个压缩空气的活塞，我就能消除这一体量，还不会造成损害。

46. 生命不是以其重复，而是以有创造性的每一步，便毁了统计。一旦生命干预进来，我就再也无权赌可能性了。然而，生命不是以重复的方式干预进来。生命干预时，就创造出（起源的人体）。

47. 换言之，我有能力记录我编排材料的方法，而我的编排，比起其他的编排，就变成既不是更可能，也不是更不可能实现的编程，正如唯独偶然性才可能实现的那样。

48. 另外一点，就是这种编程，仅仅对一个人的意识有意义（代码），而它本身毫无意义，就像生命的事实，也许同样没有意义。譬如一个土耳其人，不识我们的文字，这句话看了，根本不会唤起人的形影。

49. 因此，我创立一种代码。我发现在世界某处应用这种代码，从而判断有个人了解这种代码，就有了这种举动。而且我的判断万无一失。

50. 被一个人伤害。被（一个定冠词和一个难以辨识的词）伤害——他——是受天主啊，您的伤害！

51. 我们变得如此冷酷！拉加德[①]说起西班牙：再也不知道摆脱自我，不知道联合。那么经济问题呢？什么乌托邦：一种宗教。

52. 对一台燃气轮机（个头儿不大），不应该利用惯性，而应该使用减压。

53. 精神分析。人要表达出自己的感受。如果表达不出来，那就要发明表示的行为了。

54. 自不待言，这类行为要愚蠢地进入精神生活——而且进入所有生活……那么地方上的小职员，精神生活如何呢？至少可以说，那种精神生活再怎么粗浅，也能陶冶小职员的心灵。

① 拉加德，原著未能确认其人。

55. 八小时工作日——休闲，等等，是工人阶级争得的吗？的确！工人阶级，差不多早就为自己劳动了。如果有些经理收入很高，但是人数少，起不了什么作用。不过，工人阶级破产，也不折不扣以相同比例，连累经理破产。少消费少劳动，这是他们的自由。如果说这是他们所赢得的——然而，有人再三再四对我说，文化一定要有物质的支撑。

56. 灾难，如果算上一个的话，那就是由于靠小额年金生活的人太多，他们只消费不生产。然而，这怪不得他们，也同他们的数量无关。

57. 老板也乐得……至少，我们共同致富。这种推理让我想到Stiges[①]的那个白痴：他想要打他妹妹。工人阶级的胜利。什么？赢得了饿死的权利？

58. 明目张胆的诡辩。显然，基层生产的管理人员属于群众，正如他们属于整体。他们的利益就是“群众的利益”，只有群众意味着人。但是，他们愿意接受来自他们手下或者上司的指示吗？接受智力还是多数人的指导呢？这是唯一的问题。

59. 逻辑是人的一种概念。我们一旦找出一种原因，就足够了

① 巴塞罗纳南面的一个小港。此段所指，原著并没有明示。

（例如抗力强的材料用来构建侧翼），而且什么也不能让我们相信，这种（逻辑）形式在其他方面，不会同时适用于其他原因。

60. C.（康素爱萝），我痛苦，主要不是因她，而是为她痛苦。

61. 反论：一个国家什么也不需要，便丧失其影响，甚至连教育都不能交流。德国因其影响就获得了它缺少的原材料。

62. 显然非常讨厌，怀疑论者法国总理，放弃政治家的乐趣，从抽象的财政预算中提取自己的乐趣，而财政预算再也无关乎人的利益，也无关乎国家的利益——只有党派的利益，简言之，只有政治组合的利益。外交问题，也只能以国内角逐的状况来面对了。在德国，能听到谈论人——如同在俄罗斯——能听到谈论开创一种高尚的艺术，在我们这里就从来听不到。

63. 然而，我们是文明人？他们关注的这种艺术——以及他们关心的这个人，他们杀掉了，如同在俄罗斯，如同在我们这里，聪明的社会主义者。因为，实际上，并不是提供艺术，而是提供艺术的条件，那些条件神秘莫测。

64. 强者的吸引能力。引向德国的重新组合。别处则拆分：爱尔兰、弗朗德勒（欧洲西北部平原，比利时和法国的地区名，亦译作佛来米、佛朗德斯）、捷克。以及整个欧洲中部。

65. 在众所周知的、可见的机械性传媒：报纸、广播、书籍、演说等之上——有这种持续不断的潜移默化，在欧洲民众中间，也在沙漠地区一直起作用。这种传染病胜过信仰的传播——这种现实不断推进，扩大范围，延长时间，比起图书、广播、报纸来，更加顽固死硬地持续进展。在南方一些村庄，至今还有些人相信，新派教徒的额头正中长有慧眼。

66. 实施一种民主管理而非统治。

67. 自不待言，可支配的德语陷入立体主义或者精神分析中了。自不待言，追求语言形式，一旦胜过追求这种语言的内容，就成为一种要素了（而非一种标志，因为这会混淆两种概念：要素是历史性的分类，标示其）没落的作用。但是除了纳粹主义还有其他办法。资助文化艺术和科学的事业？

68. 细木工家族，没有他们，就根本谈不上民众意识，也谈不上进步了。如果细木工每人都抛弃亲子关系，抛弃自己小小的家园。如果只有入侵和互换性来维持职业的传习。社会主义可怕的逻辑。为了拯救亲子关系，不妨减轻学业，只一心追随父亲的脚步。敬业精神。不是死板僵化，而是培养贵族，这绝不妨碍贵族敞开吸收新鲜血液。在贵族阶级历史中，这是显而易见的实际情况。细面粉厂主的历史中，为什么就不能出现这种情况呢？

69. 人根本没有语言考虑当今世界。

70. 由民众挑选画家，简直胡来，殊不知新的绘画，从来都是眼睛受了教育之后才能被理解。拒绝了所有（酵素）。

71. 为了评价一些人，就要求他们描述自己，或者描述他们沐浴的生活。这恰恰是最难的，具有创造性思维的做法。就观看他们生活。注意瞧那个女人，病房护工或者母亲——但是不要听她讲。她了解世界的那个层次，无非是《里昂共和报》往她头脑里播种的那点东西，而我看见放在她桌上的报纸都翻旧了。

72. 潘勒维[①]。我认为诡辩就这样讲："这样阶层的一位学者，具有如此卓有成效的综合能力，不关在自己的办公室里，怎么还参与公众生活呢？"那就必须这样回答："正因为这个人学识渊博，才不关在自己的办公室里，而是参与公众生活，到处观察组织结构，因而能如此卓有成效地进行综合。"

73. 将生命分割为两个阶段："意识之前"和"意识之后"。这就是神人同形说。其实，从主观来看，谁也不可能这样判断。就说猴子吧，在相当多次数的尝试中，发明一种愚蠢的解决办法，后来才

① 保罗·潘勒维（1863—1933），数学家和政治家，社会党人，数次任部长，两度任总理。他的朋友，数学教授埃奈斯特·勒奥斯与圣埃克苏佩里结识，二人曾计划写一本政治经济学的书而未果。

“构想出”好方法——而在这里，白痴的错误，并不能作为一种反对意识的事实——为什么进化论、适应说、再先说的错误，就成为反对它们的同类——活力论的根据呢？要求活力论原则改善，进展到意识，再也没有比这更充分的理由了。

74. 如果从纯物理－化学的程序开始，我能成功地创造出活细胞，这怎么能成为一种论据，用以反对一种深觉理解（由一种意识掌控的）活力论呢？其实，生命正是出自我的意识。

75. 活力论者步步退却，声称这是化学－物理解释不了的某种现象，自己处境很尴尬。只因步步退却，他就将接触到初级的东西，或者起源。那就总能摆脱分析。于是，他就成为神人同形论者，只能说可见的从不可见的显现出来。我也正是从可见的部分中读出断裂的部分。

然而，这些断裂部分，不是想象那样有秩序。创造，就是引导，而创造，始终是不可见的。但是基质则应保持物理化学性，在这种层面上，我永远也发现不了创造（并不胜似阅读几何书，几何书中的创造行为，直觉，处于不可见的状态）总是依赖于三段论法。我只需依靠一种基本的不确定性就够了。

76. 生命依我之见，如果就是时间上持续，结构紧密，不仅是一种状态，而且是一种偶然呢？这种混乱的繁殖就是这样，意识引入某种持久的东西。

77. 救世军（一种基督教组织）的这个女孩，语气激烈，神态高傲，是我在日内瓦见到的。当时我就想对她说："您的关于贞洁的演讲，让我听着生厌，头一种罪孽，就是高傲，就是您的这种。"不过，我又一想，这种高傲只是分泌腺的偶然作用，我的判断就不公正了。绝对不公正。可是，去哪儿寻找能找见她呢？

78. 我将汲取你们每人身上全部的善，编出一支颂歌。

79. 如果相信他们的话，原初的混乱和偶然性的法则导致了排序和有理数——是什么奇迹所致呢？生命就是依据这两者组织起来的，因为偶然性——统计法则的唯一源泉——要求这样。

生命，毕竟如埃丹东[1]所言，就是冬季点燃火、夏季结成冰的东西。如果以"对抗"规范现象演化中的一种物理化学基质，那就没有什么对抗自然了。不错，在这种夏冰生成中，并没有物理－化学基质，因为，的确，我也成功地排列好意识的现象，意识在物理－化学程序中，构想并允许这种夏冰。（况且，如果什么地方没有基质，意识的现象就先于神人同形的基质表象。能让夏季出现冰，冬季出现火的要素，我就称为意识的现象——或者抗拒万有引力而长高的树木。）

当然，能量自行恢复，不是创造出来的。地球上的热量来自太

① 即埃米尔·莱克里万，1897 年生于巴黎，1917 年便成为战斗飞行员，1924 年进入拉泰科埃尔邮航公司，1925 年开创卡萨布兰卡—达喀尔航线。他成为约瑟夫·凯塞尔《风沙》（1929）中的主人公。

阳；但是，如果没有植物，由散乱的石头接收的热量，就会增加地球的熵。生命是熵粒子的一种抗力。在熵的进展意味“时间”的情况下，生命就抵御时间的流逝。如果我这生命的系统熄灭了，那么熵就会剧增。

或许存在如下这条法则：任何物理－化学现象的演化，都要依照熵增长的大斜率；然而，生命现象的演化，就好像熵粒子根本没有饱和，我就是以生命现象来表示意识所显现的现象。我的煤炭，如果在自然中燃烧，在空气中燃烧，就要增加熵；然而，我作为人，我就让其燃烧，我清楚我这司炉工程师朝什么方向发力，在燃烧我的煤炭时，最大限度地降低世界熵的增量。不错，我也情愿承认，在我这发电机组和生命细胞之间，并没有根本性的差异。当真！两者都接受同样的法则，就是由意识主宰。相反地，如果有朝一日，我在实验室组成了活细胞，我无权讲生命诞生于物质。不过，可以谈谈生命诞生于物质加意识。我的意识，一旦停止了表现，我的发电机组就要生锈，也就会增加世界的熵。

健全的机械论观点应该这样表述：无论什么，永远也不要让科学引导我整体或部分相信的决定论，在物理－化学的层面上出毛病。无论什么生命的现象，永远不会驳斥我的科学。我的目的论、我的活力论，永远也不能同我的科学相遇。我的发电机组一启动，我不止一次发现了基质。这种基质与科学不相抵牾，而是印证科学。不过，在运行中，先验的因素干预进来——甚至控制了运行：学者和工程师的意识。但是这种干预，在化学和物理学中，不会留下丝毫印迹。

80. 我在上面几页阐述了三种不同的概念，要进一步区分开来：

a. 生命和意识的同一性。

b. 生命将世界导向“最不可能”的状态（夏冰）。生命并不依附于普通意义的统计规划（同时又依附于另一种意义的统计规则）。发电机组并非最有可能性的状态。物质的组织。广播电台也不是最有可能性的状态。尤其活细胞，当然要由化学家创造出来。

c. 然而，生命的法则，永远也不会同物质法则对立起来；准确把握的活力论不可能危害科学。也不会毁掉科学的目标本身。正相反，我的意识运作，就结出发电机组之果。

还有这种可能：

d. 一种能量的转化，不管是什么形式，如果生命和意识参与进来（树木或发电机组），就能降低熵的增加；江河流向海洋。我的蓄电池的容量，相应地减少了世界的熵。

81. 生命，就是实现最不可能的状态的过程。如果说有“指导原则”，正如在发电机组创建中意识的干预那样，这种原则也是看不见的。先验的接种类似接收养分：在几何书中，唯一同一的原则，就是以干巴巴的三段论法为标志。正是引导具有创造性。

82. “所有引导都是可能的：哪怕只有一种，如果具有创造性，那就应该实现”[①]，突变论，一如纯粹决定论，都归结为这句格言。

① 对应这几行字，圣埃克苏佩里在手稿页左空白处写了这样一段话：“如果所有的都实现，那就是真实的了（世界全部排列整齐）。”

已存在的胜过尚不存在的，已经组合的胜过尚未组合的。可是，这样就会错误地引来一种先验论的观点。这与熵的引导正相反。

83. 还有，由于活力论者和目的论者所处的层面，让·罗斯唐①和克洛德·贝尔纳②就总是对的了。

84. 存储煤炭：这正是生命对抗熵的增长！从而有了这种蓄能。

85. 构建这种储存，就是组合排列，而且也是（如有此意）“个体化”非个体的熵粒子。

我称之为个体的，就是一种组织架构。与邻近另一个架构热能交换降到最低程度，这就等于接受所有毗邻的组织架构，也就是说，并不抵触熵的进展。不错，一个晶体组合起来，但是（也许）在熵的衰败中，构成不了一个平台。

86. 当然，生命要丧失一定的热量，例如人所在的外部环境，温度低于三十七度的时候。人在消耗，向外散发。然而，三十七度的气温，不正是史前世界环境的温度吗？水蒸气浓度高，世界冷却不下来。如果说体温三十七度的爱斯基摩人闯入极地冰雪地区，只因生命随着人世的状况逐渐变化。那就让爱斯基摩人穿着暖暖的吧。

---

① 让·罗斯唐（1894—1977），生物学家，他在单性生殖方面进行大量研究试验，还著书强调生物学在人文科学中的地位。

② 克洛德·贝尔纳（1813—1878），法国生理学家，实验医学奠基人之一。1865年著《实验医学研究导言》，认为医学应以实验生理学为基础，应以假说为指导；物理、化学是生理学的基础，但是生理学不能还原为物理、化学；“活力”不能用来解释生理现象，生理学需要科学宿命论原则；对统计学的作用表示怀疑。他逝世后是举行国葬的第一位法国科学家。

同上：血液含盐度，内海。生命？持久的原则，尽管熵粒子。不过，这只是次要方面。唯一重要的是极不可能的状态。

87. 奇迹（或者基质）或者就是能量的创造。这种抵制熵进展的抗力，本身根本谈不上奇迹。蒸发的水，化为雨又落下来，以便调解温度高的湖泊，就是利用了一部分能量转化为热量的原理。在这类现象协调一致的过程中，创造性干预进来。亦即在可能性当中，这种面孔或许确立，并且确立为传递或者重复。

88. 奇迹，在我自身发现我所需要的东西，按照定义，又超出了意识的领域。但是这就那么非理性吗？因为，类似的架构（还是考虑得差些），也许能引导，因为，这是大脑录入的架构，而非（事实）。

89. 有时候，回答总是模棱两可，诸如关于直觉的问题，或者几何推演的问题，生物学上的决定论或活力论的问题，扩而广之，创造或传承的问题，这是因为所提的问题毫无意义。存在持久性的创造，却是超验性的。笛卡儿的论述完全有道理，但是他那些反对者也有道理。因为，没有笛卡儿的规范，直觉就要沉溺于荒谬中了。然而，没有引导性和创造性的直觉，笛卡儿的规范也结不出果实。基质永恒存在。可是，却存在于两个永远不（且看爱因斯坦）相逢的世界之间。是一种悬浮状态，留不下一丝一毫痕迹。一旦写出来，科学便依照自身的逻辑接续下去。综合活细胞和发电机组就是这样。然而，非理性，这种纯直觉行为，在起源过程中，每步都能碰到。

90. 一种架构，如何凝结而成为构想的对象呢？或者，一个构想的对象，无非就是架构吧？（从而：精神分析。）

91. 足够数量的稳定关系，就确定了一个客体。它的关系是经过构思的。况且，它同我们对世界的认识也相一致。我独自理出了我的信息。

92. 构想的对象，还不是一种固定的形象，可以收进抽屉里：这是一种关系的体系。奇迹，就是一句话，概括为关系的一种固定体系。意识这种东西，不仅接受了这一关系的体系，在一定程度还发明了它。事实上，我控制了一种存在物。不过，语言和意识是两码事，而丧失语言记忆，丝毫也不意味丧失这些关系的意识，况且这种关系也并未确定位置。概括的话也只是延伸到肌肉的活动（话语），或者听觉的活动，即一种关系的体系所引起的条件反射。抽象来说，这是关系的关系。如此便是概念。——概念的思想，这就是不同于思想－形象的方程式。

93. 创造性的活动寓于改变结构类型的可能性中，这在话语方面，要求创造者别受词语的欺骗，在概念方面，也不要受概念的欺骗。唯独关系是真实可靠的。当然，任何复杂的网，都可以从不同的角度观察。

94. 最初分开“红”概念和“冷”概念的人，就是一种纯创造性作为，堪比牛顿和爱因斯坦的作为。原本只是一种见解，他“创立”这样的切分，就简化了外部世界。这种切分一旦确立，便成为现实。

95. 意识超验于智力，尽管没有意识，智力无疑不大可能进展。将思考一步步引向抽象，但这种意识的成效，可能仅仅是“管理”。

96. 我还一无所知的，就是在关于意识的思考和生命的问题之间，是否有一架桥可通行——生命的问题，即超验管理的问题，是我上面谈过的。就如同考虑没有相互作用的意识和物质的关系。

97. 再确切一些：如果根本不存在基质，我称作的管理又算什么呢？在物理现象中，允许一种基本的不确定性，不是必不可少的吗？

几何学中创造性的问题，应当是同样的答案。几何学里也没有任何基质。同样没有任何不确定性。然而，物质发酵了，在这里，物质就称三段论。

98. 如果，在分子阶段，太阳系的熵是无限的，而太阳继续放射光芒，我认为这丝毫也不会改变热量在各阶层分布相等的假设，进而言之，可能会形成能量储存库，一到夜晚（风和雨）就清除了，不管怎样，太阳落下之后，也就不复存在了。唯独生物可以利用这种能量，以便营造复杂的系统，得以消退熵。生物还可以殖民，首先征服全部碳，随后，始终利用这种能量，借助于原子，创建储存能量并放热的结构。这种资本可以增值（石油和煤炭）。

这样规模的储存，没有生物，也只有假设物体彼此保护，以抵御放射线，才是可以思议的（甚至抵御不了，因为头一波辐射）。显而易见，光子可以创造：光子能找到由偶然生成的叶绿素所规定的编程。然而，光子也能摧毁，而且从统计来看，实现混乱要快于建立秩序。（应该阅读光子可能创造和摧毁什么。）生物，就是趋向最不可能的状态。

99. 生命反统计而确立起来。力图用统计的方式来解释生命是荒谬的，从突变论中求解同样荒谬。

100. 如果生命这样确立是反“时间”的，就是在时间由熵的进展来确立的情况下，也许试图弄明白是荒谬的，就像一台机器，在时间中运行的那种情况。

101. 你们非常满意你们漂亮的思维模式吗？我的朋友，你们可真不挑拣啊。你们，朗日万、让·佩兰……由你们概括的马克思主义？这种令人赞叹的矛盾的综述？照这么说，基督、笛卡儿、牛顿、莱布尼茨、洛伦兹（荷兰物理学家，其电磁辐射理论促成了爱因斯坦的狭义相对论），都是马克思主义者了，而且，这种马克思主义，囊括了封建文明本身，跟某种 libido[①]一样模糊而普遍，而这种概念未经试验测量，也就成为枯枝了。

① 德语，音译为“里比多”，指性欲的潜在力量。

102. 植物需要“现时”的能量——新鲜的，而非潜在的能量。除非种子在发育期间。要知道，一种植物，如果在黑暗中，能够吸取另一种植物的营养——吸纳其碳元素。不过，种子，则很有可能，真的储存了营养。

103. 我首先要指责精神分析的，就是玩弄这种概念，始终没有开发无意识，一种同意识相对立，仍处于秘密的状态。根据精神分析，思想活动在无意识中差不多是同样的，但好像是另一个人所为，处于神秘莫测的氛围。我的无意识形成了什么，我要审查，将其化为符号。

显而易见，我夸大其词了。一位精神分析师会提出异议。但是我却认为，无意识无论以什么形式，都不会同意识对立。无意识，就是组成个体的架构的总和。意识在语言的范畴，给这些架构增添了飞旋。我这样以象征来表达，完全是自然而然的。表达方式最大顺坡的法则。我选择的象征最贴切我的架构，也最充分表现这种结构。我可以忘记谜这个词，它真正的缘由，但是忘不了它的架构，这是它唯一的实在性，因此，这种架构，我若是不按历史的实在性，而是换别的形象表述，就会有受抑制的表象。当然，我完全可以忘记童年的事情，全然忘却，除非曾经震动我的经历。如果我回忆曾震动过我的经历，很可能追忆起来的仅仅是一种架构。我什么也不拒绝：只是未能完整回想出来；意识的那种飞旋活动向我指明的，还不如架构。

104. 计算表：胶皮尺，尺度能变化。

105. 借助于胶皮尺，如果我了解一种速度或一个航向，以及两个航向的两个方向舵（其中有前一个航向），我就不断地量我自己的速度。

106. 秘密力量。广告语中常见到“自然和纯粹”的词。简直太逗了。同样，称花天酒地的老家伙为处女。何等美誉啊！

107. 十分动人的形象。当然是意识升华的架构：少女知晓而老太婆天真（马拉美[①]——或者女傅——或者黑人陪媪）但是命运却更美的姑娘。安徒生笔下的丑小鸭——或者上帝人类之父——或者犹太人的弥赛亚：人类等待他们的上帝。

108. 我不喜欢（一词无法辨认）的这篇文章，丑化神学家的思考——也不喜欢塞里扬日[②]论述不信教者的愚昧的文字。这种论战的特点，就是枯燥乏味，可以这样说。我一定约束自己，遵从一种绝对规则：始终表述对方思想的最高截面，重视这样的事实：既然这种思想不仅表达了（疯子也可以表述），而且有人听信了，这就说明

① 马拉美（1842—1898），法国象征派诗人，理论家。他要创造出所有真实花束中没有的那朵理想之花。
② 塞里扬日（1863—1948），天主教会多明我会修士，他在现代主义和反现代主义之间：选择第三条路，是更新托马斯主义的操手之一。著有《不信教者的教理书》（1930）和《信仰上帝的源泉》（1908），启发了圣埃克苏佩里的评论。

它包含，尽管或多或少不完善，某种普遍意义的成分。简单的东西。因此，真实的东西。

况且，在这种层次，我所能发现的，也只有是真理。我带给人的是他们的真理——而且我还要打包打捆。（伏尔泰的卑劣行为[①]。）我这样可以表明“小册子”的愚蠢。这与伏尔泰何干呢？抑或斜眼偷窥。

109. 一种架构表达出来，就具有一种内在的必然性。这种必然性就会复现在所有的符号中。符号就是衣着，能让人看到一种架构。

110. 非常重要：多方面观察表明，进步，即使是直线的，也丝毫不必预知未来，只需意识到现在。（这种意识所允许的架构概念的变化——纯创造行为。）反之，混乱的趋向，或者熵增加的趋向则表明，没有意识，休想有任何进展。朝一种高级组织的类型直线进化，可能性即便无法解释，也不需要根本不能满足思想的一种目的论概念。每一阶段，意识飞旋就足够了。

111. 唯独生命组织能量储存库。

112. 没有矛盾的社会——斯巴达、罗马——都曾经富有创造性，（然而，埃及和路易十四呢？）不过，希腊、中世纪，可谓民

① 可能指《伏尔泰》报于1936年1月刊登一篇文章，诋毁圣埃克苏佩里在利比亚飞机失事中的表现。但是，不能完全排除影射伏尔泰。

主……在此是一种概念真理的事例。如果我找不到简单的形象，得以摆好埃及和路易十四的位置，或者赋予创造一种特殊意义，或者赋予秩序和混乱一种特殊意义，而且，尽管我总有可能“重新胶合”我的理论，我却要舍弃我的真理，就好像让我失去了兴趣。我所能说的就是，也许有某种方法确定秩序和创造，能允许我析出一种架构。我的行为会很简单，鉴于我谈论秩序和创造的方式，我的论断自然而然就一清二楚。有人会对我说：“除了明显的事，您没有表达出什么。”当然！科学让世界恢复明显的面貌。人发现不出隐藏的真理。

113. 克洛狄娜·绍奈兹[①]谈话。她指出佛朗哥在斯大林的规范中，找到了他的心安。斯大林的规范为这种心安提供了正当理由，只因暂时完全放弃自由，是准备明天的解脱。

然而，如果说是现时的解脱，或者现时的心安，就意味解脱与心安的条件已经具备了，不确定的未来就无足轻重了。重要的是未来不确定，究竟是要架一座桥梁，还是创造自由的条件。再确切些，创建（即进入某种活跃的状态，不过，我用“活跃”这个词，并不是取其寻常之义，下面再说明）。这种屈从于建制的氛围，作为强制的结果，归根结底还是斯大林的强制，并非效果尚不可知的未来自由，难以期待将佛朗哥培养成佛朗哥喜欢的人。何况这个人的动机，与托洛茨基和无政府主义者截然相反，他会发现他的革命已经背叛

① 克洛狄娜·绍奈兹（1906—1979），女文人，记者，主要为《玛丽亚娜》杂志工作，以诗集《天使的咬伤》（1936）出名。

了。这样一种目的，如果激励我，促使我喜欢上我本人，就因为给了我存在感，那么目的一旦达到了，就毫无理由讨我欢心了。我的生活意义就要随之改变，再也没有什么可让我期许，在我身上所惠顾的是同一个人。因此，相对立的两种目的，可以激励人，一旦实现之后，又可以让同一个人失望。无论从哪种意义上讲，所有革命无不遭受背叛。（我用背叛的字眼，并不表明必然是一种遗憾的变化，只不过是一种无法预料的，或许是转好的变化。不可能通过推理就了解，在一定的条件下会出现什么人；大家并不想未来。）

说来很简单，佛朗哥在斯大林式的强制中，找到了他所谓的解脱。他还想象自己高大起来，只因他受了我们处于矛盾境地的那种尴尬的锤炼。他要极其尖锐地抨击乡间老保皇党人的那种心安理得，可他自己打造的心安理得，也不见得高明。如果说更高明，唯一的凭证，就是可以随心所欲，仿佛天马行空，超出清晰的思想意识。保皇党老典型的彩头，不过是思想意识上的。佛朗哥在单纯依靠一种思想意识的行动中，便得以解脱了。这并不新鲜，正像纳粹主义，像伊斯兰教，也像玩滚球戏的人。

须知有两种办法走出矛盾。其一便是为自己随便打造一个简单体系，只要同他的真理对立的就斥为谬误。这是狂热者的天地，明确地设定上帝和魔鬼。这是斯大林正统的天地。这种天地最适于，最便于雷厉风行，既然打击的对象十分清楚；不过，异教徒屠戮不尽，不得不持续进行，而异教徒又不计其数，因为规定的《古兰经》没有吸纳他们的真谛，他们也以同样的狂热，为了同样正当的理由，主要坚持他们的真谛。而且，这种天地尤其禁止，通过每次都能提升的综合取得进步的任何可能性，因为本来就禁止矛盾。一种论断战胜反论断并不是综合。

另一种办法，则是允许矛盾存在，即使不为人的思想所容忍。也恰恰因为它是无法容忍的。人的思想，诚恳地接受两种实验性矛盾的真理，而丝毫不能容忍矛盾。却肯拼力发现一种语言，以便全盘照收这两种真理。接受一种矛盾所产生的动荡、困窘、疑惑，乃至混乱，从本质上讲是丰饶的，筹备更高层次的喜悦，远胜于狂热者的信念：思想意识胜利的喜悦。内外观察的真理，我称之为实验性真理。法国的士兵，气度不凡。对阵的士兵，也是同样的仪态。我拒绝这样看问题的方式：为了保持始终一致，便不可避免地先入为主，只将敌军视作匪帮，由受压迫者和白痴组成的乌合之众。我称之为实验性真理，就是这样的事实：雕塑家或者诗人，诞生于这种既定环境中，而不是在那种条件下。要由理论解释存在的现实，解释生活，而不是颠倒顺序。有些人硬要通过给雕塑家金钱的手段，充当雕塑家的角色，我对他们不感兴趣。这就是理论。实验性的真理，大教堂就是一例。要我拈出其中的意义。从它各个角度看，也许并非必是大教堂的文明。首先应当指出，这是分析的成果。接着，便是综合，涉及这种分析的各种结果。然而，这种分析让我了解到，譬如在苏联存在诬告。为了一件好事，我就视而不见缺陷了。这样做，就是推理。我渴求能调和我的各种希望的论说，而在我的希望中，就有排除这种诬告氛围的人际关系。自不待言，如今，没有向我推荐任何综合论述。然而，我却同佛朗哥相反，接受调低我的心安指数。

114. 残忍事例。我囚禁在一种特殊释义的词中的，不是一种状态本身，而是某种结构，专制。毫无理由地把这种整体胶合在精神分析上，举例说“残忍的爱”，这或许就是冷漠，既扮演“小宝贝”的角色，又似乎很残忍，因为还有一份爱意。

115. 先以这种游戏改变生活的意义。“这里，大家不检举。这里，大家互相帮助……这里，大家都沉默不语。”于是，这座房子的气氛就彻底改变了。世间根本就不存在这种希望的乌托邦。“人还是同样的人吧……？”无稽之谈（贵族的那种气定神闲培养不出来）。我在阿根廷时，趁机场无线电站站长之间打嘴仗，做了一次巧妙的试验。你们在什么地方看到，个人问题起了很大作用？吸收你加入邮航队列，“这里人人互助”。正是这样，你才松了一口气！

116. 实验社会学（大教堂培养雕塑家）和科学社会学（金钱培养雕刻家），两者之间的对立。

117. 必须从属于有相当实力的团体，（对比马诺斯克农场[①]，拒绝加入……）只因组织太小无法生存（豪华欧洲与弱小国家）——还因为必须创立一个强大的赞助者，以利于艺术的发展（一万法郎售价的手表，小机构是生产不出来的）。

---

① 马诺斯克农场于1937年9月，拒绝加入法国作家齐奥诺倡导的和平主义。

118. 并不是因为是纯“智慧”的，欧洲平衡的概念就能受到欢迎——也不是因为它是“传统的”概念，而传统所创造的（或者所维系的），是国家平衡的某种状态（这是融为一体的智慧）。从这一事例中，我能得出“演变关系”的真正意义，保证收获（例如艺术繁荣），智慧融为一体，每人都发挥作用（又不显眼），但是在纯创造方面，人就发挥不了作用，因为人发明不出未来。

119. 譬如说，您要攻击法国航空公司[①]。有人就答复，向您指出公司不可能变换管理方式，也不可能导致别种后果，我们还能看不出来，给出理由跟女人的辩白一样：“六点钟我不可能在这里，因为六点钟，我在那边了……”创造并不处于逻辑之中。

120. 审判知识分子。纳粹并不认为，从洞穴时期起到今天的文明，人走过的全部历程，多亏了他们所谓的“知识分子”，也就是说，多亏了或多或少自由表达而不断提供的新概念。而且，他们奋起反对由知识分子管理的一座城市，也是理所当然的。知识分子可以自由表达，但是根本无权统治（在纳粹那里，倒是智力在统治——不管他们怎么想的——可是情况更糟，因为那里是一种低智力的统治）。要知道，归根结底，智慧，如果不受限制，如果能带来一种丰富的语言，也就是说，丝毫无遗漏地吸纳矛盾的各种真理，是协调而非混杂，还要超越。人们不会抵制这样光明的魅力，而且，这样的真理“具有了新的使命”——不过，每种智力均由傲慢统御——

① 1933 年，由五家私营公司组成法国航空公司，1945 年法航国有化。

而每个狂人——都认为给这一体系中投入一份综合的论述。这种谬误相当普遍。（关于原子，推出多少解释而被拒绝？因为不那么简单。）如果有权强加，那就以不能自圆其说，又无法弥补的断裂来毁了人。植物从浇灌的水里，汲取生长所需要的盐分。只要水流淌就行了，无须判断，植物自会判断（这丝毫也不意味从众）。

121. 人的自满比什么都更为神秘。对自己的影响的这种浓厚兴趣，这种自高自大，不可一世。堪比国王，受到如此颂扬，然而，为什么内心现象占据了他的注意力，而唯有外界现象才给他营养？

122. 词语的奇迹：防御工事的气味不骗人。

123. 关于头头的严重误解：提出要求的人……他需要这个……不对。作为头头，首先是需要别人，如果根本没有头头，就不需要你们了，无政府主义者！

124. 你们全然忘记了，建制要体现人的价值——社会，就是千百万个体行为价值的体现，赋予社会以意义——一个国家的意志，体现个人的意愿。汽缸的弹力和铎拉：发明得以引导，便是集体的作品。然而，一个政客却找不到这些解决方法。

您瞧一块石头：每个分子向下拉力微乎其微——但是各尽其力。从而石头很沉重。每当不再拉住它的时候，它当即就找准滚动的方向。

为我们找一个头头，这是为了我们，我们自己也寻找。一个头头，无可限量地需要其他人。而我们希望有人需要我们。这里谁也不需要我们。我们在候见厅久久等待给我们差事做。一个头头，就是吸引我们的人，出钱购买我们肯出力相助，绝非把这当作施与恩宠。

您瞧梅尔默兹。人处于很高要求的时候，那种高兴的劲头。（一句话无法辨读。）

你们实在悲催，不需要伟大。你们是什么人呢？

125. 这是节日的概念在起作用。这个人节省是为作乐。这个人节省是为别人。民主取消了这种概念。

126. 哪怕一个人遭受不公正待遇，只要你们不感同身受，仿佛是对所有人的伤害，那就毫无希望。

127. 应该重新看待精神分析，仅仅保留其扎实的贡献。

a. 贡献。精神分析强调了符号体系的重要性、符号的普及性（重叠的符号），精神分析在表现现实的符号瀑布中，确定了现实的位置。

b. 但是，精神分析将符号的这种机制，创立在一种荒谬的概念上：抑制。或者更为荒谬的概念上：潜意识的压抑力。（本身并非荒谬，还是作为符号体系的驱动力。）

我认为这类搬移术和这种化妆术，就是神人同形的论调；而且，“潜意识”的概念也干预进来，仿佛一座地窖，里面储存着食物，时有伪装的幽灵逃逸出来，要上意识的舞台欢跳华尔兹舞。这两个“层次”就是这些相似概念的事例，而这些概念却得不到任何回答。

显而易见，提出来的正是下面的问题：“遗忘的事物就某个地方……”另一方面：“遗忘的事物，其实还继续活动，因此……”

128. 再谈谈前面提过的事。

我讲过干渴的焦急的渴望。人感到“窒息”的时候，也是同样情况，喘不上来气，就像吸氧器发生故障那样，没吸入还以为在呼吸。

129. “保佑雅哈维，我的灵魂……不要忘记他的任何恩情……你的青春，像鹰那样重生。”①

130. 祭祀逝者，就是人作为灵体的诞生。所有这些见证者。所有这些因是典范而圣洁的成员。即使未入教也有灵性。

131. 这把钥匙。在这座剧院。在这里传送什么呢？传送，就是联结，也就是创立人。什么人呢？

132. 很想念乡村那段时光，在那里能考虑人生。因为，我们在城市，普普通通，就连跟孩子爱的关系，也不如黑人家庭亲密。

---

① 这段原文为拉丁文，是作者在《笔记》中唯一的拉丁文引语，引自《圣经·诗篇》，截取三句诗拼在一起。或许由飞机联想到鹰，再联想到浴火重生的凤凰吧？

133. 风格：他们从来就不知道是怎么回事。

134. 我根本就不怕自相矛盾，深知矛盾不过是语言结结巴巴，还未能抓住要说的对象。谁害怕矛盾，裹足在逻辑中，谁就是扼杀自身的生命（谁丝毫也不肯做出痛苦的努力，闯过诞生的这种难关，谁就是不肯孕育生产），谁害怕身上要把它连通世界的隐秘的诞生，而语言又受限制，只能摸索着领悟，这里发现一角，那里发现一处边棱，这里又发现一个基座，却不能全貌掌握先于物质的大教堂，谁只寻找常用语，只使用可以列出公式的材料，这样的人，我敢说，就是死人一个。

135. 说是荒谬的事。或许孩子们不理解——也就是说，唯独他们理解。

136. 令人惊诧的广播节目，始以不能再古典的低俗方式，继而激扬《马赛曲》，其中包括“播种与收获”。

然而，《马赛曲》首先包含社会渣滓对官长的仇恨。（还有对自由女神，心爱的自由热情奔放的爱——那种热度在我们身上已不复存在。）

然而这里广播，似乎风格拙劣，不知道是谈论谁了。好像是竞选演说。这个国家瘫痪了，只会反复查看唯一的遗产。

共和国总统愚蠢——平庸的神化。可是，受总统接见的人却深感自豪。职位抵销人，达到前所未有的程度。大家相信职位，如同相信选票结果的功效（参看波雷尔[①]的可能性）。不错，如果事关一种判断——而不是涉及一种创造。可见，永远不可能。引导性的概念、选民的那些聪明的老板，都抵制这种创造性。昨天的真理，留存在群众之中。选票的统计可能使这一真理显现出来（火车头的烟筒就是这样，如果我询问一百位老人，就高耸在他们的童年中）。然而，明天的真理，就不可能存留在那里。而民主则是一种无与伦比的制动器（当它一旦要放开！）。

不过，民主要反驳：我们实现了最好的环境……

或许有利于思想的诞生——但绝非从思想到行动的通道（出色的原型和毫无价值的系列的秘密）。思想本身，只不过是分析。

我们无能为力的根源，似乎是由于在我们身上，直觉反常地相信一种机械决定论。明天的世界就蕴含在今天的世界中——而应当有创举的人，要在阅读的现实中寻找事件的意义（阅读而非建造），就好像发生的事件有意义似的！（他心中暗道：事件的意义，等我发现了的时候——意义肯定存在，既然将来，历史学家会发现——因此，我行动很可能有效果，不必同内在的真理搏斗了。）他们相信明天的社会从今天的社会走出来，犹如橡树从种子发芽开始生长——势所必然。他们力图读出并不存在的内容，结果一事无成。再不然，他们就信赖这种投票，仅靠选票就能发掘出隐藏的真理……（不错，如果真理“包含”其中。就好像群众是保管人。群众瞧见凶手逃走了。多高个头儿，却说法不一。如果我要确认身高，就可以借助于统计数据。）

① 埃米尔·波雷尔，详见《笔记》第三本末注释②。

尤其是他们只关心机制的完善。

铎拉就是这样，以其完善的管理机构，有各种订单和与中途站的联络，完全可以建成实验室。然而，他却创立了一种唯一有效的能动性。于是，汽缸就不再熄火了。

一块石头下沉的重量，是由所有微粒的分量总和聚成的。

然而我们，法兰西，我们身上没有任何倾力，没有任何意向，我们还想要趋向胜利：广播、宣传、武装、照相机，无不起阻碍作用：指给我看看这种往前的拉力！你们尽可以改变行政机构，（同时改变你们对典型机构兴趣的信念！）你们就干脆把一些人给我撂在那儿。（权威来自脑袋；你们给我一个脑袋吧。）

里维埃尔[①]尽可以嘲笑德国人“利用机会”的倾向，而我们没有任何倾向，只能利用什么机会呢？表面上的潮流，只是由（错过的）机会汇成的吗？是的。然而，如果没有月球引力，机会又有什么用呢？不管玩弄什么样的行政花招儿，什么也不会展开，什么也不会增长，什么也不会创立，既然什么也不趋向什么。我们缺乏的是意向性。

一些人？我们要多少有多少：您瞧瞧机场上的机械工。如果我们有意向性，我们就会别样机敏，利用机会，开发面前的条条道路。可是，如果毫无行进的愿望，驻足十字路口又能怎么样呢？

这种不可思议的无政府局面。另一个白痴[②]，拒绝美国人有权拍照。（毫不向往赢得美洲。）那个人还很气愤有人研究机枪

① 雅克·里维埃尔（1886—1925），小说家，文学评论家，是《新法兰西评论》杂志最初的合作者之一，并且成为杂志主管。
② 不知确指何人。

的故障（毫不向往武器的效能），希特勒的同意告诉我（毫无意愿创造一种活力），不要帮助芬兰[②]。（毫无意愿抓住求之不得的时机——然而，什么是拱顶石：士气、战略、宣传——还有美国。进入美国的路！）

至于精心策划的工厂罢工——战鼓雷鸣！

这是因为总理达拉第“试图理解事态”。正当并没有什么要理解的时候，而他，却可以到场，这就是解释。他就等待母鸡从鸡蛋里生出来，既然鸡蛋就在那里：这就是当今世界，即将被一个明天的世界所取代。达拉第就在等待明天的世界。

腐朽的结构。“思想”和“纲领”就是比人重要。一群人的选择，他们因为年长而白头，便购买某种巧克力，看报首选《巴黎晚报》，只因上面刊载证券的知识，他们这种选择，体现思想价值和纲领价值的什么取向呢？

137. 他们企图从基督教所创立的人的名义，摧毁基督教（无政府主义者弑前辈的斗争），并且拯救基督创立的人。其实，他们首先摧毁的正是这个人。*

*述评：圣埃克苏佩里在《人的大地》结尾就写出：“唯独大写的灵气，如果吹拂了泥胎，才可能创造出大写的人。”

他在《战斗飞行员》中，更是反复强调：人，真正的人，成

② 1939年，苏联在迫使芬兰接受其要求而未果的情况下，于11月30日进攻芬兰。国家联盟组织号召成员国救助这个小国，但是法国和英国援助部队未能到达目的地。1940年3月12日，芬兰被迫签订莫斯科强加的一项和平协定。

为他和这个国家人民，他和战友们的共同尺度。“人，各国人民和各个种族的尺度。”下面一段赋予“人”深刻的内涵：

“巴斯德屏息专注，在显微镜上观察的时候，也是一副厚重的形象……比任何时候都更能体现为人……尽管静观不动，却以巨人的步伐前进，而且，他发现了广阔的境域。塞尚也是这样，他面对自己的画稿，一动不动，默不作声，正是一种难以估量的存在。他只有在沉默、感受并判断的时候，才能更体现为人。于是，对他而言，他的绘画变得比海洋还要辽阔苍茫。”

138. 我要撰文向您表示敬意，而人们不知道崇敬您的憧憬。我要把您的憧憬扎成花束。担负责任的人一定得经常站起来。我来担负起您的激情。结束了，被人鄙视的苦痛。

139. 精神分析。总归能发明一个体系，其中任何口误笔误，都可以通过深挖意识，或多或少给予解释。弗洛伊德说“总归”，是有道理的。不过，“总归”也只能用在必要的规范中，要看观点确实总在起作用。一种观点不存在真假的问题。感受这些事例，不应该当作超验性的示范讲解。这样安排方式适用于任何论著。就是这样，我要把一切细小的事物，重新引向“平方反比”的原理①。

140. 在人需要表达或“被表达”方面，会有许多要说的话，（以

① 牛顿在研究天体力学方面，推算出来行星间的引力，是与其间的距离成“平方反比”。在近代科学奠基性巨著《自然科学的数学原理》中，牛顿提出力学三大定律和万有引力定律，精确定量地描述了一切宏观物体的运动。

及要研究的问题。）——在什么情况下烦恼呢？（要知道，晚上站在家门口的农民，绝非善于表达的诗人，然而，他心满意足。）无疑是发生了争执，或者碰到了解决不了的矛盾。恐怕就是这种烦恼的情绪，影响了人的进步。在这种情况下，神经官能引起的象征性的举动，只能是不顾一切的一种“表现”。我若是抓住，也就得救了。

可是，这种争执何在，既然我承认这种情况根本不属于语言的范畴，根本不是明明白白的争执。“器质性的争执”意味什么呢？

不管怎样，这种潜意识压抑力，意味表达的不可能性，并非拒绝表达。我有明显的优势，避开存在于象征行为中的认知方式，明确指出另一种认知方式，因为，这跟语言形象一样，也是认知的方式（归根结底，无非是形象）。

“通过语言形象的认知方式，排除了通过器质性形象或举动的认知方式所强加的烦恼。”

不管怎样，我在这里，重又找到从动物到人进化的动力，以及人的概念的收益。人，就是不断向上的生命。

141. 认知，绝不是拥有真理，而是掌握一种协调的语言。

至福，就是掌握主导性的概念，达到一种连接天地万物的观点。我对整个世界本身，再也不了解什么。但是，在世界和我之间，再也没有争端了。

142. 弗洛伊德会反驳我，总是表明潜意识压抑力显示在不愉快的事情上。——于是，这种不快就证实了心理压抑。针对这种说法，我要回答这种不快的感觉，从定义上来讲，恰恰具有无以名状的特点。我要比他更进一步，因为，我能说明白——我——为什么——感受到，就同时，当即产生不快——为什么这种感觉受到抑制。在一种概念明确形成之前，争执首先是吸纳不进来的。

然而，毕竟，在所有这些步骤中——哪怕仅仅是感知——女人发脾气不指向直接的对象——男人则向我表明他要力图弄明白。

143. 剩下来的便是口误的问题。从来就不是偶然的，不错。倾向于实现一种渴望。不错。甚至拒绝某种讨厌的事，不错。我所要批评的，是这座桥梁——一边是这种完全自然的拒绝，根本不必依托一种复杂的机械论——而另一边，面对某种讨厌的事，又回避到掩饰上来。

144. 这里便隐伏着弗洛伊德的一种内在矛盾。某件事让我生厌，为什么我不干脆置于脑后呢？为什么这样两面反应，又拒绝又回避呢？这种虚假的形象要产生内疚的压抑。有多少事情我都可以忘怀。

145. 某件事，如果我忘掉又浮现在脑海，那就不像这个门房和伪装欺骗这个门房这么简单了。看来这是由于——在模糊不清的层面上和一种费解的语言中——这恰恰是解决矛盾的办法：综合。我要比弗洛伊德深入一步（我扩展得更开，这标志一种更广泛的真理，因为我不仅解释掩饰的动机，还解释这样掩饰而非别种的必要性）。

在同一条路上，我比弗洛伊德走得更远，因为他给我指出，上溯心理联想的因果关系链，根本不是解释心理活动的历程。

146. a. 我完全清楚——这至关重要——处于疲惫不堪的状态，神志任何努力都不可能，我就会自然而然，以形象思维方式表达现实，不会有任何心理压力干预进来。

b. 我知道，比起笨拙的语言表达来，这些形象要完整得多。

c. 我很清楚，我回想起来的，绝非寻常的琐事，而是事件的架构。事情的本质就寓于其中。我自然忘掉了事情的模式，只记得架构（从而有了抑制的表象）。

d. 我也很清楚，这种替换是多种的（三场梦就是无重数）。

147. 问题就是现实和思维之间的这架桥梁。

148. 假如我再也不能剜眼睛了——如同那个拜占庭皇帝①——正是这当儿，我俯向他那张面孔，我认出了我的主神的面孔。

我还想要说，语言缔造我，也就是说，我所建立的关系。

149. 于是，凭借这种可能成为世界性的语言，在法国已经达到对称，而那一位则绝不肯改宗。我绝不会跟那一位争夺这种权利。

---

① 即巴西尔二世（约958—1025），拜占庭帝国皇帝。960年与兄弟君士坦丁一起加冕为共治皇帝。985年，巴西尔二世开始当政，大肆扩张领土，对保加利亚王国进行长期战争，占领北部和中部，对保加利亚俘虏施以剜目刑，每百人仅留一只眼睛，让他们回去见他们的沙皇。这一暴行使他得到“保加利亚人的屠夫”的称号。

我要说：我一开始就偏爱我的语言，因为我选择了这位大贵族，舍弃了那一位。

150. 弗洛伊德。不管是这种方式还是另一种方式，问题就是首次出现矛盾的问题。在动物的意识中，压根儿就没有矛盾——按照一种表面的逻辑——动物的意识应当是个矛盾结。

我一直依照表面的逻辑发挥，可以做出这样解释：其实，正是首次的肯定，带来首次矛盾，而首次肯定在动物身上也并不存在。

然而，在这种发挥中，表面逻辑也许覆盖不了任何现象。

151. 事例。不可能复制一个达拉第，向复制体指令他的决定，因为生命渗透到律动中，渗透到回应的随机性中。人有两个重叠的架构：智力的架构和舞动的架构。

152. 矛盾并不是来自这种情况：如我确定一个架构，接着，第二个架构，我显然把一些认为不同的存在体对立起来，或者至少我将其分开，而它们却包含某些共同的成分。（我不能界定跟相邻的架构毫无关联的架构。）

153. 概念。一个概念，就是一个整体的名分，再确切些，一种架构的个性化。然后我加以利用，把这个新的存在物当作一种不变式，“红色”跟马克思主义的阶级，或者牛顿的“平方反比”定律，都同样是一种概念。这一概念的“简洁”“单一性”，仅仅来自它的内涵，如同不变量。慈善是一种概念和一种架构，它支配着一定关系的体系。但说它是不变量，也仅限于我保全概念的名分中。它属于我所创立的不变量。

154. 不过，这里所碰到的，无疑是简单的语言困难，因为，讲一种架构固定与否，其实毫无意义，确认一成不变的架构，仅仅是一种“思想活动”。应该这样说：架构是否起引领作用。假如我通过一面稳定的关系网，确保架构固定不变，那么架构就始终是主导。

155. 须知我的这些架构彼此重叠，而推理——势必要区分辨别——可是也变得模棱两可，含混不清（这种形象在这里，也许主要是语言的问题）。

156. 概念所包含的定义，是先于它就存在了。概念，就是给“这个”下定义的理念。（“这个”，仅仅先于一个整体。随后就变成一个存在物了。）

假如我支配随便一条线，弯弯曲曲，其中周期性每段有规律的曲线条，就是一个概念。概念，在这里，就是简化世界。并且规整世界。不能说我“找到”这些有规律的曲线条，是由自然隐藏在这里，先于我存在的事实，因为，显而易见，我随意画线条时，根本就没有想“有规律的曲线”，只是随便什么弯曲的线条。

可是，现在我掌握了这种语言，可以表述我的曲线，例如称为 $\Sigma(\lambda)$——曲线意外形成一种线条，犹如数学中的横坐标。这就足以让我了解此处的纵坐标了。收获是什么呢？

157. 显然，我的曲线根本没有名称，由我命了名。我命名时，就明示了它的资质。但是，我回答不好我的问题。我这一举动，也许是先验性的：一条曲线具有的意义，首先只是画在纸上的一条线。它不可能是“思想”——不过，从此以后，我可以全然忘却形象，而又把它容纳在心中。我改变了概念的层次。

158. 思考：我的曲线粗略接近于我得出的“不定数项”最终的“和”。我认为自然法则很简单，就因为我觉得，用一个不定数项最终的和就表述出来了。什么也不能向我证明，一种无限性就不该是一种完全明确的存在体。于是，“支配”自然的法则不复存在，只有支配我偶然画出的这条曲线条的法则。

假如在我看来，一条曲线表示全部自然现象，那么同样，不定数项的Σ和对我而言，也差不多说明了自然现象之间的关系。

159. 有什么东西我在心中把握不准。我借助这种相似性时，说的话只适用于已经成为过去的事，而不是勾画今后。然而，一旦涉及重复，科学就预言在什么地点，又如何嵌入时间的概念（这个问题提得很不恰当），那么时间概念，在这两种情况起不同作用吗？

160. 我抛弃：一种“要素”起了作用之后，就历史性地变为一种“符号”。

161. 还是谈这些知识分子。他们搞不懂基本的、几乎不可抗拒的推力，因为，一旦引爆话语，“渴望宣泄”与“正义感”，在一个方程式中，就具有同样分量了。他们就是这样，提议裁减军备，一如不了解海洋的力量，他们当初就要倡导拆掉大船的主肋骨。

一个社会如果组建得良好——达到平衡的状态——因为稳定不动，一切顺利运转而不为人所见。有些鸟雀只是啼啭悦耳，羽毛鲜艳。可是，你们除掉食鸟儿的雀鹰看看——那些鸟雀就扫荡你们的庄稼。平静大海的力量就是这样：让我以为可以平掉堤坝了……

162. 我们很难想象人还能喜欢战争——当民众开赴战场，我们便发明出一个希特勒的疯狂。正是“话语”运作了灾难（滔滔不绝，谎言的欺骗）。可见恰恰相反，正是话语成就了奇迹。常用的漂亮套话的神圣性支配着我们。这些套话稳定着海洋的大众（如同在一座兵营，按照建制的惯例，一位不携带武器的上校，就稳定着一群武装的士兵）。

其实，假如忘掉了那些话语，贪婪而密集的人群，就要蜂拥奔向人烟稀少的绿色地区。他们到那里献上了个人。可是人，可是人没有良知的活跃天性，哪里把个人放在眼里。毕竟是由于话语，意大利才没有冲向突尼斯，意大利人怯懦。意大利人受一种良知的支配（生活的乐趣），不喜爱战争。墨索里尼，不是体现一种话语的胜利，而是超越话语的一种胜利。况且，德国大举进犯的时候，首先令我们愤慨的，绝非无视一些宗教面孔。这是因为荷兰的行为抵消不了德国的行为。令我们气愤的，就是语言的爆破声响。

163. 至于个人，如果说个人，没有作为上帝赋予人的无限性的形象受到尊重，没有从概念上感到自身的重要性，那么他就会像中国人或蚂蚁一样死掉。*

*述评：这段文字大约写于1939年。第二次世界大战爆发之前，日本帝国主义就大举侵略中国，大肆屠戮中国人。杀死一个中国人就像踩死一只蚂蚁，这种反映我国屈辱境况的说法，已经不胫而走，传到圣埃克苏佩里那里。他信手拈来，当作比喻写入文中，无意贬低中国人，倒成为日本侵略者在中国犯下罪行的旁证。

164. 如果我发明一种言语（希特勒），让人接受死亡，我也没有对抗自然。大自然接受死亡。我的言语在人生坡道里找到了根。

当然了，首先必须忘掉许多事情。

无论事关非基督教化还是裁减军备，我们跟拆掉海船主肋骨的那些人做法类似，都被平静的大海蒙蔽了。他们以为大海定型了。

我当然同意，一个概念体系会通向死路。医学就是这样，把人的毛病治得看不见了，结果害了人。（伏泰尔[①]的慈善是种犯罪。）崇

---

① 伏泰尔是笔名，原名克莱芒－亨利·伏莱（1876—1954），记者和文人，著作甚丰，多出版于上世纪二三十年代。作品中以中庸的常情常理名义讲话，他也有天赋，能惹恼纪德。纪德在《刚果之行》和《日记，1939—1949》中都提到他。主要作品有《我的本堂神甫在富人家》（1923）、《太太不要孩子》（1924）、《我的本堂神甫在穷人家》（1925）、《时髦国之行》（1928）。

拜物质财富就是这样（由广告引入），抵触这个体系（精神的人）的其他部分。有些方面垮掉或者彻底清理势在必行，这一点在我看来再明显不过——而且，从这一步到一个概念体系坍塌，还有一道鸿沟。我不相信希特勒是不可抵挡的。希特勒会重新发现大海的力量。这没错儿，从某种角度看，这实在绝妙——而我们呢，只需发现船主肋骨的实力。思想，如果有此意愿，就能给世界一个形状。还有意识，总在建造，抗拒地心引力，抗拒变化的熵，抗拒人类。如果我描绘一尊神的形象，这个乞丐能稳定一座城池。

笔 记（第五本）

全文共 89 条。

1. 他们拆分思想和行动，就像另外一些人区分开行动和梦想。

2. 人在生活中，一向没有时间。

3. 税制。这种复杂的制度导向的这种公正，仅仅是表面的，只可能源于一种实用和一种坚定理想的疏离。因为这种理想，也完全可能由相适应的薪酬直接实现。这是幻想，举例说，我削减了百分之五十的高收益。然而，削减一半，他们仍然是高收益。而我压缩的数字，开头已经抬得很高了。

4. 应当注意，“纳税负担”的观点，纯粹是一种语言的观点。物品成本价五十法郎，企业家出售价一百法郎。税款二十五法郎，那么，他的收益不是五十法郎，而是二十五法郎。损失了。可是买家呢，也可以对我说，如果没有税收，他花七十五法郎就能买到这件物品了。同样，也正是他纳了税。什么也不可能为我裁决这两种论说。

5. 社会保险中荒谬的资本化，源自“攒钱养老”的这种观点。今天的老年人，虽然不付一文钱，社保机构也必须当即投入款项，才能实现给他们养老。的确，简单的养老金，建立在简单的税收上。

6. 事实上，也巴不得重建这种封建式经济，迫使企业承担起供养老职员的责任。

7. 如果社会保险运转起来，1938 年交纳养老基金的人，要过二十年后才能领取退休金，这就意味二十年间，要积累资金，即征集不可能投资的荒谬的金钱（真正的投资是现时的才干），就像不能形成购买力一样，也完全丧失投资的机会。

有人声称二十年后，就发放这笔投资的利润，这也许是并无深意的神话。其实，青年和老年人形成的群体，数量是稳定的，每年发给老人的钱，是从众多年轻人身上征收来的。如果九十个年轻人供养十个老人，我要从一百法郎的工资中扣除百分之十，所有人就拿九十法郎了。

我今天就可以推行我这种配制（青年付钱养老人的角度），因为，从个人主义角度来看，我，今天的青年，为我，以后的老年付款。我这么做的结果，荒诞到了极点（“我的”钱寄存的荒唐做法）。

8. 这似乎是一种普遍规则，社会研究必须非个性化才能理解。否则：

a. 存款的幻想；

b. 始终可能再投资的幻想；

c. 必须“存入”社会保险这笔钱的幻想。

9. 存起这笔钱，这不折不扣就是今天存储大葱和土豆，等二十年后卖出去（我存留起来的，就是一部分购买力），可是，全要烂掉！

10. 到头来，谁都不要来抱怨渎职并引起公愤的事：这笔款本身也烂掉：钱跑哪儿去了呢？毫无疑问，一个妙招儿，也许拿去建别墅豪宅（当然没有收益），可见，跟爱老毫无关系。或者说，这二十年间，我建养老院了。可是，他们把什么都搞混了。

11. 我总说熔咖啡豆毫无意义：这有一种意义。习惯使然：贪图一点点安逸，就再也省不下钱了。总得生活嘛。那么，如果我给购买力推荐生活必需品的存货——不是享受物品——钱就会出来流通了。这样同时解救了失业者和资本家。我越是熔咖啡豆，货币会更好地流通，从而减少失业。

12. 西班牙。我们很想给他们所有人包扎好伤口，把他们聚到同一个牧羊人的斗篷之下。

13. 所有这些老鼠，从洞里驱赶出来。令人安心。

14. 蒙特威尔地[①]：这种宁静的聚会，接待了寒冷而心惊胆战的人、忍受孤独而缺乏安全感的人。我不再孤单了（进入大音乐中）。宗教也如此，这些美妙的形象，虽然不知其内涵如何，我同样把它们收集在一起，使之平和下来。

15. 概念“开始现身”，就毫无效用了。

16. 文明：死亡又有什么关系，我们就是一曲乐声，向星际飞升而消隐。

17. 热能现象称为熵，我在自然界到处发现。如果不是有意干预，熵就会越来越衰弱；假如我将提供内在能量的 S 系统（由内在推力产生的机械作用来实现）合成 A 与 B，假如我让它自行接收，没有理性控制，而这能量削弱了，再也不能被比 S 大的 S’ 体系收取了（正如一个活塞和双向的两个弹簧，首先能推动活塞，压力 A>B；但自行传递后，压力就 A=B 了）。

然而，有意通过其中一个弹簧的传递，就能完全补救了。这就是麦克斯韦（1831—1879，美国物理学家）的魔物。

---

① 蒙特威尔地（1567—1643），意大利重要作曲家，参与以意大利为中心的十六世纪末的音乐改革运动。他作为先锋派代表，在阐述其美学和艺术实质的观点时，称自己五十年来，力求将各种艺术形式相互结合的传统追随者，主张艺术作品必须动人，为此可以摈弃某些常规理论。第一部歌剧《奥菲欧》（1607）成功之后，1619 年出版第七牧歌，探求实用音乐理论，根据柏拉图思想将感情分成三大类：爱、战争、宁静，并以不同的和音加以表现，还提倡以各种方法模仿大自然音响。

实际上，我的系统就是左右来回抽动，如果是属于惰性物质的话。假如我遏止我这运动中的活塞，我就获取了它的冲力的能量。而且，包含在两个弹簧压力中的能量跟先前还完全一样。这就是获取的能量的来源？

（这里省略能量缸和熵的两幅示意图。）

（需要 S’空间收回能量，除非有意干预，移开弹簧。）

如果这种能是运动的，我就根据参考系（数学概念，也称参照系，参照物）进行回收。要知道（除了热量），能量不会消失，而此后则关联一个更大的系统：为了回收这种能量，我必须采用一个新的参考系，关联头一个机械的复制品。例如，两个球体的碰撞。可最大量回收的动能，就是弹簧的压力，可相对停止互感应的两个球体。但是紧接着，互感应的球体 2 则开始运动。

18. 当然我还找不到准确表达的词语，但是很显然，到了某一时期，世界上大部分地区，就不流通货币了。我特别希望事情毫不掺杂利益。然而，俄罗斯不再是前往狩猎的地方了，这倒意味出了什么事情。

在浅灰色大帝国时期……

19. 这当然不是毫无关联的——如果我寻迹，探求千百万年来，太阳向我们释放的这种能量（石油、煤炭……）——正是生物，唯独生物，构成了能量的储存库。多亏了蕨类植物或者鱼类。

生物抗拒熵的增长——而意识却可以扭转其方向。于是出现麦克斯韦的魔物。

20. 显而易见，这是个根本性的问题，必须长久思考。能量转化成所有这些形式，是在衰败。也就是说分散了。（至于我这能量，是可以回收的，只要有足够的气压梯度，只要积聚能量的容器可以进入，只要能量安排得妥当。）流淌的河流构成一种储存，而不是一个漩涡。锅炉烧到的一百度，并不是从撒哈拉到普通的一百度；绝对一百度，而非绝对三度。我点灯照亮时，消耗水力发电，有具体的成本。不过，灯光一旦照亮了我，我就破坏了极小部分的光子，为我个人所用了。而且，这部分能量，从理论上讲，在什么地方也许能够回收——但是，在封闭电路里的电能，绝大部分我没有收到，让我散失到宇宙中了。即使没有散失到宇宙中，归根到底，还是没有组织安排好。没有了特殊的管理，也没有相当精致的工具——以及相当精妙的意识。

如果在一个围起来的场地里，滚动着许多球，我放进去一个特意赋予能量的球，而这种能量如我所知，是可以测量的——而且它的导向——也有别于平均静止度。但是，如果按照我的意识产生的一种行为，我不再维持它的能量了，那么过不了多久，这种能量就分给所有的球了，完全成为平均静止度的一种成分了。

21. 其实，我若是想储存太阳能，就做得到，可以建一座堤坝：非常准确地说，也就是拯救我的球（我完全可以建造一个斜面，接收这个球），这就是意识的一种作用。再不然，干脆将这种作用赋予生物体，让蕨类等生长然后腐烂，或者果实酿出酒精来。我所建造的堤坝，就是生命的作为。

22. 就这样，植物拯救阳光，我熟悉一些洞穴，苔藓在灯下生长，能够吸收灯光。在满苔藓的洞穴或许把光全部吸收了。

23. 假如 S 是一个封闭的容器。我需要一个空的 S’容器，以便储存一定的能量。假如现在，我打开一个定时开关，放出一定量的煤气，一切都按轴向进行，即使分子状态不同，如果管 1 为开放时间，有一段时间在管 2 和一段距离，我会发现速度最快的分子，并且以此类推。因此，我就能将不同速度的分子，愿意筛选进多少管中都可以，从而重新组合能量。然而起因呢，正是意识，亦即生命的参与。可是，真空的能量呢？爱丁顿①还是不大敢讲，他只是说生命能让夏季出现冰，冬季出现火。

24. 使用分隔两个相同压力和温度的容器的一个定时开关，也许能完善这种图景。

25. 如果没有意识的堤坝（组织架构），太阳能就不能储存起来，因为地势高的湖泊接收多少，也必然损失多少能量。生命回答可能性的法则。

---

① 爱丁顿（1882—1944），英国天文学家、物理学家和数学家，相对论、宇宙论、恒星内部结构和恒星动力学等领域的先驱，也是科学新思想及其哲学意义的出色传播者。著作有《引力相对论报告》（1919）、《空间、时间和引力》（1920）、《膨胀着的宇宙》（1933）等。

26. 意识和生命之间，始终保持同样的互联互通。理性还是意识，这是选择的能力。也是生命的能力。

27. 他们永远也超越不了（达拉第）神人同形论……

28. 我必须绝对坚持时间的作用。每当有人以预见未来界定科学的目标，我的确总是非常反感。务必将这种概念砸成两段，指出科学不做任何“预言”，无论社会的明天（美洲狮），还是生物学的明天（向未来进化），无论还未用来创建实用理论的补充有限小数，还是特别强调的将有限小数纳入新理论。勒威耶计算的时候，赫歇尔发现“新”星球的时候，实际上，他们不过是承认五十年间，宇宙没有充分演变，还抹不掉在一定位数的有限小数上有价值的牛顿形象，他们仅仅预见一种“重复”。科学，就是预见重复的现象，当有人声称另有发现，毫无疑问，我们总能指出这点新东西，通过变换就归入一种简单的重复（从而产生对变换方式的兴趣，例如投影几何学）。我发现的是同一性，这是自然而然的，因为我没有做出别的什么来，值得引入方程式。

科学，就是研究和发现（隐藏的）同一性的东西，不过，在试验的范围里，一种试验只要没有做过，就还不能认同任何事物（参照突现新事的哲学关系）。

或许：在时间的某种生成中的秘密（“添加”的时间绝非“展示”的时间）。

29. 显然，她（雅娜[①]）“发现了明显的事实”，而发现明显的事实，总归是创造出来了。

30. H[②]和熵。他重新武装了人类。

31. 在民主中，我拯救这个落魄的人，但是，在真正的西方文明中，我拯救上帝，而不是人权，不过，我是通过人，拯救上帝的权利。因此，我尊敬上帝——通过人，而非通过个人——尊敬上帝的形象。

32. 依照斯大林的司法——或者纳粹的司法——这个人，如果他缺席社会，我就将他取消。驾驶员就是这样做的，减少了航船的海损。根据西方的司法，我以他心中祖国的名义，以他驾驶的航船或者晚餐桌上他做主的名义，释放了他。我并不知道如何衡量，也不知道如何评价人。

另一位的过错，就是自以为能够评价人。

33. 民主行进的方向，显然是统计的可能性、熵的增长，行使达到极限的权力（无政府状态），以及能量的散失。而民主的最终结果，

① 雅娜·莱奥妮·杜蒙（1890—1968），加斯东·伽利玛的续弦，1930年结婚。
② H. 即费尔南·奥尔维克（1890—1941），法国物理学家。他于1920年，在X射线和透视光之间建立关系。他在蒙鲁日计数仪公司工作时，多次接待圣埃克苏佩里，共同对电磁波的新应用——计量距离产生浓厚兴趣。奥尔维克因是犹太人，被盖世太保逮捕，死于巴黎疗养院中。

就是人表面的解放。纯粹表面的。仅仅是个人解放。因为，(真正的)人瓦解了。

民主的进程依赖逻辑和推理。只因在无生命的科学中，熵的这种增长，则是不可抗拒的。但是在生命科学中则不然。而且每隔一段时间，我们就能看到一场革命，那不是语言所能预见，也不是语言所准许的革命。(从智力方面来看，还有什么比战争更不可接受的事物？阿兰[①]早已发现这一点，他认为要想让世界净除战争，只需发现不可接受的事物就足够了。)不过，时而会有个人挺身而出，起来对抗熵的增长；生命也同样，抵制统计数据，创立分子——重新武装人并恢复势能[②]。不公平（完美的公平，归根结底，就是完美的平衡，即死亡）。等级品位，裁决权，修复它们在所有行动储藏库中的势能。

当然了，图景总要显得不正而虚假，正是开头，巴斯德或者爱因斯坦也见过的图景。公平，这也是旧秩序了。

唯有简化的真理，才能诉诸行动。

34. 建立在公正或者一言九鼎之上的荣誉，也是同样批语。有失体面，总是意味变化了。这就是活着。荣誉适于给死者，说得再实在些，我能重新炮制他们的荣誉。然而今天，他们全都那么纯洁，

① 阿兰，原名埃米尔·沙尔提（1868-1951），法国哲学家，他的著作让几代人深受影响，尤其在两次世界大战之间。他以普通士兵身份参加一战，在前线写出《马尔斯：战争的真相》（1921），最重要的作品有《思想和时代》（1927）、《海岸上的谈话》（1931）、《思想》（1932）、《神》（1934）、《我的思想历程》（1936）和《心的冒险》（1945）。他一生唯一的荣誉，就是被授予文学的国家大奖，是获此奖者第一人。
② 势能，也称位能，相互作用的物体因所处位置或弹性形变等而具有的能，如水落差、发条做功的能力。

力求体面地生活，而他们却相互仇视。这恰恰表明，荣誉体面再也表达不清楚了。

35. 他们所有那些枪决的方案，拿来把我烦死了。何必枪毙人呢，因为，宗教信仰是可以皈依的。如果我把没有宗教信仰的人全杀光了，那么我靠谁来建起基督教呢？再说了，一个人有什么“价值”，主要看他“成为”什么人。我呢，我不知道他是什么人。

36. 我读了布拉吉亚[①]的这篇文章：文中激烈指责我缺乏品位，说我在长篇空话的广播中，极少添加抒情或者感人的佐料，于是我明白了下一次的失败。因为，无论这种抒情，还是这种感人，来自一个纳粹分子，不仅他不觉得——连我也不觉得——十分可笑。可是，我们这边，却没有由衷地许诺。我怎么能临死时高呼“法兰西万岁”呢？我很可能显得又自负又不现实。不过，那一位，倒可以高呼“希特勒万岁”死掉。

37. 看来，死亡不再有利可图了。死亡再也不能赢得比本人更大的名声。那么，怎么还会接受死亡呢？

38. 如果对于他们，法兰西失去了意义，这是因为法兰西对他们没什么要求（总是首先摆在第一位，大家要救护的永远是首长）。

---

① 罗贝尔·布拉吉亚（1909—1945），法国文人，主持亲纳粹的报纸《我无处不在》，法国解放后被枪决。

39. 星球和星球的不可解释性，除了认识的问题，还提出了另一个问题。这就是复杂和简单的问题。因为，交响乐在演奏过程中，汇合上千件乐器，上千名乐手，用他们的弓弦展现各自的才华，每一时刻（或者时刻进行）的这种繁丰复杂性，我完全可以提供一幅无比简单的图景，即截取时间的一种强度，在录音带上足以容纳交响乐和所有演奏者的个人才艺。每一时刻，就只有强度的一种尺度了。星球的信息也是如此。如果我放出一束真实的光，我就创造了棱柱面。这不仅是变得复杂的语言，而且还是图像。接着，我的关于重量、温度、压力、距离、化学性质等概念，就在其他方面展示这种一致性，而且，谈起这颗星球来，我也有得可写，出一本书，书中的章节也五花八门、无奇不有。然而，丝毫也牵涉不到起源，仅仅是一种强度的时间截面。

40. 说得再确切些：所有这些各种各样的知识，整个繁丰复杂的宇宙，我全能提供一幅无比简单的图景。一种强度的时间截面。仅此一幅。

41. 在这种双重步骤中，还有什么事情我还想不到，既然我在综合论述的时候……亦即谈论一种强度的时间截面时——我什么也不知道了。

42. 缺乏条理而无法论证的概念绝好的事例，尽管这些概念也构成一些观点，或者一些“优先”选项。莫德余①：“身为军官，就是执行，然后一声不吭。”他对科尼格利翁②无比气愤。科尼格利翁：“人一旦许诺，就要言而有信，沉下自己的战舰。”他也非常愤慨。天真之处，绝非以自己的正义判决对方，而正是愤慨。这有种幼稚可笑的游戏的意味。我不喜欢这种汪汪的吠声。要成为最强者，说话就硬气。仅此而已。

43. 他们两个人，如果说都在夸夸其谈，其原因正是我在上文关于布拉吉亚所说的：他们的抒情毫无诚意，一种大体上公正的诚意，就能和解相矛盾的愿望，因为在这个问题上，他们每人都肯放下一点儿架子。可是，每人都宁愿当睁眼瞎：“我也不想了解……”这种无视的拒绝态度，在莫德余这边显而易见，至于科尼格利翁也一点儿不假。天主教徒就是这样，有意无视对《福音书》的批评。于是，这两个盲人之间，就玩起了捉迷藏式的残酷决斗。请问，你们想搞什么名堂？

44. 我跟傻瓜抬抬杠，肯定很有意思。

“您知道吗，一块石头为什么掉下去？”

“知道，石头是被吸引向地面。”

“被吸引是什么意思？”

---

① 莫德余，法国社会党火十字行动组织的头领（1931），打着民族主义和反共的旗号，1936 年该组织被解散。

② 科尼格利翁，飞行员和军官，马尔罗和圣埃克苏佩里的朋友。他加入戴高乐领导的“自由法国”的飞行队，在“二战”中晋升为将军。

“就是倾向于滚落的方面。”

“怎么就叫作‘滚落’呢，就是垂直落下去吗？”

“就是掉下去。”

“一块石头掉下去，就因为它掉下去吗？您对自己的说法挺满意吧？”

我拿白痴来对照牛顿或爱因斯坦的思辨，就能推论出来，理解，就是进入一种更为普遍的现象。也许吧，但是——从某种角度来看——无论牛顿还是爱因斯坦，都没有自诩比傻瓜理解得更透。其实，他们仅仅清理出一些结构，并没有直达真理。而傻瓜也同样得出这些结构——还是关键性的。一块石头坠落，不管是什么颜色的。也不管是一周的哪一天。不管是……他也把石头的坠落同更广泛的一种现象联系起来。其实，在这个问题上，理解，首先就是“预见”。所谓聪慧，就是理解，而理解，就是预见（风格结构的问题）：这就是帕斯卡尔没有写出来的“这就是”。要知道，人只能预见重复的现象，而理解，就是清理出某种重复的事物。理解，就是理出一个概念（石头的概念，什么颜色，生成的时期），而牛顿，仅仅得出一个更广泛的概念，容纳了各种不同形式的轨迹。可见，傻瓜反驳我也是有道理的。

45. 还是架构的概念可推而广之，连到爱本身，说明了不同观点所允许的不同举动（伊沃娜[①]）。

---

① 可能是伊沃娜·德·勒特朗日。

46. 概念用于界定我将要重新发现的重复的元素是什么。巴斯德给重复下的定义，即适用于盛怒的孩子。而牛顿所界定的重复，由拉瓦锡[①]运用到新星上——而我更高调所说的傻瓜的重复，则应用到各种颜色的石头上。但是，处于金字塔顶尖者，除了重复的事物，也并没有确定别的什么。他考虑的问题富有启发性，不过，他仅仅界定了我所能判断的事物。他只是跟疯子一样，喜爱组织好他见证的材料。他从中推论出所谓的一条真理，然而这条真理，只是当我会运用时才有意义。

47. 唯一的悲剧是宿命的悲剧。千真万确。但这宿命应理解为内在的宿命（而不靠谱的滑稽剧中），唯一的悲剧是人生。在西默农[②]的小说中，这些并行的人生难逃宿命。西默农笔下的惨剧，无不基于这种无可救赎（没有一种有效话语的救赎）的人生冲突。

48. 精神分析。我不可能直接了解，譬如了解喜欢或者不喜欢什么，因为，我喜欢还是不喜欢的，根本不是一件事实，也不是一副形象，而是一个架构。一个架构就具有规律性，犹如词语（例如荣誉），但从来就只是一个架构。而这一架构，我一旦抽出（表述出

---

① 拉瓦锡（1743—1794），法国化学家和现代化学之父。1766 年因撰写出城市照明设计的文章而获得法国科学院金质奖章。1768 年进入科学院，历任各级职务，1785 年升任院长。他改进火药，提倡科学种植，起草了教育法典。推翻支配化学百年之久的燃素说，宣告“水是氢和氧的化合物”，开创了定量的有机分析。1794 年被当时革命政权处死。

② 西默农（1903—1989），比利时法语小说家。19 岁到巴黎，每天上午四点到八点，用打字机可打出八十页手稿，是同时代作品数量最多的小说家，用过十七个笔名，到 1968 年为止，出版了五百多部长篇小说。第一部长篇《立陶宛人彼得案件》，从 1967 年起，法国和意大利就出版他的全集。他作品中心主题是神经过敏、不正常的人的孤独，文体严谨简洁，着墨不多，便可渲染紧张气氛。

来），作为一种架构，也许我就将其打破了。不管怎样，我加进了一种思想活动（我既无从“目睹”，也无从“确认”对手，并不知道该如何干预）。

49. 我说“打破一种架构”时，就滑向一种武断类比的常规，不过，总可以碰碰“运气”：如此相近的一种类比，还能圈住一点儿真相。（或许这是因为持续性。）

50. 很难忘记词语的“狭义”。以我举例来说：假如我断定过分了，我随即惴惴不安，便“丢开”，可以推断架构应寓于判断的通常尺度中（或许也像护民官的这场梦，再也不能向别人转述了）。这是关系的某种状态。（要提出的问题：为什么象征，童年的记忆，比别的记忆更富有想象的空间呢？况且，象征本身，很可能就强加一种架构，它就是它这“统一体”的拱顶石。）

51. 展开的时间，就是历史学家的时间。增添什么的时间，则是生命的时间。两者毫无共通之处，不过，我们总可以同样利用这两种时间。

52. 我同 H 再次发现了他，她谈起她写的关于贝尔勒①或埃里奥②的故事，令我感到窒息，只因丑化还是夸大，都是同样手法。

---

① 贝尔勒，详见第四本第 40 条注①。
② 爱德华·埃里奥（1872—1957），法国政治家，激进党主席（1919—1926），任里昂市长（1905—1957），建应左翼联合政权，并担任总理兼外交部长（1924—1926），较早承认苏联。

而我，不想操心这类（手法），我不感兴趣。不支持也不反对，我对埃里奥不感兴趣。

53. 假如碰巧，所有生物学家是近视眼。再假如我曾经指出，这一位肯定是近视，接着，第二位，第三位，按照我的标准揭示，似乎是一种显而易见的事。然而，思想活动是另一码事，这是因为我表明我的看法，随后就留心注意到头一个生物学家是近视，接着第二位也是。显而易见、逻辑、推理，这些不过是虚幻的幽灵。一个真相“变得”显而易见，合乎逻辑，推断出来，但是在创造性的行为之后。

54. 法国的利益“有可能”跟英国的利益不同。我说“有可能”，就因为这首先取决于所谓法国的什么利益。如果事关自由或者拯救民主，那么两国利益是一致的。如果事关维持殖民地现状，两国也是一致的。如果事关欧洲的某种镶嵌画的风味，两国同样一致。

换另外一些角度，利害当然就不一致。但是，绝非这种倾斜度的变化，就促使我们的广播和新闻报道这样低俗。

55. 我所说的自由，归根结底，就是对抗数据的行动力（只是数据的问题），也就是完全活力的标志。

56. 要知道，因果关系的概念本身，就包含了前因后果之间联系模式的定义。因此，我们完全清楚，归根结底，两者就是一码事：

在某种几何学运算中的数据。须知关系的任何法则，都要返归于数据的变幻和熵的增长。

57. 一旦恢复爱武装，你们就有救了。武装的价值在于教育人。要不然，你们就变成家畜了。

58. 创立一个概念，就是在纷乱中创立起一体，一种架构，或者由条件反射连起来的关系网。

59. 我在纷乱中一旦创立起一体来，也就出示了一个形象。如果我以使命感的魄力强加这种形象，如果我勉力为这形象制好结缔组织[①]，也就把它造出来了。一个存在物诞生了（到这时候才算）。

60. 这就是为什么，我可以说概念是简单的，尽管由纷乱（的元素）组成；它的本质（和它的特性）则超验于纷乱的元素（新事物哲学）。增添了什么东西。增添的东西就是“一体”。

61. 显而易见，既然我说是“一体”，就是一分析势必拆毁（可分析或者可分解）。

62. 言语远非驱逐一切或者包容一切，因为还有多少尚未命名

① 结缔组织：人和动物体内，具有支持、营养、保护和连接机能的组织，由细胞和不具有细胞结构的活质组成。

的架构（如在狗身上），无疑数不胜数。那些架构由条件反射来定义，一揽子整合一部分散乱的元素。（个体就是这样构成，对自身还表达不明白，表达不清却已然存在了。）

从这个角度进行精神分析，就是意识掌握了完全陌生的这些聚合体的一种。

63. 给我十分明显感到的这些聚合体的由来下定义，就非常重要了。可是，为什么陌生，定义就更为重要呢？当然因为，“城堡”坚不可摧。

64. 然而，我要对付的是我的“观点”，而不是我分析的对象，我该如何抗争呢？

（我并不满意这种解释。）

65. 童年的记忆，除了给总体命名，恐怕并无别种意味。童年记忆如“城堡一般，变得可以利用了。我发现了一条入口通道，可以往里面添点儿东西，否则，绝不会浮现在我的脑海，只会引起我本人的不同状态，从而影响我判断、思考和组织的角度。（瞧我的逻辑）可以通往各种可能的方向……”

66. 也许根本谈不上“打破”一种架构，而是为其命名。

67. 在新生物（超验其各部分）与时间的某一面（能增添的时

间）之间；肯定能找出一种关系，必超验于微分方程式，或者重复的预见。因为，在这两种情况，逻辑再也起不了任何作用（既无法预见现象在时间中的变化，也无法预见整体的特质）。

68. 要提出的问题：整体一旦形成，会反作用于其各部分吗？这在精神层面是显而易见的（房屋能改变这张床铺感情的重量）。不过，原子一旦形成，能反作用于电子吗？

69. 这丝毫也不可能妨碍原子超验于电子，（拙劣文笔的事例：可能妨碍！）既然原子的特质根本不可能从电子的特质预见。

70. 由此可见，过去可能就是个已“形成”的整体，超验于作为未来的情形。

71. 相互作用的问题。我显然知道，世界的政治状况预示着战争，也将方便巴西尔·扎哈罗夫[①]先生的职业生涯。显然我也很清楚，扎哈罗夫先生一来到世上，就要力图推动鼓励他利用的政治形势——但还是以门客的身份——而我毫无权利讲扎哈罗夫先生，身份如此低微，尽管他往这方面努力，也左右不了战争的危险，因为，战争危险是在自行发酵，而我什么也没有学到。

---

① 扎哈罗夫（1849—1936），国际军火商兼金融家，世界著名的富豪，有“死亡掮客”和“欧洲神秘人物”的名声。父母是贫困的希腊人，曾流亡俄国。年轻时为叔父在伊斯坦布尔经营布店，又去伦敦主管叔父的商店，易名离开，1888 年进入机关枪发明人开的公司，倒卖军火发迹。1913 年入法国籍，“一战”时成为协约国代理人。

72. 且说一种内部经济。假设一个国家，每百名居民中，九十九人靠种萝卜为生。那百分之一生产的产品就支配着不受限制的黄金权柄，也就是说，不受限制的货币权柄。假如我有意引导那九十九人进行经济活动，我又无力向他们提供经营的资金。可支配的人既决定不了可支配的黄金，也支配不了货币。因此，在置业时期，必须“内部”拥有资金。

73. 算术在这里用不上。十万人受苦受难，并不比一个人受苦难更“惨不忍睹”。可怖绝不以人数而倍增。对此我们完全清楚，也能更深切地感受这个孩子在哭被淹死的十万中国人。*

*述评: 很可能指炸黄河堤坝决口所造成的灾难。手头没有资料，但清楚记得日本侵略军大举进攻，华北危难时，南京国民党政府下令炸毁堤坝，以黄河水阻碍日军，这种害民败国的举措，岂能挡住日军的侵略步伐，却淹死十数万无辜百姓。圣埃克苏佩里虽作为事例，简短提一句，但也表露出他对当时中国人所经受苦难的同情。

74. 我发现旋翼机的原理了。螺旋桨叶向前时，下方容易受攻击，桨叶向后时，上方容易受攻击。可见，桨叶通过离心力，向接触的分子传递茹可夫斯基[①]方向的运转。

---

① 尼古拉·茹可夫斯基（1847—1921），俄罗斯物理学家，流体机械和空气动力学专家。

75. 文学作品的提纲，是逻辑学家、历史学家和文学评论家的幻想组成部分。因为，强力线必然围绕着强极排列。提纲是强势存在的结果，而非其原因。可是，谁又谈过一完成就显得条理分明的交响乐，或者雕塑品的（创作）提纲呢？我在写作之前，如果粗线条地宣布我作品的一些起伏变化（这里，开始上升；这里，回忆的某种意味；这里，更加黝暗……），这种提纲根本决定不了我的作品。这仅仅表示我要写一部作品。因为，显而易见，作为结构，则是首先要介绍的重点。不过，由于我的创作恰恰重在发现并得出唯一重要的这种架构，如果它成为一种刻板的提纲来主导并涵盖作品，想一想就未免有点儿荒唐。我无休无止要改变的，直至话语“类似”非话语的要点，这恰恰就将是提纲。

76. “演说中必须条分缕析”，这是一种荒谬的说法。一篇演说，一旦讲演完，便自成条理。如同重大的命运，如同大树。然而，他们却以为从中找到撰文并吸引人的窍门！（另一种译法：他们却以为从中找到征服和建造的窍门！）他们先有条理再有生命！

77. 自然法则就是这样。条理，首先就是自然的“表达”。

78. 关于我给 N 的信件。我不想论战对她讲的话，再染上论战的色彩对她重说一遍。她一定要回答论战，还会以为回答了我，千真万确，话是抛出来了，但是言不及义（但是言之无物）。

79. 难道应该区分“观点”和“对象”吗?

80. 我的光子是不可鉴别的，当然也是不可计数的。我对光子的了解，充其量也不过是它可能存在，然而，我也完全可以说它“存在的程度”，因为，毫无疑问——由于存在一种S光源——再提出这样的疑问，是否存在一种D距离，就没有意义了，尽管光子在其间存在可能性微乎其微了，捕捉的S光源在其间也变得时断时续。所显现的时断时续，倒是整个表现的局部行为。

然而，持续，这是势能的原理，而断断续续，则是存在的原理。一个持续的场，持续的空间，但是，如果场和空间，由于某种作用，反映或者征象，以某种方式变得明确了，正是间断使其表现出来。持续运动，当然无意义：于是产生间断。我的光不过是势能，当没有什么显示它的时候。我没有权利讲，它仅仅作为我使其存在而活动。它一旦存在了，就不再活动了：它是存在物了。我使得间断的现象诞生了。势能具有一种速度，却不是存在。呈现出来，则具有一种存在感，但却没有速度。我若是迫使电子存在，也就绝难了解它的速度。我若了解一种可能性电子的速度，就绝难得知它的存在。

只有当我的电子化为可能的别物的瞬间，我才能认识它。但是它变化的所在，就根本没有速度了：它存在了。而可能的别物，还根本谈不上存在，只要它还没有变成别物的可能。存在是断续间歇的，是在时空中的一个撞击点。然而，势能只是时空之间的一种关系，仅此而已。

假如来自遥远区域的光子，能提供S光源的一种间断表现，我就可能在空间的两点布置两个观察员，即时了解一个独立的电子的位置和速度，这就同海森伯*的原理相矛盾了（譬如同量子物理学相矛盾，既然在相互影响的情况下，行程中有些点没有电子）。

据说只有通过一种变化（变化连带相关的尺度走样了），才能显示电子的存在（光子亦然）。我却要说，没有变化就根本没有存在。即使最粗糙的物质，我也只有在改变它的条件下，才可能认识。

物质不过是时空结构的一种效应，但是，我得以认识物质，也是因为我固定了时间和空间。因此，谈论运动就是空谈了。我所称之的运动，仅仅是我的坐标轴之间几何结构的关系。这些关系丝毫也不触及可特定的对象。物体开始生成时，我就不再设置关系，而是统观确定的坐标。

我统观坐标之间的关系时，面前只有运动，根本没有物体。我统观明确的坐标，不再考虑其中的关系时，面前就只有物体，运动不复存在了。

这时，物质本身，总体过渡到我能感知的程度，但是我只能通过我“拦截”的元素来认识，而由我的观察推断的运动，也只是一种可能的存在物质的运动，因为物体，我还一无所知，无非得到静止的信息了。

其实，如果说我认为同时了解物体的位置及其速度，我推理不够恰当。我了解静止的实物位置，以及一种非具体势能的速度。我是运用意识，将这些运动的势能物体联系起来。我了解某电子的位置，其他电子势能的速度——我鉴别了这些电子。如果不是在实体的概念下，没有电子家族彼此认证，是不可能进行的，因为，要么我抓住，既然实体静止不动了，要么我测量它的速度，但还是不认识它。

证据便是，如果这个实体什么也没有分发出来，那么，我限于这种认识所肯定它的存在，从定义上讲，也无非认识它本身。除了场，我什么也不了解，也就是说，时空的某种架构，能让我计算出，在一个地点和一定的瞬间，可能存在我所说的实体，由于我这个实体是由许多成分构成的，可能性也就变成了确定性。（我称作质量的，就是$\frac{1?}{h}$的存在度。）

无限小物理学专注于势能到存在的过程（没有存在，这种势能就会不得而知）。

无限大物理学也只专注于势能了，因为存在的表现已不成问题，每时每刻我都能掌握大量静止的发散物。如果说我不再研究量子物理学了，也绝非因为没有研究对象了，而是由于我不能在自身形成需要了。

电子的轨道，可能是直线波，但是可能，就成了自身的底牌。

（质量，很可能就是可能度，因为，如果说速度是无限的，更确切地说，相当于光速，存在的可能性变为无限了。）

波动正可以用来计算物质存在的可能性（原子的旋转也是同样。若说有五个电子，那就表明有五条轨道，表明有五种可能，也就是说质量 > ）。

说到底，还是同样的需要（需要阐明在时空常用概念的范围中我观察到的现象），迫使我接受波的二元性：微粒子或位置、速度。

质子，作为我要表达的质点。波，作为我要表达的量速（在时空中只能变为一种势能）。

速度的概念，如果完全脱离点位的概念，那么为什么我这质点的变化，就会引起我这量速相对变动呢？

当我把我的基准系统移进一个场里，这个测度场在我的轴上的梯度，不受我的举动的影响，只要我不强行使其显示，我的轴上速度就只是不受任何质点影响的梯度。

在一个场中，同我的速度一起变化的，根本不是这个测度场在我的轴上的梯度，而是测度场本身的梯度。这根本不是光速，而是光谱往红色方向移动的速度。

假如我跑在光速的前头，我就会改变什么：能量值（如一个物体的活力和一种颜色）。势能并不随着“我的”速度而变化（我也正是凭着这种势能的表现来命名速度）。势能仅仅依照距离而变化。随着我的速度变化的，就是变化量，势能变化量的梯度，这正是我所说的能量。

质量就是可能度，它的场梯度的梯度。它的能量，也只有当我强加给它 L 点位和 T 瞬间，使其丧失速度的特性，才有意义，也就是说，废止它的梯度的梯度，使之变为别物梯度的梯度。

一个场的梯度取决于它同一个源的距离（我通过沿一条垂直线的场的两种值，了解我同大地的距离：如果这种值降二分之一，我就把一当作这一尺度的两倍）。至于速度，就是这一梯度的梯度：它根本不受我的距离的影响。

如果说我与大地连在一起，了解我的距离与时间反等分变化（例如我顺着一根桅杆等速下来），我能知道我的距离和我的速度。假如在我携带的一根垂直尺上，有A和B两个标记。我的速度由我到达需要的时间商计算出来，以便测量出在A如同在B的万有引力面。如果我再加上第三个标记C，我的距离由了解这三点场就得出来了。

现在，我可以取消我同大地的联系，观察S光源（同质的）。假如由我安排，量子是恒定的，而且遵照S光源的强度变化，那么我比对地面，也能同样确认我的位置和我的速度。

确认我的位置和我的速度，就具有一种意义了，即使我所掌握的散发物是光子。（我甚至也可以做三角测量，这也同样发挥光子的作用。）要注意在这里，我没有做任何假设，没有引进光子的绝对速度。

＊述评：海森伯（1901—1976），德国物理学家、哲学家和社会活动家，为创立量子力学做出贡献，提出著名的“测不准原理”。在原子核、铁磁性、宇宙射线、基本粒子的概念上，他都做出重大改进。基于这些成就，他获得1932年诺贝尔物理学奖，被公认为是二十世纪创新型的思想家之一。主要论著有《量子论对动力学和力学关系的再解释》，提出量子力学基本概念的新解释。1927年发表“测不准原理”，阐明由量子力学解释的理论局限性，某些成对的物理变量，例如位置和动量，永远是互相影响的，虽然都可以测量，但是不可能同时得出精确值。“测不准原理”适用于一切宏观与微观现象，但更有效应用于微观物理学。战后研究表现自然界普适对称性的特定系统中，普适非线性旋量

方程，得以解释高能碰撞中所产生的各种基本粒子。他虽不公开反对纳粹统治，但阻止了原子武器的发展。他在哲学上有独特见解，反对维也纳学派的逻辑实证论，对“一与多”这个古老哲学命题寻求新解，设想一种柏拉图式中心秩序，由一切自然现象所表现的一组普适对称性构成。

81. 干涉（相互影响）无疑意味存在一些空间点，其间不可能生成物质。

82. 相互影响就是存在的物质与势能相互作用。长波就是存在度：存在的物质在时空中的律动。（如果质量无限大，又在无限速度中的情况下，那就是绝对存在度。而波长又无限小了。）

存在度由非存在的比例表现出来。我用相互作用来突显，就固定了存在与非存在。

83. 假如我在时间中展开，我就确认因与果。于是，我力图在一种逻辑语言中，抓住过去的情况演变。也就是说，我创立的一副形貌，从此以后就合乎逻辑了。圣保罗就是如此。他从前的生活，他在大马士革见到的异象①，他的皈依，他全连成一体，明明白白。无不彼此呼应，或者说，无不按照上帝指引，整装一路走来。正是

① 圣保罗（使徒）（活动于一世纪），犹太人，起初极端敌视基督教会，参与迫害基督徒，后在去大马士革的路上见异象，从而确信被钉死在十字架上的耶稣已经复活，称义，遂改宗，信奉基督教，成为传教士。他可能是基督教最伟大的神学家，他的书信是基督教最早的文献，写于《新约》四福音书成书之前。《新约·使徒行传》记述他的事迹多达一半以上篇幅。

通过定义，整体就显得前后呼应，彼此照看了。到了这种程度，我们就能依稀看到命运的定数，顺应天意之路，等等。无论在我的雕塑家的面孔中，还是在数学物理中，我并不奇怪一切呼应。既然这种贯通是“我的”使命。就是在生活，我创造一个外在的人物，是他指导了这场芭蕾舞，并且造起这种动态。我也十分赞叹，先知先觉随后被生活照亮了。无须在同一张面孔上，浏览那些简单的不同部位。但是，在粗糙的物质中，我正是圣保罗附身，制作了一张面孔。我要被引向什么呢？并不引向什么。这是我的面团，要由我来塑造成形。什么也不会丢失。圣保罗就是这样，为了颂扬上帝，他连自己青春的放荡生活都派上用场。不过，他也本可以用上他的智慧。

84. 钻石也同样源自生命。那是更高程度决胜熵的增长。

85. 在勒克莱尔－多雷故事①中，“他相当匆忙”不如“他非常匆忙”。因为讥讽，锋芒毕露，也就失效了。

86. 奴隶的劳作。R.（其人不得而知），假概念，因为非关金钱，而是物品的消费。据说花几美元，就能购得大量消费品。再者说，他们要不要出口。

---

① 勒克莱尔－多雷故事不详。勒克莱尔，飞行员，1937年10月与吉约迈架机，在摩洛哥和巴西之间，打破了直线飞行的航程记录。马塞尔·多雷（1896—1955），战斗飞行员，在二十余年间，在各种飞行观摩会上，他多次打破特技飞行表演纪录。

87. 收税过高，一笔特别大宗的生意已无利可图。按说要收回成本，收益本应该随着扩大交易量而增加，然而这是不可能的。两笔小生意的总和，货品价格什么都不变，却变得令人眼红了。从而通行的做法，交易必须零碎化，也就是说增加成本，减少消费快的产品。

88. 那个人非常得意，发现了人的多面性。而另一位同样得意，发现了人的统一性。

89. 总而言之，放弃了神人同形概念之后，我看到出现的情况，研究原子跟观望星云一样，向我揭示了某些根本性的观察（一个无法辨读的词）。

a. 一个场的持续性，作为确认行动的可能性。我根本没有抓住客体。它还没有向我释放能量。它没有传导。

b. 一个基本粒子的运动，就以光子为例，是持续性的。但还算不上一个能证实的光子。辨别的真正程序就是变化。我根据变化和不同阶段来确定实在性。我的光子只有变成了电子，才算真实存在。于是，它就显示断续性了，我就能在时间和空间里给它确定坐标，但是，我不能推断这些坐标之间的关系，因为，这种举措毫无意义。

坐标之间如果有关系，那就可能存在物质，存在就是持续性的。如果有物质存在，那就只有纯粹的坐标，而没有关联了。如何处理我的光子，我可以选择：要么使其存在（亦即使其变化），在这个时间点上，我能确认它的位置；要么结束其存在的可能性，我能测定这个势能光子的速度。也就是说，时间和空间之间的一种关系。但是无论在空间还是时间里，它还没有确定的位置。它还算不上“存在”。

（随后一页，贴有一张剪下来的字条，是印刷版的引语：）

我丝毫也不为法国人担心，他们在世界历史中，已经提升到这等高度，他们的思想再也不可能以任何方式屈服了。

歌 德